ステフ・ブロードリブ
安達眞弓 訳

# 殺人は太陽の下で

## フロリダ・シニア探偵クラブ



二見文庫

**DEATH IN THE SUNSHINE**
**by**
**Steph Broadribb**



Japanese translation published by arrangement with
Marland Broadribb Ltd
c/o A M Heath & Co Ltd
through The English Agency (Japan) Ltd.

アンディへ——すべてに感謝

# 殺人は太陽の下で

フロリダ・シニア探偵クラブ

# 登　場　人　物　紹　介

| | |
|---|---|
| モイラ・フリン | 元ロンドン市警特捜部の刑事 |
| リック・デンヴァー | 元麻薬取締官 |
| フィリップ・スイートマン | 元テムズバレー署の刑事 |
| リジー・スイートマン | フィリップの妻。元科学捜査官 |
| ジェイムズ・ゴールディング | 強盗殺人課の刑事 |
| ドナルド・エトウッド | 元IT技術者 |
| クリント・ウェストン | 元ビジネスマン |
| ベティ・グラフテン | 元クッキー会社の会長 |
| マイケル・グラフテン | ベティの孫。愛称マイキー |
| ハンク | 防犯カメラのデータセンターで働く男 |
| クリステン・アルトマン | カジノディーラー |
| ホーク | リックの元同僚 |
| マッコード | モイラの元部下 |
| ジェニファー | モイラの元部下 |

# モイラ

## 1

モイラは日が昇る間際の時間が好きだ。夜明けは一日でもっとも希望に満ちた、まっさらなひととき——何も書いていない石板《タブラ・ラサ》のようだ。夜明けはこれまであったことを忘れ、新しい未来だけを考えるチャンスをモイラにくれる。人生はやり直せると思わせてくれる。

裏庭の門を閉じたモイラは海岸線に人の気配がないのを確かめ、白い砂利道に足を踏み出した。誰もいなくてよかった。モイラは人と会いたくなかった。景色の中に溶けこみ、ありふれた風景の一部になりたいのに、ここ〈ザ・ホームステッド〉では、それが予想以上に難しいのを実感しつつあった。

弧を描く遊歩道は〈オーシャン・ミスト〉居住区の外側をめぐり、〈マナティー・リクリエーション・パーク〉へと続いている。日中よりも涼しい朝なら、歩いて二十分で着く距離だ。パーカーのファスナーを上げ、モイラは歩く速度を上げる。今日の目標タイムは十八分よ。モイラはどんなことでもゴールを決めたがる。

モイラはハミングしながら歩く。太陽が昇りだしたが、前を歩く人の姿はない。よかった。モイラは人が嫌いなわけではないのだが、シニア向け分譲地〈ザ・ホームステッド〉に引っ越して一か月過ぎてみると、この街の住民たちが根っからの話し好きであることを、いやというほど思い知るようになっていた。ご近所づきあいにわずらわされずに一日がはじめられると思うと、ほっとする。モイラが大の社交家になる日は来そうにない。

利用者を五十五歳以上に限定したこのコミュニティの住民はみな、びっくりするほどフレンドリーだ。ここでは大都市のように個人情報を一切明かさずに暮らすのは無理だろう。太陽が芝生に下りた朝露を照らし、朝の訪れを告げる鳥の声が静寂を破るまでのひととき、ここはとても平和な場所だ。モイラは何が何でも穏やかな暮らしを送りたくてたまらなかった。

モイラは腕時計に目をやる。午前六時四十九分。目標達成。新生活は順調に進んでいる。午前六時に起きてプロテインシェイクを飲み、太陽が昇ったところで公園へ泳ぎに行く。帰宅したら犬の散歩。引っ越しから四週目が過ぎ、生活のリズムがなじんできた。このあと何ごともなく、八時半までにプールを出られたら、広々とした場所をひとりじめできるし、おしゃべりにつきあわされることもない。

プール通いは規則正しい生活を送るモチベーションになっている。上り坂に差しかかったので、モイラは足に力をこめ、ザクザクと音を立てながら、ジョギングシューズで砂利を踏んでいく。ここに越してくるまで、フロリダは平坦《へいたん》なところだとずっと思っていたが、それはモイラの思い違いだった。フロリダ州でも中部のこのあたりは起伏の激しいところで、それが彼女にはかえってよかった。心肺機能の強化にはもってこいだ。

尾根の頂上に着いたのでペースを落とすと、モイラはボトルから水をひと口飲み、眼下を見下ろす。左手にはクリーム色の漆喰《しっくい》で仕上げた、統一感のある家々が立ち並び、裏庭のすぐ脇を遊歩道が通っている。繊細なイギリスの芝生よりも暑さにずっと強く、生命力が高いフロリダ産のしっかりした芝生。庭へと続く半屋外スペース、アウトドア用の大きなガスグリル。小さなプールや屋外用のバスタブを作りつけた家もある。どこを見てもこざっぱりと整頓され、住環境は契約の取り決めに従って整えられている。

モイラは歩きながら水をもうひと口飲む。右手に視線を向けるとまず見えるのが、

〈ミスティ・プレインズ〉と名づけられた広大な草原で、はるか遠くに見える木立の先にあるのが〈オーシャン・ミスト〉居住区と、建設中でまだ名前がついていない第十一居住区だ。ここからあの木立までどれくらい距離があるのか、モイラには見当もつかないが、きっと驚くほど離れているのだろう。彼女がロンドンに住み、働いていたのは、わずかひと月前のこと。広大で何もないフロリダにはまだなじめずにいる。

だがモイラは、この広大さをむしろ気に入っていた。この分譲地を退職後の住み処《すみか》に選んだ大きな理由のひとつが、ゆとりのある居住空間だったからだ。都会はこりごり、ロンドンもこりごり、手間ばかりのお役所仕事も、特捜部の刑事としてこなさなければいけなかった書類仕事も、もうたくさん。人生をリセットしたかったモイラには、〈ザ・ホームステッド〉の宣伝文句が心に響いた――あなたの人生の新しい一ページを、新しいわが家で。モイラの表情がふと暗くなる。わたしは人生の新しい一ページを開きたいの。今年のはじめにあんなことがあったのなら、昔の自分から離れるべきだし、そうするのが一番だから。

自分がまさか、こんなつらい目に遭うなんて。

モイラはまた腕時計に目をやり、ペースを上げる。予定どおりにウォーキングを終わらせたいなら、時間を無駄にしてはいられない。歩幅を広げて遊歩道を急ぎ、尾根を横切り、公園を下っていく。退職前のチームのことや、仲間と最後に担当した事件のことを思い出すたび、モイラは自分をせき立てるかのように歩く速度を上げる。それでも記憶は彼女を追いかけてくる。最後の任務、制圧の準備に入る仲間たちの姿が今も脳裏に浮かぶ――ライリー、パン、クレス、そして、マッコード。記憶の映像はマッコードのところで静止する。ほほえみながらモイラを拳《こぶし》で小突くと、車に乗って現場に向かう、マッコードの姿で止まる。

モイラは唇を嚙《か》む。押し寄せる感情の波を抑えつける。爪が手のひらに食いこみそうなほど強く拳を握る。痛みで気が紛れてほしいと願いながら。

今はマッコードのことを考えてはいけない。冷静ではいられなくなる。

そこでモイラは〈マナティー・パーク〉のアーチ型をした白い入り口を見据え、大きな歩幅で向かっていった。こんな風に感情を抑えこんではいけないのは、モイラ自身もよくわかっていた。警察病院の医師からは何度となく、自分と向き合うようにと言われたではないか。でもそれは、あまりにも耐えがたいことだった。自分に正直になってみると、戦争の極限状態で心を病んだような気分だ。それがどんなものかはよくわからないけれども。

刑事をやめたことも、まだ実感がわかない。

一瞬の気の迷いで、一緒に戦ってきた愛《いと》しい仲間たちが突然塵《ちり》となって、消えてしまったように感じる。あまりにも急だった。自分は変化にうまく順応できると公言していたが、そうではなかったのが、よくわかる。

モイラは頭を振って、つらい記憶を振り払った。ウォーキング時間は一七分五十五秒。アーチ型の門の真下で立ち止まり、時計をチェックする。ウォーキング時間は一七分五十五秒。よくがんばったと自分をほめてもいいだろう——まっさらな新生活にふさわしい、幸先《さいさき》のいいスタートなのに、むなしさしか感じない。

今、この瞬間を大事にしよう。モイラは自分に言い聞かせた。モイラは繰り返す。退職後の生活についてアドバイスを求めたとき、警察病院の医師が言った、あまり役に立ちそうにない心理学の専門用語っぽい言葉を。自分から変わろうとしなければ。

モイラは大きく息を吸った。そして声に出して言った。「さあ、行こう」

アーチ型の門をくぐって公園に入ると、モイラは石畳の遊歩道をたどり、ピックルボール（パドル型のラケットと軽いボールを使い、テニスコートで行う球技）やボッチャ（イタリア発祥のボーリングに似た球技）のコートを通り過ぎて、水遊びができるスプラッシュゾーンの子ども向けプール、屋外用のバスタブの先、一番広い競泳用プールに向かう。あたりはどこも、しんと静まり返っている。モイラが望んだとおり、ここには今、彼女しかいない。

ささいなことだっていい、前向きに考え、目標を達成したという事実に目を向けましょう。警察病院の医師はそう言っていた。悲観的になるのをやめ、新しいことをはじめるべきかもしれない。自分をもっと前に出し、充実した生活を送ろう。そろそろ機は熟したのではないだろうか。

モイラは笑顔を作ろうとした。「きっと、いい、一日に、なる」

大きな声で言う自分が、何だかこっけいだ。

警察病院の医師は、早くよくならなきゃと自分を追い詰めてはだめだと言っていた。現状を維持できるだけで立派なことだからと。たとえ思いどおりにいかなくても、自分にむち打つようなことはするな、とも。

そうよね。別にいい一日じゃなくたっていいじゃない、と、モイラはまた首を振った。五十八年生きてきたけど、これだけは言える。完璧なものなんかない。

モイラは歩き続けた。すぐ目の前にピックルボールのコートの裏ゲートがあり、そこに一羽のアオカケスが止まっていた。鳥にほほえみかけ、モイラは例のマントラを繰り返した。「きっといい、一日になる」

二度目のほうが気負わずに言えた。ほんとうにいい一日になりそうな気がした。

これをささやかな成功と受け止め、プールが外から見えないよう高く作られた生け垣の脇にある、白い門扉を押し開いて中に入ったモイラは、扉を閉めてスライド錠をかけた。生け垣に沿って遊歩道をたどる。飛び込み用の小型プールが見えてくる。

「何、あれ?」モイラは息を呑《の》んだ。

胸をドキドキさせながら、小走りでプールへと近づいた。石造りのパティオに足を踏み入れようとしたそのとき、パティオ一面に散った血しぶきが目に入ったので、モイラは踏みとどまった。

ひと息つくと、積み重ねた刑事としての勘がよみがえり、脳にスイッチが入って活動開始モードになるのを感じた。血のついた石を避けつつ、プールのそばまで行って縁に上がる。無意識のうちにパーカーのポケットからスマートフォンを取り出し、番号を押していた。電話がつながると、モイラはあたりをざっと見回して状況を確かめた。

「こちら911、警察の緊急呼び出しです」通信指令の女性の声が、甲高く、こもって聞こえた。

「〈ザ・ホームステッド〉の〈オーシャン・ミスト〉居住区、〈マナティー・パーク〉で死体を発見。死体は公園内のプールにあり、死体の形状は――」

「えっ、何ですって? 〈ザ・ホームステッド〉のプールに死体?」

「そうです、わたしはそう言いました」モイラはいぶかしんだ。この通信指令は、通報をどうしてちゃんと聞いていないの──それがあなたたちの仕事でしょうに。警察の通信指令はマニュアルどおりに対応し、通報者からの問い合わせを冷静に処理するよう訓練を受けている。この担当者は最初からマニュアルからかけ離れた対応をしているし、落ち着きもない。モイラは眉をひそめた。プロ意識に欠けている。与えられた仕事をきちんとやってほしい。「被害者は若い女性。無残な死を遂げた形跡があります。所見では、被害者は──」

「殺人事件？　シニア向け高級分譲地で？」通信指令の声に驚きがにじむ。「そんなはずありませんよね？」

「緊急対応を要請します」モイラは言った。「警察と救急に出動してもらいたいの。お願いできる？」

「ええ、あの……もちろんです」警察の緊急呼び出し電話に出た若い女性は、いくらか落ち着きを取り戻したようだ。だが今度は声がかすかに震えだした。キーボードを打つ音が聞こえたあと、若い女性の通信指令が言った。「了解です、救急車両と警察車両を〈マナティー・パーク〉に急行させました。到着予想時刻は十二分後」

「ありがとう」モイラは時間を確認し、青い灯火をつけたパトカーの到着に備えて準備を進めた。プール周辺を見わたしたあと、今度は芝生全体に目をやった。彼女以外に誰もいなければ、何かが動く気配もなかった。振り返ってプールに浮かんだ女性のほうを見ながら話しかけた。「事件は数時間前に起こったみたいね。緊急車両が到着するまで、わたしはここで待ってますから」

「電話を切らないで。通話はそのまま続けてください」９１１の通信指令はまたおろおろしだした。「お名前をお聞かせいただけますか？」

「モイラ・フリン。ここの住民です」

「あと、通報していただいた被害者ですが、ほんとうに亡くなられてます？」

「見たかぎり生存の可能性はありませんし、事故死とは思えません」モイラは血をよけながらプールの縁に近づいていく。若い女性の遺体はプールの中央で仰向けになって浮かんでいる。目は開き、長い黒髪が周囲に広がり、まるで黒い後光のよう。彼女の胸から上、淡い黄色のドレスの上部が血にまみれているが、目を覆うほど陰惨な光景ではない。

それよりも、遺体のまわりにドル紙幣が何枚も浮かんでいるのが奇妙に感じられた。

## 2

### フィリップ

　犯行現場に行くと、フィリップは決まってテンションが上がるが、この日も例外ではなかった。通りの突き当たりにパトカーの青い灯火を見たと同時にアドレナリンが出る、あの懐かしい感覚がよみがえり、すぐに背筋がしゃんと伸びる。絶好調だ。準備は整った。

　彼は愛車のトヨタを路上封鎖のブロックにぴったりと寄せ、縁石との隙間に車を滑りこませてからエンジンを切った。しばらく現場の様子を観察する。〈マナティー・パーク〉入り口のすぐ外に、パトカーが二台と救急車、そして死体運搬車が一台。死体運搬車の後部ドアは、公園のアーチ状の入り口に向かって開いている。フィリップはテムズバレー署の刑事として三十五年間勤め上げた。世界のどこにいようとも、死体運搬車が呼ばれた理由はただひとつ。遺体が見つかったのだ。

フィリップはトヨタから降り、ネイビーブルーのポロシャツの前をなでつけ、あるはずのないしわを伸ばしてから大股でパトカーの脇を通り過ぎる。公園最寄りの非常線の端には数名のやじ馬が集まっていた。フィリップが数えると五人いる。全員が白髪の高齢者――どう考えてもここの住民だ。ゴルフクラブから出てきた夫婦には見覚えがあった。ご婦人方のひとりが最新鋭のシニア用電動カートに乗っている。そんじょそこらのやじ馬とは、わけが違う。

口ひげを蓄えた長身の男がゴルフクラブから出てくると、こちらに来いというように手を上げ、フィリップを手招きした。だが、フィリップに無駄話をしている暇はない。彼は会釈をして軽く手を振ると、そのまま歩き去った。現場に集中だ。

犯行現場を示す黄色いテープをくぐり、フィリップは公園の入り口に向かって急ぐ。アーチ型の門を抜けてすぐの場所では科学捜査班《CSI》が捜査にあたっており、遺体処理のスタッフがピックルボールのコートの間を走る石畳の遊歩道を空《から》のストレッチャーを押していく。

ガイシャはひとりか、フィリップは考える。複数いるとも考えられる。

「すみません、ここから先は関係者以外立ち入り禁止です」

振り返ると、一番遠くのパトカーから制服警官が降り、こちらにやってくる。フィリップは足を止め、職務質問に答えることにした。見かけ倒しの若造だな――日に焼けた肌にミラーサングラスをかけ、警察の権威を笠《かさ》に着るくせに、過剰反応して信頼を失うタイプだ。

　フィリップは公園を手で示して言った。「さて、きみたちの見立ては?」

　制服警官はフィリップのすぐ隣で立ち止まった。「すみませんが――」

　フィリップがさえぎるように言った。「殺人事件じゃないのかね?」彼は大きな賭けに出た――つい最近まで犯罪発生率は事実上ゼロだった〈ザ・ホームステッド〉に、警官に救急隊員、死体運搬車まで出動したということは、重大犯罪が起こったと見て間違いない。

　制服警官は眉をひそめ、フィリップの問いかけには答えなかった。フィリップはもう一歩警官に近づく。近づきすぎるほど。百八十センチほどあるフィリップよりも背が高いが、大学を出たばかりの新人警官のようだ。「下がってくださいとお願いするしかなさそうですね。ここから先は関係者以外立ち入り禁止なんです」

　フィリップは若造の口ぶりが気に入らなかった。自分は主任警部だ。制服警官は自分の言うことを聞くに決まっている。「言いたいことはわかるが、巡査殿、ぼくも警察関係者なんだよ」

警官はまた眉をひそめた。「バッジはお持ちですか？」

「いや、アメリカには持ってこなかったが、ぼくは――」

「それではあなたを通すわけにはいきません」

フィリップは拳を握った。「いいか、よく聞きなさい。ぼくはね……」ここでフィリップは、このお高くとまった若者と話すのをいったんやめた。というのも、救急車の後部に見覚えのある女性の姿が見えたからだ。フィリップには誰にも負けない特技がある。一度覚えた顔と名前は、決して忘れないのだ。おまけにモイラは記憶に残るタイプの女性だ。長身で筋肉質、黒髪を少年のように短くカットし、〈ザ・ホームステッド〉に住む誰よりも若く見える顔立ち。彼女は引っ越してきたばかりだ。フィリップの妻、リジーによると、モイラが引っ越しの挨拶に来る前、パブリックス（フロリダのスーパーマーケットチェーン）へ週に一度の買い出しに行ったとき、彼らはモイラと挨拶を交わしているらしい。モイラとリジーはその数週間前にヨガ教室で一緒だった。モイラがどうして救急車の世話になっているのかはわからないが、フィリップは何としてでも突き止めるつもりでいた。

警官とほぼ同じ目の高さになるよう背伸びをすると、フィリップは救急車のほうを指差して言った。「いいかねきみ、さっさとぼくを通しなさい。ぼくは友人を助けに来たんだよ」

若き警官はフィリップの視線の先を追った。また眉をひそめる。無言のままだ。

この若造が半信半疑なのを察したフィリップは、モイラは自分の友人ということで押し通すことにした。「モイラ」彼は呼びかけ、救急車に向かって手を振った。

モイラがこちらを見ているが、フィリップが誰だかわかっていないのは、彼女の顔を見ればすぐわかった。頼むよ、フィリップは腹の中で嘆いた。ほら、思い出すんだ。

モイラの肩にはシルバーのアルミブランケットがかけられ、ストレスがたまってていそうな救急医療隊員が、彼女を何とかなだめて救急車の中に戻そうとしていた。おそらくけがか脳震盪《のうしんとう》か、そのあたりだろう。フィリップはまた彼女に手を振った。「モイラ、大丈夫かい？」

モイラは怪訝《けげん》な顔をして、そっぽを向いた。

まさかそんな態度に出るとは。この人が元気を取り戻し、ぼくの存在に気づいてくれないと困る。フィリップは彼女の名を数回、大声で呼んだ。

所在なさげに重心を左右の足に移しながら、青年警官はふたりの様子をうかがっている。「あなた、ほんとうに助けに来たんですか？」

「モイラ、ぼくだ、フィリップだ、助けに来てやったよ」この若造に追い返されてたまるものかと、フィリップは必死だった。ぼくは非常線の中に入りたいのだ。そこいらのやじ馬と一緒にされ、蚊帳の外に置かれるなんて冗談じゃない。そんな風にあしらわれるのはご免だ。フィリップはさらに激しく手を振った。「モイラ！」

　モイラがまたこちらを向いた。やはり迷惑そうな顔をしているので、フィリップはてっきり、今度も無視されると覚悟していたが、何と彼女は手を上げて答えた。手を振ったとは言いがたいが、反応してくれただけで十分だ。

「ほらな」フィリップは警官に言った。「彼女はショックを受けたせいで、ぼくが誰だかわからなかったんだよ。そばに行ってやらないと」

　通すか、通さないか。ひよっこ警官は迷っている。パトカーに目をやるが、同僚の姿はない。

　フィリップは思った。こいつは素人も同然だな。何だかかわいそうにもなってくる。とはいえ、あともうひと息で落とせる。

　ふたりはモイラが乗りこんだ救急車のほうを向いた。彼女の姿は見えない。が、声はよく聞こえた。声は救急車の中から聞こえてくる――ひとりはアメリカ人の男性、もうひとりはイギリス人の女性が大声で口論し、その声はどんどん大きくなっていく。

「聞いたかね、巡査殿？」フィリップはできるかぎり真面目くさった声で訊《き》いた。

「ぼくに任せなさい」

眉をこすり、もう一度振り返ってパトカーをちらりと見てから、若手警官は言った。

「いいでしょう、ただし公園には入らないこと。お友だちに付き添うだけですよ、わかりましたか?」

「わかったよ」ほんとうなら拳を高く突き上げてガッツポーズを取りたいところだが、フィリップは警官から離れ、救急車へと向かった。彼は事件の只中《ただなか》に戻った。しかも合法的に。やはり引退を甘んじて受け入れるべきではなかったのだ。

# 3

## モイラ

　モイラは病院がとにかく嫌いだ——においも、糊《のり》が利きすぎたシーツも、押しつけがましいところも。何より患者に病院を選ぶ権利がないところが気に入らず、救急医療隊員がレイク・カウンティ総合病院に連れていったら、断じて許さないつもりでいた。あたりを見回し、水のボトルを探す。今すぐにでも救急車から降ろしてほしいけど、水のボトルは持って出たい。

　ふたりいる救急医療隊員のひとりは、自分が担当した事例について息切れしそうなほどの剣幕でまくし立て、彼よりも背が高く、がっしりした体型の同僚はうなずきながら聞いている。このふたりが救急車から降ろしてくれるとはぜったいに思えないし、モイラは断固として考えを変える気はないしで、何をやっても三人の間にわだかまりしか残らない。

赤毛で赤ら顔の主任救急医療隊員が、ストレッチャー型ベッドに乗るよう手招きで誘導している。「さあ、ここに寝て」

「大丈夫です」モイラは立ったままでいる。手を伸ばして救急車の脇につかまり、頭の中がぐるぐる回るような症状がおさまるのを待つ。めまいがおさまると、モイラはまた水のボトルを探して周囲を見回した。ボトルは救急車のベンチシートの上にあった。

水を取りに行こうとしたモイラの前に、赤毛の主任救急医療隊員が立ちはだかる。

「先ほどお話ししましたよね、徹底的に検査しますと——」

「結構です」モイラはシルバーのアルミブランケットを胸元に引き寄せてから腕を組んだ。「自分の意に反したことをされるのはいやですし、病院には行かないと申し上げたはずですけど」

がっしり体型の救急医療隊員が咳払《せきばら》いをした。「血圧が上がってますから、病院で検査を受けてもらわないと——」

「そんなの救急車の中でできるんじゃないかね?」イギリス英語のアクセントで話す男性の声がした。

モイラが救急車の後ろに目をやると、リジー・スイートマンの夫、禿《は》げて恰幅《かっぷく》のいい、あの男が、開いたドアから顔をのぞかせていた。いい加減にして。この人だけには借りを作りたくない。さっきから手を振ったり怒鳴ったりと、お節介ばかり焼いている。騒ぎで気が動転したせいで誰だかわからなかったふりをすればごまかせるのではないかとも考えたが、どうやら無理そうだ。モイラはフィリップにそっけなく会釈した。かかわりたくない。こちらがいやがっているのを今度こそ察してくれるといいけど。「あとで行きます」

救急医療隊員がフィリップを見ているのにモイラは気づいた。がっちり体型の隊員は片眉を上げ、怪訝そうな顔をしている。この男が敵か味方か見極めようとしているのだろう。モイラとしては、敵にも味方にもなってほしくないのだが。

肩を覆っていたシルバーのアルミブランケットを取り去ると、モイラは救急医療隊員を押しのけ、ブランケットをベンチシートに投げ捨てた。水のボトルをつかむとドアに向かって進んだ。

がっちり体型の救急医療隊員が彼女の行く手を阻んだ。「ですから、あなたに来てもらわないと、わたしが困るんです――」

「職務を遂行してくださって感謝していますが、さっきも申し上げたとおり、わたしは大丈夫ですから」モイラは隊員を押しのけて、救急車の後部ドアから外に出た。地面に降りたモイラは振り返って車上のふたりに目をやった。「わたしを病院に連れていっても無駄です」

赤毛の隊員はだめだと言いたげに首を振った。「再三申し上げてますが、何か理由があって――」

「念のため検査を受けたほうがいいかもしれんな」フィリップがモイラに一歩近づいてそう言うと、彼女の肩に手を置いた。「痛くないから」

モイラは彼の手を振り払った。「大丈夫ですし、行きたくありません。だからやめて」怒っているようにも受け取れる、断定口調で返した。この人はなぜわたしの気持ちを察して、帰ろうとしないの？　だいたいどうしてここにいるわけ？　モイラはフィリップをにらみつけた。「わたしは死体を見つけただけで、けがはしていません」

フィリップは一歩後退した。「まあ、落ち着いて――」

「わかりました、こちらはもう何も申しません」救急医療隊員はタブレットの画面に何やら書き留めた。「あなたが搬送を拒んだと通報メモに書いておきますから」

「そうしてください」モイラはきっぱりと答えた。彼には少し申し訳なく思う。自分の仕事を遂行しようとしただけだし、彼のスキルが必要な人も、病院のベッドで治療を受けたい人も、山ほどいる。それに、もう大丈夫だ。おおむね大丈夫だと思う。まだフラフラするし、吐き気も残っているけど、気になるのはもうそこだけだ。モイラは救急医療隊員に軽く笑いかけた。「お気遣いありがとう」

救急医療隊員が撤収をはじめたころ、モイラは救急車の脇に置いたスポーツバッグを手に取り、水のボトルをサイドポケットに入れた。背筋を伸ばすと、まだふらつく。フィリップが何やら話しかけてくるが、水中にいるようで、その声がはっきり聞こえない。これでは話す気にもなれない。モイラはフィリップを見て言った。「ではまた」ではまたとは言ったものの、彼とまた会うつもりはない。フィリップとも、妻のリジーとも距離を置かなければ。ああいう人たちとつきあう心の余裕はない。リスクが多すぎる。

返事をしようとしたフィリップに、モイラは背を向け、救急車の裏を回りこみ、パトカーが駐《と》まっているほうに向かっていく。動くと頭がすっきりしてくる。ふらつくのは低血糖のせいだと自分に言い聞かせた。低血糖は前にも起こしているし、これはパニック障害の発作ではない。低血糖を起こしたらどうすればいいか、ちゃんとわかっている。とにかく家に帰って何か食べればいいのだ。

パトカーに近づくと、モイラは最寄りの車両の窓をノックした。ミラーサングラスをかけ、ぼんやりしていた乗車中の巡査がわれに返ったところで、モイラは彼に軽く手を振った。「もう帰ってもいいですよね？」

するると、この若い巡査がドアを開け、車から飛び出してきた。現場の状況を把握しきれていない様子だ。「病院には行かないんですか？」

否定するつもりで首を振ったら視界がぼやけたので、モイラはまばたきした。パトカーに手をついて体を支える。「家に帰ります」

「じゃあ、お気をつけて。主任刑事も帰っていいと言っています。刑事による身元確認は終わりましたので、何かあったらまたご連絡します」警官はシャツのポケットから名刺を一枚取り出すと、モイラにわたした。「思い出したことがあったら電話をください。この番号にかけると主任刑事に直接つながります」

モイラは名刺を受け取って名前を読み上げた。ジェイムズ・R・ゴールディング刑事――強盗殺人課。彼女は唇を嚙む。最初に現場へ来たとき、ゴールディング刑事はよく考えもせず、通りいっぺんの質問を二、三、モイラに投げたのだ。心ここにあらずといった様子で、自分はもうすぐ深夜勤明けだと繰り返していた。モイラから見て、その仕事ぶりはとても感心できたものではなかった。だが、そのことについては触れず、「ありがとう」とだけ言った。

「どういたしまして。よい一日をお過ごしください」

お決まりの挨拶とはいえ、殺人事件の非常線の内側にいる警察官にしてはあまりにもお粗末な対応に、モイラはやれやれと軽く首を振った。「よい一日になるよう、努力はしますね」

若手警官がパトカーに戻ったので、モイラもそろそろ帰るつもりでいた。ただ引っかかることがあり、公園に視線を戻した。不審な点が多く、気になってしかたがない。殺された女性は誰か、なぜあれだけの紙幣が水面に浮いていたのか。

考えこんでいるモイラの脇に、いつの間に来たのかフィリップが立っていた。迷子かけがをした子犬を見守るかのように、優しいまなざしでモイラを見ている。それがまたモイラの癇《かん》に障る。

フィリップが手を伸ばし、モイラの肩をたたいて言った。「ショックを受けているようだから、ひとりで歩いて帰るのはよくないよ。車で送ってあげようか?」

モイラは彼をにらみつけると、これ以上触られないよう二歩ほど後ろに下がった。かよわい花のように扱われる筋合いはない。仕事柄、これまで幾度も犯行現場に立ち会ってきたし、今回より陰惨な現場は数限りなくあったのだから、付き添ってもらう必要などない。死体を見てショックを受けるなんてあり得ないし、矢継ぎ早にくだらない世間話をされるほうが、今の自分にとってはずっと耐えがたいのだ。むしろひとりにしてもらいたいのに。

モイラが話題を変えようとそわそわしているのを察したのか、フィリップは声をひそめ、秘密を共有するような口調で言った。「うちに寄ってリジーと一緒にお茶でも飲まないか。あの事件現場で見たことをすべて話すといい」

モイラはフィリップをじっと見つめた。彼とはまだ一度しか会ったことがなく、どんな人かと尋ねられたら、いちいち触りたがるけど、別に悪い人ではなさそう、と答えるだろう。だけど、友人としてつきあうほど世間知らずでもない。ヨガ教室で会ったとき、どうして妻のリジーを好ましく思ってしまったのだろう。たしかに彼女とは友だちになれそうだと思った。だがそれから二週間ほど過ぎて、ふたりでコーヒーを飲みに出かけたときにリジーから、自分たち夫婦はともに元警察官だと打ち明けられた。それを聞いて、ふたりに対する好意が警戒心へと変わってしまったのだ。警察からも、あのとき起こったすべてのことからも逃れたくて、はるばるここまで来たというのに。引退警官夫妻と親しくなることで、心の傷を深めたくはなかったのに。

警察病院の医師から言われたことを忘れたの？　新生活をはじめるのなら、新しい人脈を作る努力が必要——安全地帯から出ていくこと。安全地帯から出ていくのはいいのだが、そこにはとんでもない食わせ者もいる。リスクは負いたくない。ぜったいいに負いたくない。

「リジーが会いたがっているよ」フィリップは話を続けた。「ヨガ教室、ここ数回欠席しているそうじゃないか」

ヨガ教室は休んでいるし、復帰するつもりもない。リジーにやめると伝えるより、欠席したまま、リジーの前からそっと姿を消してしまうほうが楽だ。モイラが知るかぎり、リジーとフィリップはご近所のゴシップが好きだから、いずれふたりは自分たちの前職や同僚について話したがるだろう。そうなればモイラの過去についても詮索するはずだ。モイラは話したくないのだから、きっとそこで揉《も》める。警官とはどんな人たちなのかと訊かれても、モイラにわかるのは、彼らがパズル好きだということぐらいだ。ひょっとしたら、あの夫妻、警察のかつての同僚とまだ連絡を取り合っているかもしれない。モイラのことを彼らに話してもおかしくない。わたしの過去を聞き出そうとするだろう。モイラは身を震わせた。そうなったらすべてが台無しだ。そんなことがあってはならない。

モイラは頭を左右に振った。目の前が揺れる。めまいがぶり返してくる。声から力が失《う》せ、意識が何だか遠ざかっていく。「家に帰りたい」

「大丈夫かい？」フィリップが眉をひそめた。心配そうな目で彼女を見ている。「顔が真っ青だよ」

もう一度頭を振ってみる。めまいがさらにひどくなる。「わたし……わた……」

モイラは倒れた。

フィリップは彼女を抱き止めて支えた。「ほんとうに大丈夫なのか？　しっかりするんだ。こっちを見て」

モイラはフィリップを見た。顔がぼやけ、輪郭がかすんで見える。脚に力が入らず、体を支えきれない。助けてもらいたくなかったはずなのに、フィリップについ、もたれかかってしまった。

「まだ歩いちゃだめだ」フィリップは救急車に目をやった。「救急車に戻って、病院へ連れていってもらったほうがいいんじゃないか？」

「いいえ」モイラはフィリップから体を離そうとした。脚がもつれる。バーのハッピーアワーからラストオーダーまで飲み続けた酔っ払いかと思うほど。彼女はしぶしぶ、またフィリップの力を借りた。

「さあ、もう大丈夫だ。でも運転はぼくに任せなさい。うちに連れていくから、リジーに会って、スイートティー（アメリカ南部で愛飲されている、甘みの強いアイスティー）でも飲んでいくといい。ショックを受けたときはこれが一番効く。気分がよくなるよ」

ショックではない。モイラには自覚がある。わたしはちょっとやそっとのことで動揺なんかしない、あり得ない。理由は別にある。体が勝手に裏切って、自分を痛めつけているのだ。フィリップに送ってもらいたくはなかったが、ひとりになったら舗道の上に倒れてしまいそうだ。ため息が出そうになるのをこらえ、モイラはうなずいた。

「大丈夫」ぜんぜん大丈夫じゃないくせに。

フィリップは通りを手で示した。「ぼくの車はあっちに駐めてある」

ふたりはゆっくりと、一歩ずつ歩きだした。フィリップはモイラの脇の下に手を回し、力をこめて彼女の体を支えている。犯行現場を示す黄色いテープをくぐって非常線の外側に出ると、モイラはフィリップのエスコートで彼の車へと向かった。

モイラは一歩一歩、前に進むことに意識を集中させた。脚にはまだ力が入らないし、めまいもおさまらない。もう大丈夫、お茶は自力で家に帰って自宅で飲みます、ありがとうございますと礼を言いたいのに、はたしてほんとうにできるのか自信がない。モイラは小声で自分の不運を嘆く。人の世話になるなんて情けない。それもよりによって、できたらお近づきにはなりたくない、この人に。

「どうした?」フィリップが声をかける。

「別に」そう答えながらも、モイラの声はいつもと違って力がない。フィリップのお節介がいちいち気に障る。

フィリップは眉をひそめたが、今は彼女を責めてはいけない。「もうすぐだよ」

歩きながら、フィリップはどうでもいいおしゃべりをはじめた。

「〈ザ・ホームステッド〉では殺人事件なんて一度も起きていない」彼はひと息でそう言った。「街中、このうわさで持ちきりになるだろうな」

当事者であるわたしの前でうわさをしないでくれるといいけど。モイラは思った。

背後でガラガラと音がしたので、肩越しに振り返って公園を見た。白髪のやじ馬が数名集まっているその先、公園の門のあたりに張られた非常線のすぐ脇に、ピックルボールのコートへと続く遊歩道がある。その遊歩道を、ファスナー付き遺体袋を乗せて進むストレッチャーの車輪が立てる音だった。遺体を遺体袋に入れて片づける光景が頭に浮かび、モイラは唇を噛む。記憶の目を開くと彼の顔が浮かんでくる。モイラは息を呑む。脳裏に浮かんだ光景をまばたきして消し去ると、今度は悲しみと怒りの感情に押しつぶされそうになる。

「さあ、どうぞ」フィリップは、きれいに磨き上げた黒いトヨタの脇に立っていた。

フィリップが助手席のドアを開けたとき、モイラは今一度公園のほうを見た。どういうわけか……胸がチクリと痛んだ。死体を見たときのことを思い返すと、警察をやめ、悠々自適の生活を送るモイラ・フリンから、本来の自分である警官モードにスイッチが切り替わるのを感じた。自動運転の乗り物の中にいるようだった——迷いなく、プロ意識を持ち、自分の持ち場、自分の意見をしっかりと理解している。いい気分だ。この上なくいい気分だった。まだ誰かの役に立てる。目指すべきものがある。自分が生きている意義が、まだあるように感じた。

「手伝おうか？」フィリップが声をかける。

「いいえ、大丈夫」

フィリップが反対側の運転席へと移動する間、ふたたび公園に視線をやったそのとき、モイラは誰かに見られているのに気づいた。通りをはさんだ向こう側、停車中の車——シルバーのフォルクスワーゲン・ビートル——に隠れ、細身で筋肉質、ブロンド、黒縁メガネの青年がしゃがんでいる。男はモイラを凝視していた。

この日、日中にかけて気温が上がり、摂氏二十五度を間違いなく超えるとの予報が出ているのに、男はネイビーのパーカーを着て、首にはえび茶色と金色の厚手のマフラーを巻いている。

モイラは男と視線が合った。彼は目をそらそうともせず、それどころか、その表情はますます不気味さを増していった。男は手にした携帯電話をモイラに向けた。

シャッターを切るときの、カシャッという音が聞こえた。

「何をしてるの？」モイラの声には力がなく、震え、おどおどしていた。彼女は自分を情けなく思った。男に向かって一歩踏み出すと、視界がまた揺れ動き、吐き気の波にふたたび見舞われた。

「モイラ！」フィリップが運転席から飛び出し、トヨタ車をぐるりと回って彼女のほうに来た。フィリップに腕をつかまれ、モイラは何とか倒れずに済んだ。「頼むから、ぼくの言うことを聞いてくれ」

「あの男を見た？」

フィリップは顔をしかめ、不審そうにモイラに訊く。「見たって、誰を？」

モイラは振り返ると、通りの向かい側に駐まっているビートルの周囲を探したが、車の周囲に立ったり、しゃがみこんだりする人の姿は見えなかった。「わたし……でも、たしかに、わたし……」モイラは自信なさそうに首を振る。自分の目が信用できない。「気のせいだったみたい」

フィリップの手を借りながら、モイラはゆっくりと車に乗った。吐き気はあったが必死になって飲みこみ、助手席に身を沈めた。シートベルトを締めると、警察病院の医師の声が頭の中で聞こえてくる。治療には時間がかかりますし、犯罪とは縁のない、安全な場所で静養してください。そうでなければ何も解決しませんよ。

あなたは引退したのよ。モイラは自分に言い聞かせた。あなたはもう、昔とは違うのだから。捜査はもうあなたの仕事じゃないし、ここはあなたが担当する犯行現場でもない。新しい人生のスタートを切ったでしょ。忌まわしい過去とは縁を切らないと。

# 4

## リジー

イーゼルの前に立ち、絵筆を手にしたリジーは目を細め、キャンバスのてっぺんにクリップで留めた写真を見つめた。朝のこの時間には決まって半屋外スペースに絵を描くのにはもってこいの自然光が差しこむのだが、今日はあまり期待できない。二軒隣のお宅で飼っているスパニエルの老犬ドリーの特徴をつかもうとしても、日差しが足りないとうまくいかない。あのワンちゃんのちょっと寄り目になるかわいい表情を絵筆で巧みにとらえられないのだ。

リジーは首を振ると、絵筆を筆洗い器に入れた。そろそろフィリップとモイラが帰ってくる。フィリップからメッセージが届いたのは、たしか五分前のことだ。ここ二週間ほど、界隈《かいわい》では窃盗事件が多発している。フィリップによると、モイラがついさっき被害に遭ったらしい。

正直、モイラがここに来るのを意外に感じた。リジーは会うなりモイラのことが気に入った。自分たちが取った下向きの犬のポーズがあまりにもぶざまで、自分たちより十歳は年上に決まっているインストラクターが、想像を絶するほど体が柔らかいのがおかしくて、一緒に笑い転げた。二週間前、一緒にコーヒーを飲みに出かけて、次のヨガ教室が終わったあともお茶しましょうと約束したのに……それっきりだった。モイラはヨガ教室に来なくなり、住所も、携帯電話の番号もリジーは知らなかった。スーパーマーケットで偶然会ったときも、自分たち夫婦の前から一刻も早く逃げ出したがっているオーラをモイラから強く感じた。それがずっと不思議でならなかった。

画材を片づけていると、フィリップがドアの鍵を開ける音がする。リジーはバスルームに駆けこみ、ほおについた絵の具を洗い流して、急ぎ足で廊下に出た。フィリップもモイラもすでに家の中にいる。フィリップは自分のコートを廊下のクローゼットにしまうところだった。モイラは立ったまま腕を組み、居心地悪そうにしている。

リジーは心のスイッチをおもてなしモードに切り替えた。彼女の好きな役回りだ。

「モイラ、ようこそ」

「虹でもズタズタに切り裂いていたのか?」絵の具が散ったダンガリーシャツに目を

やりながら、フィリップが言う。そしてリジーのほおにキスすると、クローゼットの棚に置いたボウルに鍵をしまった。

「そんなところね」濡《ぬ》れたままの手をダンガリーシャツで拭きながら、リジーはモイラのほうを向いた。「ごめんなさい、まだ片づいてなくて。絵を描いていると時間が経《た》つのを忘れてしまうのよ」

モイラは対応に困っているようだ。「押しかけてしまってごめんなさい」

「押しかけてだなんて、とんでもない。ねえ、お茶にする、コーヒーがいいかしら、それとも何かアルコールを召し上がる？」そう言いながら、リジーはまず夫、続いてモイラに目をやる。ふだんは堂々として自信ありげなモイラが青ざめた顔で苦痛をこらえ、フィリップが脇に手をやって彼女を支えているようだ。「あなた、大丈夫なの？」

「彼女、ちょっと気が動転してるみたいなんだ」フィリップが状況を説明する。「落ち着くには甘いお茶とビスケットだな」

「できたらコーヒーをいただきたいわ」とモイラ。

「もちろんよ」リジーはほほえみながら、もう一度モイラを観察した。瞳はどこか焦点が合っていないし、声は震えている。「座ったほうがいいかもね」モイラをキッチンに案内すると、アイランドキッチンの反対側に置いたスツールを勧めた。「さあ、座って。何があったのか話してちょうだい」

フィリップはモイラをスツールまで連れていくと、自分は彼女の向かいに座った。リジーはキャビネットから白いマグを三つ取り出し、白い大理石のカウンタートップに置く。コーヒーメーカーのホットプレートからポットを外し、リジーは三つあるマグに濃いめのコーヒーを注《つ》ぎ、モイラのマグには角砂糖を三つ足した。モイラとフィリップ、そして、夫の脇にある予備のスツールの前にマグを置くと、カップボードから出してきたショートブレッドを箱から数枚取り出して、皿に並べた。彼女は皿をモイラの前に置いた。

リジーが手近なスツールに腰を下ろしたタイミングで、モイラはビスケットをつまんだ。端を少しかじったあと、彼女は残りを皿の上ではなく、テーブルの上、コーヒーマグのすぐ脇に、じかに置いた。フィリップに見つかりませんようにとリジーは思った。彼女の夫はビスケットのくずが落ちるのを何よりいやがるのだ。

フィリップは集中した面持ちで唇を引き結び、スマートフォンの画面を指一本でタップしている。リジーが座ると、妻のほうにちらりと目をやった。「リックにテキストメッセージを送っているんだ、コミュニティ内のパトロールチームでミーティングを開かなきゃいけないからな――昨夜のパトロール当番が何か目撃してないか、話を聞いておくべきだと思ってね」

「いい考えね」リジーは言った。パトロールチームはフィリップが最近熱を上げている活動で、彼なりにご近所の方々の役に立ちたいと考えてやっている。ただ、フィリップ自身のためでもあることはリジーもよくわかっている。目標を決めて動くのが彼のやり方。そうでなければ、反対運動の先頭に立ってしまうタイプだ。〈トールグラス・ゴルフクラブ〉のキャプテン（ゴルフクラブの会員代表）職を今年のはじめに譲渡したあと、心もとなげで、これからどうしていこうかと途方に暮れていたのもリジーは知っている。できるならフィリップ率いるパトロールチームには警察関係者とかかわらないでほしいのだが、最近窃盗事件が増えていることもあり、こそ泥騒ぎの取り締まりなら、そこまで危なっかしいことにはならないでしょうと、リジーは自分を納得させていた。彼女はモイラのほうを向いて言った。「危ない思いをしたとフィリップから聞いたわ。何か盗《と》られたの？」

モイラは首を振って否定した。「今朝、小型プールに死体が浮いていたんです」

リジーははっと息を呑んだ。胸が苦しくなる。これまで〈ザ・ホームステッド〉で人が殺されたことなど一度もなかった。一か月ほど前まで犯罪すら起こらなかったところなのに。治安のよさは、この分譲地を選んだ理由のひとつでもあった。夫とふたり、警察時代にいやというほど犯罪を目の当たりにしてきたから。〈ザ・ホームステッド〉を終《つい》の住み処と決めたのも、警官時代の殺伐とした記憶をすべて忘れてしまいたかったのが理由だ。リジーは眉をひそめた。夫から話を聞いたときに動揺したのをモイラに悟られないようにしなければ。「あら、そうなの？　そんな……思ってもみなかったわ」

モイラはショートブレッドをもうひと口かじった。「わたしだってそうです」ちらりと夫を見ると、彼は携帯電話の画面をじっと見つめ、やっきになってメッセージを打ちこんでいる。モイラの前にはやはり、食べかけのショートブレッドのかけらが散らばっている。リジーはふたりをあまり見ないようつとめた。「フィリップが言ってたわ、あなたが救急車に乗っていたって。けがでもしたの？」

「いいえ、そんなことではなく、救急医療隊員が大げさで。病院に行くよう勧められましたが、たいした症状でもなかったので」

リジーは黙って彼女の話を聞いていた。けがでもしたのかと訊くとモイラの小鼻がふくらみ、救急医療隊員の話になると目をそらした。リジーは察した。モイラは何か隠している。リジーはカウンターに身を乗り出し、声をひそめて向かい側にいるモイラに言った。「あなた、ほんとうに大丈夫なの？」

「ええ、何ともありません。少し頭がクラクラしただけですから。たまに低血糖を起こすんです」モイラはここでひと呼吸置くと、ショートブレッドをもうひと口かじった。「甘いものをいただいたおかげで助かりました。ありがとう」

リジーは何も言わなかった。まだモイラを疑っていた。

モイラは作り笑いをを浮かべてリジーを見やった。「だから、もうわたしの心配はしないで。そんなに怖がりでもないし」

リジーは思った。モイラはどんな仕事をしていたのだろう。死体を見ても動じないなら、死と隣り合わせの職業、たとえば看護師か救急医療隊員、ひょっとしたら医師かもしれない。CSIにいたころ、リジーはさまざまな犯罪の結末を見てきた。退職まで毎日のように遺体や物証を見てきたため、ついつい詮索してしまう性格になったのもしかたがない。「そうね、もちろんだわ。だけどやっぱりショックじゃない？犯行現場は人を不安にさせるから」

「たしかに。だけど、このまま立ち去るのもどうかしら、現場に残って手伝いたいと思ったの。だって、わたしが遺体を見つけたんだから」

わかるわと言いたげな表情でうなずいてはみたものの、リジーの本音は違った。自分は引退後の生活をエンジョイしている。リラックスして、ささやかな喜びを楽しむ時間が手に入ったのだから。人生も終盤に差しかかったというのに、遺体や体液にまみれて過ごすのはもうこりごり。フィリップにもあんな苦労を味わわせたくない。だからリジーは〈ザ・ホームステッド〉での暮らしに満足している。ここは毎日が休暇のようで、いいことしか起こらない。次々と悪事に手を染めた犯罪者の忌まわしい記憶は思い出したくもない。自分はそれだけのことをやったという自負がリジーにはあった。

「さて、きみが見たことをぼくたちに話してもらおうか、モイラ」携帯電話をカウンターに置き、コーヒーマグを手に取ると、フィリップが言った。「遺体はどうやって見つけた？　加害者の残した形跡らしきものは？　公園の中で異変に気づいたかね？」

リジーは夫をずっと見ていた。彼のいきいきとした表情をこれまで何度も見てきた。大きな事件に遭遇するたび、何度も、何度も。こうした大事件が夫を消耗させてきた。休むことなく働き、まるで獲物をかぎつけた猟犬のように、執念深く犯人を追い続けてきたが、彼は刑事という仕事をずっと愛していた。生きがいにしていた。心臓発作と血圧の急上昇で、すべてをあきらめなければならなくなった、あの日まで。

リジーは唇を嚙んだ。昔のように晴れやかな表情をしているというのは、またあのときのように、事件に執着することになるのだろう。リジーは息を吸うと、ほとんど聞き取れないぐらいにかすかなため息をついた。

リジーが謳歌《おうか》していた優雅な第二の人生がめちゃめちゃになってしまう。彼女が今できるのは、心のダメージができるだけ少なくなるようつとめ、夫との平和な暮らしが終わりを告げる羽目にならないよう、祈ることぐらいだった。

# 5

## モイラ

　モイラはもう、この家にはいたくなかったし、殺人事件のことなど話したくもない。話せば話すほど、うっかり口を滑らせ、元警察関係者だとわかりそうなことをしゃべってしまいそうだ。どうしても、それだけは避けたかった。

「さて、殺害現場はどんな感じだったかね？」フィリップはますますせかすような物言いになり、上司風まで吹かせてきた。隅に追い詰めたネズミを見るネコのように、フィリップはじれったくてたまらなそうな目でモイラを見ている。

　モイラは彼の語り口が好きになれなかった。体調さえよかったら、とっとと失せろとどやしつけて、この場を去るところなのだが、体の具合はまだ悪く、違和感が残っている――軽いめまいがするし、ちょっと自分が自分でなくなったような気分だ。歩いて家まで帰れるほど体調は回復していないとなると、もうしばらくここで我慢しなければならない。だったら、フィリップとは穏やかに過ごし、反抗するのではなく質問に答えるほうが楽だ。ただし、慎重に。「加害者を特定するようなものはなかったけど、プールに不似合いなものがいくつかありました」

「具体的にはどんな？」フィリップが身を乗り出して尋ねる。彼の目は輝き、カウンターに置いたスマートフォンのバイブレーション機能が作動しても、おかまいなしだ。今のフィリップにはモイラしか見えていない。

一方リジーは上の空で、眉間にしわを寄せ、大理石の白いカウンターの上でマグを前後に揺らしている。

モイラはどうしようか迷った。事件現場が頭に浮かんでくる——被害者の胸の血、水面《みなも》に浮いた紙幣、プールの底に沈んだバッグ——自然死や事故死とは考えにくく、むごたらしいが不審なところもあり、頭の中でパズルを解いているような気分になる。似たような事件は前職で担当しているし、危険なのもわかっている。何があったのか突き止めたくてたまらなくなったら、暴走してしまいかねない。

暴走しないようにと、モイラは日頃から自分に言い聞かせていたはずだった。警察の現場から去ったのだから。脱皮して成長する動物のように、モイラはかつての暮らしから離れ、まったく新しい自分として、人生をやり直すことにした。警察病院の医師は最後に、暴力や危険な目に遭うことから距離を置いてくださいとモイラに告げた。じっくり時間をかけて、完治させましょうと。

モイラはフィリップからリジーに視線を移した。このふたりに自分の過去は話せない。秘密を知られてはいけない。元警察関係者が暮らすこの家にいるかぎり、リスクは避けられない。現場で目撃したことを話せば話すほど、フィリップとリジーはモイラを自分たちの世界に引きこもうとするはず。おいとましなければ。今、すぐに。

カウンタートップを強く握り、モイラは床に両足をそろりと下ろした。体重が支えられないのではと思うほど、両脚に力が入らない。立とうとしても踏ん張りきれずにひざから崩れ、スツールにぺたんとお尻をつけてしまった。情けない。ここから出ていくのは無理そうだ。

「大丈夫?」リジーが尋ねる。ショートブレッドの皿をモイラのほうに近づけて言った。「もっと食べて」

「ありがとう」モイラは自分の弱々しい声がいやになった。「実はあまり気分がよくなくて」

「ここでしばらく休むのが一番、ぼくらに面倒を見させてくれ。だからきみが見たことを残らず話しなさい。困ったことがあっても、誰かと分け合えば半分になる。ぼくたちに話せば、胸のつかえは取れるだろう。何もすべて話さなくてもいい——民間人には難しいから、あとはわれわれ警察関係者が何とかする」

胸のつかえが取れるとは思わなかったが、今のモイラの体調では、フィリップの助けを借りるほかなかった。コーヒーを少し飲むと、砂糖がたっぷり入っていて、モイラは苦笑いする。フィリップはよだれを垂らしそうな勢いで熱心に彼女に話しかけてくる。モイラを勇気づけるかのように、何度もうなずきながら。犯行現場を細かく検証することぐらい人並み以上にできます、モイラはフィリップにそう言い返したくてたまらなかった。これまでいやというほど担当してきたのだから。

モイラはフィリップに反論しようと口を開いた。

そのとき、ドアが大きく開いた。ドアが壁に当たった反動で、すぐ脇にある飾り戸棚のガラスが、ガタガタと音を立てた。

モイラは一瞬たじろいで音がしたほうを向く。「何なの……？」

山が来たのかと思うほど大柄で胸板の厚い男性が、さっそうとした足どりでキッチンに入ってきた。真っ白な髪、日焼けした肌、たくましい腕。ポパイをもっとマッチョにした、シニア版ポパイのような男性がそこにいた。声は低くかすれ、フロリダの住民というより、ボストンで生まれ育った人のようなアクセントで話す。

「パトロールチームのメンバーに集合をかけておいた。三十分後にミーティングをはじめる」

「お疲れ」フィリップはモイラを手で示した。「ここにいるモイラが遺体を見つけた。発見したときの様子をこれから話してもらうところだ」

「いいタイミングだったな」山のように大きな男が言った。自分の分のコーヒーをマグに注ぎ、男はキッチンを横切ってモイラのすぐそばまで来ると、アイランドキッチンに腰を預けて寄りかかった。

フィリップは空いているスツールに手を差し向けた。「座れよ」

「おれは立ったままでいい」大男は言った。そしてモイラを見た。「きみは座ったままでいいから」

モイラは顔をしかめた。この人、いったいどういうつもり？　こんな大柄な男性に立ちふさがられると、さっきまで広々として見えたキッチンがホビットの家のように小さく感じてくる。「で、あなたは誰？」

「おれはリックだ」コーヒーをカウンターに置くと、男はモイラに手を差し出し、握手を求めてきた。「リック・デンヴァー」

モイラはリックと握手を交わした。手の大きさはゆうに自分の倍はある。リックはモイラの手を固く握った。手のひらはひんやりと乾いていた。「わたしはモイラ」

「ずいぶんともったいぶったアクセントだな」リックが苦笑いしながら言う。「このふたりのように、きみもイングランドから移住してきたようだね？」

リックはわざと、〝イン・グ・ランド〟と区切って言った。堂々たる体格には不似合いな、愛嬌《あいきょう》たっぷりの笑みがこぼれる。だが、モイラはガードを緩めようとはしなかった。「そうです」

「この街に住んでるの？」リックはモイラの目を見たまま尋ねた。

モイラはそっけなくうなずいた。「先月引っ越してきました」

「そりゃいいな」リックは視線をモイラからフィリップとリジーに移す。「そういえば、犯行現場で何を見たんだ？」

モイラは言いよどんだ。リジーとフィリップには事件のことを話したくなかったのに、さらにリックという、よく知らない人まで加わってしまった。

「さあ」モイラに先を促すようにフィリップがうなずいた。「リックは麻薬取締局《DEA》に勤務していた。こいつも警察関係者だった、ぼくやリジーと一緒だよ」

わたしもね、と言いたいところだが、モイラは口には出さなかった。あの夫婦だけでも困りものなのに、元警察関係者がもうひとり増えるなんて。

「だから安心しなさい。話を続けなさい。ぼくらと一緒なら安心だから」

自分も元警察関係者ですから、その恩着せがましい断言口調はよしてくださいと言い返したい気持ちを抑え、モイラは代わりにリックのほうを見た。

「元DEAってほんとうですか?」

「そうだよ。四十一年つとめた。大ベテランだ」

モイラはリックをじっと見た。ガードを固めて自分を守らなければ。潜入捜査官として長年働いてきたおかげで、的確な判断をして死なずに生き延びる方法を体が覚えてしまっているから、別に大変ではない。その場の雰囲気になじみ、疑われないようにする力も求められる。モイラは軽く息をついてから笑顔を作った。「ええと、さっきも言いましたけど、プールには普通ない、なぜあるのかわからない物がいくつかありました」

カウンターの上でマグを揺らしていたリジーの手が止まった。「たとえば?」

「刑事さんと話したとき、彼は、被害に遭った女性は路上強盗に出くわしたようだと言ってましたが、それってどこかおかしく感じました」話す口ぶりから専門家と悟られないよう、モイラはよくわかっていない風を装った口調を心がけた。「もし路上強盗なら、泥棒はどうして盗んだお金を——」

「待て」フィリップが片手を上げてモイラを制した。「どうやって盗んだ金だ？　いくらあった？　どこに？」

「最初から聞かせてくれないか」フィリップの話の腰を折るようにして、リックが割って入った。「どうやって現場にたどり着いたのか、詳しく教えてくれ」

「わかったわ」来たばかりの彼、リックはどこか頼りになり、誠実そうだ。事件に興味を示しても、フィリップのように威圧的な雰囲気はない。自分から話そうという気持ちにさせる。モイラは目を閉じ、記憶の糸をたぐる作業に集中した。「スライド錠がかかった門の扉を開け、プールがある区域に入ったんです。わたしがそこに着いたとき、扉は閉まってました。いつもそうで、わたしはスライド錠を開けて扉を開き、小型プールまで歩いていきました。投光照明《フラッドライト》は動きを感知して作動するシステムで、照明がついていて、すぐに見えたのが彼女の死体でした。仰向けになってプールに浮かんでいて、顔もよく見えないのに、彼女が死んでいるのがわかったんです」モイラは目を開け、リックを見た。「あんなに離れていたのにわかるなんて、不思議でした。ピクリとも動かないのはなぜ？　と思ったから」

　リックは真剣な表情で話を聞いていた。「うん、そうだろうね」

　フィリップがカウンタートップに身を乗り出した。「それで、きみは何をしたんだね？」

「急いでプールの近くまで行きました。女性はプールの真ん中に浮いていた。若くて、年齢はせいぜい二十代といったところで、黒い髪が頭を取り囲むように浮いてました。着ていたのは黄色いワンピースで、近寄ってみるとワンピースの胸から上が血で汚れていました」

「身元はわからないの？」リジーが訊く。

モイラは首を振った。「ええ」

「紙幣も浮いていたんだよね？」フィリップが尋ねる。

「彼女と一緒に浮いていました。ドル紙幣でできた油の膜みたいに。数千ドルはあったはずです」

リジーは両手を組み合わせた。「もし路上強盗なら、犯人が奪ったお金をプールにありったけ置いていくなんて考えられないわね」

モイラはリジーと視線を合わせた。「そうなんです。まるでお金が目的じゃなかったみたいでした」

リックは眉をひそめた。「ほかには何を見た？」

「プールの底に、黒いバッグが沈んでいました」

「それってハンドバッグ?」リジーが尋ねる。

モイラは首を振って否定した。「紙幣が水面を覆っていたからよく見えなかったけど、リュックサックだったと思います。プールの底に沈んだままで、おかしいなと——ずいぶん重い物が中に入っていたんじゃないかしら」

「犯人が置いて逃げたのかね?」フィリップが尋ねる。

「さあ。でも、たぶんそうじゃないかと」

リジーは首をかしげ、眉をひそめた。「じゃあどうして犯人は持ち去らなかったのかしら?」

「犯人は泳げなかったのかも」とモイラ。「小型プールは飛び込み用で、浅いところがどこにもないから」

「犯行の途中で邪魔が入ったのかもしれんぞ」フィリップが推理する。

「路上強盗ではなく、プールに散った紙幣を置いたまま逃げたとなると、目当ての品がほかにあったんだろうな」リックはあごをなでながら言う。「それが何かは、見当もつかないが」

リジーは首を振って否定した。「目当ての品が別にあったとしても、それだけの現金を置いていくかしら? 紙幣がもしプールに浮いていたら……」

「だけどさ、百万ドルが浮いていたわけじゃなかろうに」リックは視線をリジーからモイラに移す。「鑑識チームがそのバッグをプールから引き上げたときにも、きみ、そこにいた？」

モイラはうなずいた。「ええ、でも、ずっと離れたところにいました。近づこうとしたけど、警官に止められて。だから、はっきりとは見ていません」

「それで？」フィリップが話の先を促した。

「それだけです」モイラは顔をしかめてフィリップを見た。「言いましたよね、近づけなかったって。あのバッグをプールから引き上げると、刑事の、ゴールディングって言ってましたが、そのゴールディング刑事が来て、いくつか質問をされたけど、例の救急医療隊員たちが無理矢理わたしを救急車に連れていったんです。あとはご存じですよね」

「きみ、その刑事をあまり高く買っていないようだね？」リックが言った。

モイラはちょっと笑った。「そんなにあからさまでした？」

リックも笑った。こめかみに笑いじわが深く刻まれる。「まあね」

「夜勤明けだそうで、ぼうっとしていたんです。早く帰りたそうというか、時間に追われてたというか」モイラは大きくため息をついた。「誰かは知らないけど、プールにいたあの女性が浮かばれないと思ったの」

リックはモイラに共感したようだ。リジーのまなざしは、眉をひそめているフィリップに向いている。

自分もほんとうは元警察関係者なのだと正直に言うべきか、モイラは迷った。

フィリップが首を振り、興奮した様子で口を開く。「被害者には等しく正義を求める権利がある」

リックとリジーもうなずいた。モイラは意を決した。

「そのとおり。だからわたし、写真を撮ってきました」パーカーのポケットからスマートフォンを取り出すと、モイラは画面のロックを解除し、写真のアイコンをタップした。「気味が悪いかもしれないけど、でも……」彼女は肩をすくめて言う。

三人に画面を向けながらスクロールして、警官が来る前の犯行現場を写した画像を探した。最初の数枚はプールとパティオの全景を撮ったものだ。続いて遺体のクローズアップ写真。早朝の日差しを浴び、断固とした決意のもと、陰惨な犯行現場にひるむことなく撮った写真――黄色いワンピースの胸のあたりを深紅に染め、プールに浮かぶ若い女性の遺体。石造りのプールの縁には飛び散った血痕。水面に浮かんだドル紙幣。プールの底に沈んだ黒いバッグ。

全員がしばらく黙っていた。リックが口を開いた。「この写真を撮ったのを、そのゴールディング刑事とやらに話した？」

「いいえ。削除するつもりだったから」モイラはリックと視線を合わせた。「それに、彼はまったくやる気がなさそうで、だからわたしも、自分から写真を見せようとは思いませんでした。ここまでしたのは、わたしが遺体の第一発見者だったから。自分の身を救うためには何かしなければ、というか、わたしにも責任があるように思えたんです」

フィリップはうなずいた。リックも彼に続いてうなずいた。

「わかるわ」共感した面持ちでリジーが言った。「死体を見つけるなんて一大事ですもの」

「そうだ、そうだね」フィリップはそう言いながらモイラの腕を軽くはたいた。「訓練を重ね、犯行現場に慣れたプロの警官だってたまらないのに、きみのような一般市民なら、なおのことつらかろう」

「それだけじゃありません」フィリップの見下したような物言いにモイラは気分を害したりはしなかった。それどころか、彼女は画面をタップし、遺体の顔の部分を拡大した——大きく開いた、うつろな目。電話を握りしめ、モイラは三人の元警察関係者に向き直った。話しだすと声がまた震えてくる。決してめまいのせいだけではなかった。「あの刑事——ゴールディング——が、あんまり無関心で我慢ができなくなったのよ。このかわいそうな若いお嬢さん、ゆうべ亡くなられたっていうのに。誰かひとりぐらい、彼女に何があったか心配してあげたっていいじゃない」

# 6

## リック

車をシー・スプレイ大通りの脇に寄せ、〈ロードハウス〉の駐車場に入ったところで、腕のアップルウォッチがまた震えた。リックはちらりと手首に視線をやり、〈ロードハウス〉の女主人、サンディから、ふたりが今どこにいるのか尋ねるメッセージがまた来たのを確認した。この十分間でサンディから三度目のメッセージ、しかも前の二通より、また一段と失礼な書きっぷりだ。奥の個室がギャーギャーうるさくてしょうがないんだけど——と。〈ザ・ホームステッド〉は、賑《にぎ》やかなのが通常運転なのだが。

「揉めてるのか?」フィリップが訊く。

「おれたちが今どこにいるか知りたがってる」

リックは車の向きを変えてバックで駐車し、ふたりは〈ロードハウス〉へと急いだ。

開いた窓からロックミュージックにかぶさるように喧噪《けんそう》が聞こえてくる。叫ぶでもなく、家具を壊すでもない――荒くれ者が集まっているわけでもないのに、この始末だ。

ふたりは入り口まで進み、店内に入った。〈ロードハウス〉は開店してまだ十年も経っていないが、数百年前からあるような作りの店だ。素朴な風合いの羽目板張り、むき出しのレンガ壁、濃い色の家具に控えめな照明。リックは昼から一気に夜へと連れていかれたような気分になった。荒削りな作りだが、ビールよりも家具のつや出し剤のにおいが勝り、嚙みタバコを含め、店内での喫煙が禁じられているのが、健全を旨とする〈ザ・ホームステッド〉らしいところだ。タバコは五年近く前にやめたはずのリックも、こういう場所に足を踏み入れると一服したくなってくる。

ビリヤード台や片腕の海賊像を抜け、中央のバーエリアを通り過ぎ、廊下を進んで奥の個室へと向かう。そこではコミュニティのパトロールチームがミーティングを開いていた。部屋に近づくにつれ、わいわいがやがやという声が大きくなる。

あと数メートルというところで例の個室のドアが開き、サンディがあわただしく廊下に飛び出してきた。サンディは五十代後半、金色に染めた髪と、おおらかな物腰の女性で、大酒飲みの住民が束でかかってきても容赦せず、断固とした口調で立ち向かう女主人だ。

そんなサンディがリックとフィリップを見て、眉をひそめる。「どこに行ってたの？」

「犯行現場の検証で忙しくてね」とフィリップ。「遅れて申し訳ない」

サンディは両手を腰に当て、小首をかしげた。「犯行現場ねぇ」と、彼女の視線はフィリップからリックに移る。「ミーティングをするから早めに店を開けてくれって言うからそうしたのに、あんたたちが遅れてくるとは」サンディが困っているのがリックにもわかったが、こちらを困らせてやろうという茶目っ気も声の調子から伝わってくる。サンディとリックはこの一年で三度ほどデートしたのだが、関係はそれ以上進んでいない。いい友人ではあっても、リックは彼女と恋仲になりたいとは思えないのだ。妻を亡くしてから五年になるが、彼はいまだに亡き妻アリシャとの結婚生活を引きずっている。

リックは右手を額に当てて言った。「ごめん、ごめん。次は気をつけるよ」

「今度やったら承知しないわよ」サンディがウインクを返し、手ぶりでドアを指す。

「来たんだから、さっさと仕事なさい」

フィリップに続いて奥の部屋へと進む途中、リックは自分たちが遅れた言い訳を考えていた。遅刻については自分にも他人にも厳しい彼だが、今朝は遅れてもしかたがない理由があった。イギリス人の新しい入居者、モイラを見捨てて帰るわけにはいかず、すぐそばの家まで車で送ったからだ。おかげで彼女は愛犬をドッグヤードで遊ばせる時間的な余裕ができた。モイラの体調はまだすぐれないし、やっぱり彼女を送って正解だった。ただ、不思議な感情が芽生えた。愛車のジープから降りていくモイラを見て、リックはもう少し一緒にいたいと思ったのだ。リックは首を振った。どうしてそんなことを考えたのだろう。モイラはイギリス人によくいる堅物女のようだが、魅力的な女性であるのは間違いなかった。正義について語り、被害者に思いを寄せるモイラと接し、腹をいきなり一発殴られたような衝撃を覚えた。ひたむきな情熱を注いで語るその姿に魅せられた。女性に心を動かされるなど、めったにないおれが。リックはその考えを打ち消そうとした。冗談じゃない。あってはならないことじゃないか。おれが惚《ほ》れた女性は生涯、アリシャだけだ。

フィリップがリックをひじでつついた。「あいつらはぼくたちがここに来たことにすら気づいていない。ぼくたちから声を上げるべきだな」

「まったくだ」

「そして、このうるさい音楽のボリュームを下げよう」

部屋の奥にある長テーブルを囲むようにして、パトロールチームのメンバーが集まっている。リックはざっと人数を数えた。ボランティアのメンバー、総勢二十九名が全員そろっていた。部屋に入ってプライベートバーに行くと、リックは扉を開いてカウンターに身を乗り出した。手探りで適当にスイッチをフリックして、ロックミュージックの音量を絞った。メンバーがおしゃべりをやめ、何が起こったのかとリックのほうを向いた。

「すまん、遅れちまった」リックはテーブルに近づいた。「じゃあ、はじめるか」

フィリップはテーブルの上座に着いた。リックはテーブルの角にある椅子を引き出すと、テーブルから少し離れたところに座った。メンバー全員の視線がふたりに注がれる。

フィリップは咳払いをして、ジャケットのポケットから仰々しい身ぶりでメモを取り出した。とっととしゃべってくれよと、リックはなかば祈るような気持ちで、相棒の様子をうかがう。

「今度こそ重大発表だといいが」ローリー・ケンプラーが妻のメリーにそう言うと、わざとらしく腕時計に目をやった。「今日のゴルフは五分前にははじまるはずだったのに」

しかめっ面でローリーをにらみつけると、フィリップはメンバーそれぞれとアイコンタクトを取りながら話しだした。大真面目な口調で。「本日のミーティングでは、殺人事件について話し合いたい」

一瞬の沈黙ののち、メンバー全員が一斉に口を開いた。

バートがフィリップを見ている。白いものの交じった太い眉、不安そうな目と、苦虫を嚙みつぶしたような顔をして。「どこで起こったんだ?」

「ここ? 〈オーシャン・ミスト〉で?」ピンクのサンバイザーを頭のてっぺんまで上げながら、メリーが訊く。年季を積んだボトックス注射のおかげで、四六時中驚いた表情が貼りついているメリーだが、彼女が不安そうなのは声でわかる。

「そういえば今朝、早足ウォーキングに出たら、〈マナティー・パーク〉に警官がいるのを見たよ」真っ平らな腹部をポロシャツの上からなでながら、ハンクが言う。

「その事件で来たんだな」

パトロールチームのメンバーが口々に自分の主張を述べる。不安のレベルが声のボリュームとともに上がっていく。

リックはテーブルに近づくと、堅い木製テーブルの表面を拳で二度たたいた。「静粛に」

無駄話が止《や》んだ。全員の目がリックとフィリップに向く。

フィリップはもう一度咳払いをした。「昨夜、ここで、われわれのコミュニティで、女性がひとり亡くなった。〈マナティー・パーク〉で、彼女の遺体が今朝発見された」

「どうしてそんな事件が起きたんだ?」ドナルドが尋ねる。ここにいる誰よりも青ざめた顔をしているが、彼はふだんから色が白い。ここまで日焼けしていないフロリダの住民にお目にかかったことはないけれども、ドナルドがコンピューターおたくであることもリックは知っている。だが、彼は少しいぶかしく思った。窃盗事件が続発したから結成されたパトロールチームのミーティング初回の顔合わせで〝どうして事件が起こった?〟などと尋ねるだろうか。そうだ、ドナルドは大手IT企業で勤め上げて退職したんだった。なるほど、そういうことかとリックは思った。あの色白ぶりといい、ドナルドは今も家にこもってコンピューターをいじっていて、だから世事にうといのだろう。

さっきまでドナルドを見ていたメリーがフィリップに向き直った。「犯人はわかっているの?」

フィリップは首を振って否定した。「現時点では――」

「誰が亡くなったの? 何てことでしょう、メーヴかしら?」ドロシーは両手で顔を覆った。「彼女、ゆうべ電話を折り返してくれなかったの。電話するって言ったのにかかってこなくて、わたしもわたしで、お気に入りのテレビ番組を見終わるまで電話する気になれなかったの。犯人はメーヴを襲ったの？　もしそうなら、わたし、自分を決して許せなくなる――」

「警官が事実関係を洗っている」フィリップが話を続ける。「被害者は若い女性、このコミュニティの住民にしては若すぎる。身元が確認できるものはなく、ただ――」

ずり落ちたメガネを指で戻しながら、ハンクが言った。「警察はどうして彼女の身元を割り出せないんだろう。その娘さん、どうやってここに来たんだ？」

「〈ザ・ホームステッド〉と外部とつなぐハイウェイの出入り口にはすべて検問所があり、通過したら記録が残っているはずだ」あごをなでながらドナルドが言った。

「その情報から名前が見つかるだろうに」

「でも住民はこの先、自宅の安全が保証されなくなるわね」ドロシーが言った。メガネの奥の目が涙でいっぱいになっている。「こそ泥騒ぎだけでもいやなのに、今度は殺人？　誰がそんなことを？　この界隈は治安がよくて心強く感じていたのに、今じゃ――」

「よそ者が侵入したんだ、そうに違いない」ローリーは握った拳に力をこめ、顔を紅潮させる。「ぼくたちのコミュニティに入りこみ、住民を恐怖に陥れ……」

「そうだな、治安が悪くなったのも第十一居住区の建設がはじまってからだ」とドナルド。「それまでは犯罪など起こらなかったのに、作業員が出入りするようになってから急に犯罪多発地域になってしまった」

リックはパトロールチームの会話を黙って見守っていた。近くにいる人たちの声、遠くにいる人のボディランゲージから、彼らの緊張感が高まりつつあるのを感じる。彼はフィリップを盗み見た。自分たちの意見を自由に語らせ、一段落ついたところで対策について考える。こそ泥騒ぎが最初に起こったときにも使った作戦だ――ただし今日は早めに介入したほうがいいだろう。そろそろおれの出番だ。

「そうだな、最初は盗み、今度は人殺しか」クリントも話の輪に入った。「うちの孫が週末遊びに来るんだ。孫がここで危ない思いをするのはよろしくないな」

「まず言えるのは、警察に協力し、事件を解決に導くことだ。今日ここに集まってもらったのもそのためだからな」

パトロールチームのメンバーたちは戸惑いも、不安も隠さなかった。

「わたしたちに何をやれって言うの？」ドロシーが尋ねる。ドロシーは八十代になろうかという小柄な女性だが、リックは彼女の物事に動じない芯の強さを見抜いていた。

後ろでシニョンにまとめた白髪、ピンクのアンサンブルニットにパールのネックレスやイヤリングを着けたドロシーを見ていると、リックは中学一年生のときの厳格な数学教師を思い出す。

「ここ数週間、夜間の路上巡回を実施しており、昨夜も当番が見回りました。われわれの間では警察も知らない出来事も共有しています。その情報を警察に提供するべきだと考えるわけです」

ドロシーはうなずいた。メンバーの間から口々に同意の声がざわめきとなって聞こえてきた。

「つまり、何をするつもりなのかな?」ドナルドが訊く。

「まず、一週間の見回り記録を一日前倒しして提出してほしい——今日の午後、それぞれの自宅へ回収に行くから、準備しておいてくれ」フィリップが答えた。「次に、この写真を全員に見てもらいたい。あまり愉快なものじゃないが、警察が被害者の身元を特定する際に役立つだろう」

「その女性の遺体の写真を見ろというの?」真剣な面持ちでドロシーが尋ねる。

フィリップが厳粛な面持ちで言った。「お願いしたい」

一同はしんと静まり返った。パトロールチームのメンバーが写真にどんな反応を見せるか、リックには見当もつかなかった。一般市民に遺体の写真を見るよう要請するたび、困難がつきまとう。リックは長年の経験から犯行現場や遺体の写真を見慣れている。こういう写真が好きなわけではないが、仕事なのだからしかたがない。写真を見せたからといって捜査が進むとはかぎらない。人はいつも必ず正しい選択をするものだとも断言できない。誰かの遺体が見つかった日は悲しいに決まっているが、薬物依存者にとっては、近い将来自分も同じ目に遭うのだと覚悟を決める日になる。リックはドロシーを見て言った。「できますか?」

ドロシーはリックと長い間視線を合わせたあと、うなずいた。「わたし、このにっくき殺人犯を捕まえたいわ」ドロシーは毅然《きぜん》とした様子でフィリップに言った。「わかりました、その写真を見せてちょうだい」

# 7

## モイラ

静かだ。

犬たちを庭で遊ばせていると、家の中が不思議なほど広々して見える。ロンドンのアパートメントを引き払ったころの様子を思い出す——何もなく、無個性な部屋。自分自身と同じで、この空間にあった幸福を根こそぎ抜き取られたように感じられた。最後にかかわった、あの任務まで、特捜部の仕事は自分の人生を賭けても惜しくはなかったのに、マッコードに起こった事件がすべてを変え、その後は違和感を覚え、間違っているとも感じるのだ。

ＰＴＳＤ（心的外傷後ストレス障害）。警察病院の医師はそう診断した。認知行動療法やモイラの症状に合わせた対症療法を受ければ、時間はかかるがよくなっていくと説明があった。悪夢を見ることは少なくなり、パニック障害も起こらなくなる、と。当初は警察側も、週に一度、医師がモイラの心の傷に対処すれば、彼女は退職せず、有給休暇の期間内で治療が終わり、復職できるはずだと考えていたに違いない。事実、わずかだが治療の効果はあった。ただ、事件当時の様子を半分しか話せなければ、通常の半分しか回復しないだろうと、モイラ自身は思っている。潜入捜査中にはパニック障害の発作を起こすなど、もってのほかだと言うなら、モイラは早期退職を申し出るのが最善、かつ、もっとも安全な選択肢だろう。モイラは仲間を危険にさらすことだけは避けたかった。二度と繰り返してはならない。

こうしてモイラはフロリダにやってきた。

オレンジジュースの残りを一気に飲み干し、グラスをシンクに入れた。吐き気やめまいはもうおさまり、脚に力が入るようになった。低血糖症のせいだとモイラは思った。パニック障害の発作ではない。

キッチンを抜けて裏口に行くと、モイラは愛犬たちの様子を見に庭へ出た。小柄な長毛テリアのミックス、ウルフィーと思春期を迎えたラブラドールのマリーゴールドが茂みのまわりで追いかけっこをしている。ダックスフントの老犬、ピップは地面がむき出しになったお気に入りの場所で仰向けになり、一匹でひなたぼっこ中だ。モイラが見ているのに気づくと、ピップは前脚を高く上げ、さあ、お腹《なか》をなでてくれとおねだりする。

「わかった、わかった」モイラはほほえみながら、ピップの望みどおりになでてやった。

〈ザ・ホームステッド〉に入居した最初の週、モイラは地元のドッグシェルターを訪ねた。当初は一匹だけのつもりが、結局三匹と運命の出会いをしてしまったのだ。ピップをなでていると、ウルフィーが芝生を突っ切って彼女のもとへ駆け寄り、自分も見てとアピールする。モイラは芝生に腰を下ろしてウルフィーもなでた。マリーゴールドがテニスボールをくわえてやってきた。モイラが笑いながらボールを投げると、マリーゴールドは青年期の犬らしい、ひょろりとした体でボールをキャッチして、くわえたままうれしそうに庭中を跳ね回った。ウルフィーがそのあとを追いかける。人間と比べると、犬ははるかに多くを望まない。

「ほんとに面白い子たちだこと」

そのとき、モイラのジーンズのポケットに入っていた携帯電話が振動した。取り出してからメッセージを読んだ。

フィリップとリックがもうすぐパトロールチームのミーティングから帰ってくるわ。よかったらうちに来て、ふたりの報告を一緒に聞かない？　リジーモイラは思った。どうでもいいんだけど。

行きたくなかった。リジーやフィリップ、それにリックとかいう人も、リスクが高すぎる。全員が元警察関係者じゃない。三人ともかつての勤務先とコネがある。ということは、あの三人なら、モイラの身元を調べることができるし、そうしたら彼女の秘密も知られてしまう。それだけは避けたい。犯罪、警察関係者、そして嘘《うそ》から逃れたい。ただそれだけのために、ここに来たというのに。

モイラは画面をタップして返事を書いた。

ごめんなさい、行けないわ。気分がすぐれないの。M

嘘に嘘を重ねてしまったが、こうするしかなかった。

間もなくリジーから返信が届いた。

歩いたり運転したりが無理だったら、フィリップに頼んで迎えに行ってもらうけど。それにはおよばないわ。まだめまいがするの。モイラはメッセージを返した。

リジーがすかさずメッセージを送ってくる。

きちんとしたものを食べなきゃ。それに、困ったときはお互い様よ。わたしがみんなの食事を作ってあげる。

困った。話が面倒になってきた。モイラが断れば断るほど、リジーはモイラのプライベートを知りたくなるようだ。そのうち、リジーはきっとかつての同僚にモイラの名を伝え、彼女の経歴や人となりを調べてくれと頼むに決まっている。そうなったら困る。

モイラはリジーから先ほど届いたメッセージをながめた。どう答えるべきだろう。

次のメッセージが画面に表示された。

**あなたの助けが必要なの**

モイラは顔をしかめた。助けって？　事件や被害者の詳しい状況を知りたいってこと？　ご近所で聞き込みをして、住民の誰かが犯行現場を目撃していないか探るつもり？　そういうのは警察に任せておけばいいのに。

ただ正直なところ、モイラ自身もこの事件が気になっているし、記憶の糸をたぐり、犯行現場の謎を解きたいと思っている。引退してはじめて遭遇した事件だったからだろうか。被害者があまりに若かったから、それともゴールディング刑事が捜査以外に気を取られ、あまりにやる気がなく見えたからだろうか。いや、もっと自分勝手な理由からかもしれない。遺体を見つけて911番に通報する間、モイラは昔の自分、ほんとうの自分に戻ったような気がしていた。目的を持った自分とは、モイラにとって大事なことだった。自分が社会の役に立っていると感じたのはしばらくぶりだった。

最初にパニック障害の発作が起きたのが二百五十日以上前、最後の発作が二十二日前、保護犬を引き取る前日だった。今朝、遺体を発見したときも、刑事のやる気のなさに烈火のごとく怒ったときにも発作が起こらなかったのは、たしかにいい兆候と見ていいだろう。それにしても、めまいとふらつきが起こった理由がわからないし、今日はずっと気分がすぐれない。今、この時点で体調がよくても、いつまで続くかわからないのだ。

モイラは首を振って邪念を振り払った。この事件に深入りし、リジーと親しくなるのは愚かなこととしか思えない——パニック発作は何の前触れもなくはじまる。さっきまで元気でいても、不安でたまらなくなり、息ができなくなる。それにこうしためまいやふらつき、吐き気の発作が一度に起きたら？　血糖値と関係があるとモイラは考えているが、原因はほかにあるかもしれない。リジー、フィリップ、リックのいる前でまた発作が起きたら、モイラはどう説明すればいいのか。説明のしようがない。それどころか、あの三人の好奇心をさらにかき立てることになる。そうなったら、モイラはパニック発作で身も心も消耗しきってしまう。

マリーゴールドが戻ってくると、くわえていたボールをモイラのものの上に落とした。

「いい子ね」モイラは絹のようになめらかな子犬の頭をなでた。ボールを手に取り、芝生の向こう側にある花壇に向かって投げた。マリーゴールドがボールを追う。その後ろをウルフィーがキャンキャン啼《な》きながら全力で追いかける。

ずっとここにいたい。犬たちと一緒に、外の世界から隔絶されていたい。〈ザ・ホームステッド〉に移り住んできたときに願ったような、しがらみのない生活を送りたい。名前を知られることなく、かつての経歴も明かさず、平穏に暮らしていきたい。

ウルフィーが吠《ほ》えだした。啼き声のするほうに目を向けると、ウルフィーは通りと庭とを隔てる生け垣に向かって吠えていた。マリーゴールドもつられて吠える。まだ年若いレトリバーは、老犬テリアよりも張りのある大きな声で吠えた。「あなたたち、どうしてそんなに吠えるの？」

モイラの脇でピップが後ろ足で立ち上がり、やにわに警戒した。首筋の毛が逆立っている。

ウルフィーの吠える声はさらに大きくなり、頭から生け垣に突っこんでいった。生け垣は奥行きがあって葉が生い茂っている。生け垣の奥には金網のフェンスがあるので、ウルフィーが道に出ることはまずないのはモイラもわかっているが、胸の鼓動が高まり、脈拍が上がるのを感じていた。

犬たちがこんな風に騒ぎ立てるのを見るのははじめてだ。生け垣の向こうに何がいるのだろう？

モイラは反動をつけて立ち上がると、ウルフィーとマリーゴールドのところまで駆けていった。生け垣は百二十センチ程度と、それほど高くなく、難なく外が見わたせたが、犬が興奮するようなものは取り立ててなかった。それなのにウルフィーはうなり声を上げ、生け垣の向こう側から注意をそらさずにいる。マリーゴールドはウルフィーの隣で後ろ足になって立ち、頭をもたげている。ピップの首筋の毛はずっと立ったままだ。

「いったいどうしたの？」モイラは言う。「あなたたち、何を見たの？」

そのとき、通りの少し離れたところでエンジンがかかる音が聞こえた。モイラが音のするほうを向き、生け垣の先へと目をこらすと、縁石から離れて加速する一台の車が見えた。

モイラは息を呑んだ。

シルバーのフォルクスワーゲン・ビートル。〈マナティー・パーク〉付近の路上に駐車していたのと同じ車だ。あのときモイラの写真を撮ったブロンドの若い男が後ろに身を隠していた車。

モイラの心拍がどんどん速くなっていく。

あの男は家のすぐ外の路上で何をしていたのだろう？　彼はこの街の住民ではない。犬たちが吠えたて、ウルフィーが生け垣の裏側のある場所をずっと見ていたのは、あの男が家の外に面した舗道でうろうろしていたからだろうか。

ここでモイラをまた見張っていたのか。

モイラは身震いした。彼女はずっとひとり暮らしだが、そのせいで怖い思いをしたことは一度もなかった。だが、あの細身で筋肉質のブロンドの男を、一度目は公園で、二度目は自宅のすぐ外で見かけたというのはどうにも気味が悪い。彼はあの殺人事件とかかわりがあるのだろう。いや、彼が実際に手を下したとも考えられる。もっと踏みこんだ事件の黒幕だったりする可能性だって。

あの男が、モイラを探している。

彼女は吐き気を催しそうになる。不意を狙ったようにめまいがまた襲ってきた。

このコミュニティで自分の過去が明らかになったらどうしよう？　モイラは不屈の精神で逆境を乗り越え、キャリアを築いてきた。ところがこの二年あまりで、彼女の鋼のメンタルはボロボロになってしまった。過去を知られたくないと思うせいで、モイラはぶざまなほど気弱になっている。ビクビクしながら暮らすのはモイラだっていやだ。

ポケットで携帯電話が震えた。気がそれてよかったと、彼女は画面を見た。リジーからまたメッセージが届いている。

お願いだから来るって言って。あなたに助けてもらいたいのに。

どのようにも受け取れるメッセージだし、キーボードで打った文章から本音を読み取るのは難しいのだが、モイラは、このメッセージがどうも引っかかった。リジーはなぜ、モイラに助けてもらいたいのだろう。フィリップやリックが一緒なら、近隣住民のパトロールチームのミーティングの話題は男性たちに任せればいいのに。彼らはモイラが元警察関係者であることをまだ知らない。あの三人にとって、彼女はただの民間人だ。

モイラは身をかがめて、白い毛が交じったピップの耳をくすぐる。ピップに手をなめられているうちに、気分が落ち着いてきた。逆立っていた首筋の毛は元に戻り、ボールをめぐって芝生の上で追いかけっこをしていたウルフィーとマリーゴールドも、モイラのところに戻ってきた。この住宅地に移り住んではじまった新生活は、モイラのタブラ・ラサだった。未知の体験にチャレンジしましょう。警察病院の医師は言った。捜査官としての人生や、これまで起こったことから離れましょう。終わったことです。人生の新しい一ページを開きましょう。

そうするようがんばったのよ。モイラは思った。だが、今朝、モイラのタブラ・ラサの上に死体が乗った。そこに飛び散る水と血、ひらひらと落ちてくるドル紙幣。すべてぬぐい去り、きれいにするにはどうすればいいのか知りたい。

遺体を見つけてしまったのは、パニック発作の治療のため、モイラに与えられたテストなのかもしれない。事件から逃れようとして事件にまた遭遇するなんて、まるでマーフィーの法則のようだ。モイラはリジーやフィリップと距離を置こうとしている。過去の経歴は誰にも言わず、その努力をないがしろにするような相手との接点を絶とうとしてきた。そんな中、若い女性が死んだ。警察が殺人事件を解決する役に立つのなら、と、リジー、フィリップ、リックの三人が情報を集めようとしているのに、モイラはそれでも彼らと接触を持たずにいられるだろうか。

自分の気持ちに正直になったほうがいいのはモイラ自身もよくわかっている。そうすれば、心の中にあるタブラ・ラサについた血をきれいに洗い流して、再出発ができるはずだ。モイラが彼らを手伝うのは、過去の罪滅ぼしであり、そうすることでモイラも救われるだろう。モイラ自身も、過去から逃げようとしても逃げ切れないのを実感しつつあった。

ほんとうにそうだろうか。でも、どうするか決める時期に来ている。

携帯電話をオンにして、モイラはリジーに返事を書くと、自分に考えるいとまも与えず、送信ボタンを押した。たった一回の食事会じゃないの。一度出てしまえば、もうこそこそ隠れないで済むわ。

正しい道を進むには、ときに危険地域へ足を踏みこまなければならないこともある。

# 8

## フィリップ

ズボンのポケットからスマートフォンを取り出すと、フィリップは写真のアイコンを押し、モイラがメッセージに添付して送ってくれた画像を選んだ。彼女が撮った犯行現場の写真の中から、例の若い女性の顔をトリミングして引き伸ばしたものだ。血痕は見えないが、虚空を見つめるうつろな瞳を見れば、彼女が死んでいるのがひと目でわかる。

フィリップがドロシーのほうを見て言った。「心の準備はできたかね？」

「さっさと貸して」ドロシーは手を差し出す。

彼はスマートフォンを手わたすと、画像を見るドロシーの日に焼けた顔が青くなるのを見ていた。

ドロシーは無念の表情で首を振った。スマートフォンの画面が下を向くようひっくり返し、テーブルの上を滑らせるようにしてフィリップに戻した。「ごめんなさい、この人と会った覚えはないわ。パトロール中にもぜったいに見かけていません」

スマートフォンを受け取ると、フィリップは手を伸ばしてドロシーの手の甲に軽く触れ、気にしないでという気持ちを伝えた。「見てくれてありがとう」

ドロシーは寂しげな笑みをフィリップに返し、パールのネックレスの留め金に指をやった。「お安いご用よ」

「ほかに誰か見たい人は？」フィリップはメンバーをざっと見わたしたが、誰も彼と目を合わせようとしない。彼は一般市民への対応の難しさを思い出す――一般市民というものは、犯人をさっさと逮捕しろと警察に迫り、犯罪実録ものポッドキャストにうつつを抜かしているくせに、いざ、犯罪行為を目の当たりにすると、見て見ぬふりを決めこむ連中ばかりだ。証拠がまだ足りない。パトロールチームの強化を図らねば。

この分譲地で二度目の窃盗事件が起きたのを機に、フィリップとリックはパトロールチームを結成した。〈オーシャン・ミスト〉居住区を縦横の線で四つに区切り、各地域を毎晩ひとりずつパトロールさせている。フィリップはスマートフォンの画像に視線を落とした。このお嬢さんの目撃者は、自分が率いるボランティアのパトロールチームの中にいるはずだ。それなのに、フィリップにアイコンタクトで目撃者だと自己申告する者がいない。ここには、言い逃ればかりする臆病者しかいないのだ。すると、メリーがフィリップには聞き取れないほどの小声でローリーに何やらささやいた。フィリップは知っているありったけを話し、みなに仲間意識を持ってもらわなければならない。彼はまた咳払いをした。そして、スマートフォンをローリー、メリー、ドナルドと、自分の近場に座っている三人に向けた。「次は誰が見る――」

「わたしにはぜったいに無理」メリーは首を振りながら、フィリップとスマートフォンからわざとらしく体を遠ざけると、スマートフォンをローリーのほうに向けた。

ローリーも首を振り、腕時計に目をやった。「見ろと言われても恐ろしくて――」

「あらどうしたのよ、情けないこと」ドロシーが勇ましく言い放った。そしてローリーとメリーを指差した。「このかわいそうなお嬢さんをひと目たりとも見られないなんて、恥を知りなさい」

　メリーは口をぽかんと開けたまま、視線をドロシーからフィリップに移した。

「あと、そんな顔してフィリップを見つめるもんじゃありませんよ、お嬢さん、そのしゃべりっぱなしのお口でハエでもつかまえたって、誰の得にもならないですしね。それからローリー。いいからとっとと写真をご覧なさい。それよりもあなた、あなたにとっては、人間の命よりゴルフのラウンドのほうが大事そうに見えるわね」ドロシーの声はどんどんボリュームが上がり、怒りがにじんでくる。そして、ドナルドを指差して言った。「あなたも恥知らずね、ドナルド、写真を見ないだなんて」

ドナルドはドロシーの勢いにたじろいでいた。彼はほおを真っ赤にしてフィリップのほうを向き、スマートフォンを貸せと手ぶりで示した。「わかりましたよ、ドロシー」

フィリップはドナルドにスマートフォンをわたした。彼が画面に目を向けたとき、何かを見つけたようなまなざしに変わったのをフィリップは見逃さなかった。ドナルドは黙ったまま写真を見ている。何か知ってるのか？　フィリップはそこをはっきりさせたかった。ドナルドに問いかけようとしたところで、ドロシーが立ち上がり、手のひらでテーブルを勢いよくたたいた。

彼女はパトロール当番の面々をひとりずつ指差し、写真を見るよう迫った。ひとこと発するたび、ドロシーの声が大きくなっていく。「そして、写真を見ないみなさんひとりひとりも同罪ですよ。ここにいるわたしたちはみな、かなりの年齢に達しており、全員が同じ分譲地に住んでいて、できることなら目をそむけたい事件に遭遇しました。でも、若い女性がひとりここで亡くなっているんです。わたしたちはきっと、この終の住み処に足を踏み入れ、人殺しをした、にっくき張本人を逮捕する上で役立つ情報を持っているはずです」ドロシーは、ドナルドが持っているスマートフォンを手ぶりで示した。「ですからどうぞ写真を見て、事件について知っていることがあるかどうかを確認してほしいの」

今度は全員がうなずいた。

ローリーはドナルドの手からスマートフォンを取ろうとしたが、ドナルドは拒んだ。

「おいおい、ひとりじめは卑怯《ひきょう》だぞ――」

「フィリップ?」ドナルドは聞く耳を持たず、さっきからフィリップにこっちを見ろと言いたげに視線を送っている。「ぼくは彼女を見かけたことがある」

アドレナリンが脈々とフィリップの全身を駆け抜けていく。ついに手がかりにたどり着いた。「いつ?」

「二日前の晩だったはずだ」ドナルドが鼻筋をかきながら言った。目を閉じてその日のことを思い出そうとしている。「シーホース・ドライヴだったのは間違いない。午前零時を過ぎた、深夜のことだった。どうしてそこまで覚えているかというと、ぼくは午前零時のエスプレッソを飲み、目が冴《さ》えてしまったので……」

「わかった、わかった」フィリップが言った。しゃべるのは要点だけでいい。「彼女は何をしていた?」

「縁石の脇にみすぼらしいステーションワゴンが駐まっていて、窓がどこも湯気でくもっていたから、ぼくは『もしかして、お取り込み中かな？』と、車のスピードを少し落として様子をうかがったんだ。まあそれはともかく、ちらりと目をやると、助手席のドアが開いて若い女性が――」ドナルドはスマートフォンに表示された画像を指差した。「この子がよろめきながら出てきたんだ」

フィリップはリックを見やった。自分と同じく、友もこの展開にわくわくしているようだ。

「話を続けるぞ、車の中から叫び声がした、男の声だった。男の顔はよく見えなかった。この娘が車に戻り、助手席のウインドウを開いたまま、男をどやしつけていた声だけが聞こえたんだ」

「話の内容までわかったか？」

「自分の車のウインドウを閉めていたから、そこまでは無理だった。警察沙汰に巻きこまれるのはご免だったし。ただ、男が『おれから逃げるなよ』と言うのは聞こえた」

「で、それから？」

「何も」ドナルドは肩をすくめた。「彼女の服装はとても物盗りには見えなかった。

ぼくはてっきり……」ドナルドはここでひと息つくと、ドロシーやほかの女性たちにちらりと目をやった。決まり悪そうな様子だ。「プ﹅ロ﹅の﹅女性かと思ったんだよ、最後まで言わなくてもわかるだろ？　だからそのまま去ったんだ」

ドロシーは不機嫌そうだ。「わたしのそばで声をひそめてしゃべらなくてもいいのに。あなた、この界隈では若手のひとりかもしれないけど、わたしだって昔は若かったんだし、そう簡単にあわてふためいたりはしませんよ。殿方は娼婦《しょうふ》から甘い言葉をかけられるものでしょう、その手の話を聞くのは別にはじめてじゃありませんよ」

フィリップはニヤリとした。ドロシーは面白い人だ。土性骨が据わっている。

ドナルドは椅子に座り直した。「わかりました、それでですね、ぼくは思うんですけど、あのふたりが家ではなく車で逢瀬《おうせ》を重ねていたのなら、内緒にしておきたい相手がいたんじゃないかと――」

「配偶者ってことね」ドロシーは両方の眉をつり上げて言った。「ずいぶんと用心深いこと」

テーブルの反対側からリックが身を乗り出してきた。「そのステーションワゴンの色やナンバープレートは見たのか？」

「明るい色だった、暗くてはっきりとはわからなかったが、ベージュだったと思う。

ナンバーはノートに書きつけてある。ノートを見て確認させてくれ」

　ドナルドがノートのページを繰っている間、テーブルの反対側の端にいるクリントが手を上げた。

「何か言いたいことがあるのか、クリント？」リックが声をかけた。

　クリントはドジャースの野球帽を脱いでテーブルに置くと、額をかきながら話しだした。「昨夜は第三パトロール区域の当番だったが、シカゴ・ブルズのステッカーを貼った、ベージュの古びたステーションワゴンを見た。ワイルド・リッジ・トレイルのてっぺんに駐車してたんだ」

　リックがフィリップの視線をとらえた。フィリップは彼に向かって小さくうなずく。ふたりとも、これは有力証言だと思った。被害者の女性の身元を割り出す、たしかな手がかりだ。犯人像もつかめるかもしれない。

「何時ごろだった？」フィリップが尋ねる。

「巡回中に二度見かけた。最初は午前一時ごろ、そのあとは午前二時ごろ。家に帰ったら日誌を見て確認しておくよ」

「中にいた人物も見ているか？」リックが訊いた。

　クリントは首を振って否定した。「見ていない。二度見たとき、どちらも人が乗っていなかった」

興味深いなとフィリップは思った。一週間の間にベージュのステーションワゴンを見たという証言が二件、しかもそのうち一件は、昨夜起こった殺人事件の被害者が、車を運転していた相手と一緒にいたのを見られている。ワイルド・リッジ・トレイルのてっぺんは、〈マナティー・パーク〉とそれほど離れてはいない。その男は難なく車を駐め、トレイルを歩いて公園まで戻り、あの若い女性を殺したのだ。

「ナンバープレートの番号が見つかった」ドナルドが言った。

「で、番号は?」リックがせかす。

「6JB7892、メリーランド州のプレートだ」

「間違いないな?」リックは大真面目な顔でフィリップを見ながら、ドナルドに念を押した。

リックが何を考えているのか、フィリップにはわかっていた。殺人事件の被疑者と見られる人物は、この分譲地の住人でもなければ、近隣の土地に出入りできない人物でもない――その人物は、守衛を配置した検問所を通って分譲地に入っている。こうした人々が規定の日数を超えて滞在していると、警備側からマークされる。

よそ者、ということだ。

# 9

## モイラ

リジーがドアを開けると、モイラはスイートマン家とわが家との佇《たたず》まいの違いに驚いた。朝方は、めまいと吐き気がひどくて気づかなかったが、改めて見ると、自分の家とは比べものにならない。〈ザ・ホームステッド〉の〈オーシャン・ミスト〉居住区の分譲住宅には、八種類のバリエーションがあるが、両家とも中価格帯モデルの〈カントリー・クラシック〉なので、外観に大きな差はない。ただ、家に入って受ける印象がまったく違うのだ。モイラの家には荷ほどきをしていない段ボール箱がまだあちこちに残り、家具は統一感のない間に合わせのものばかり。一方、リジーとフィリップの家には洗練された定番の家具が並び、非の打ち所がない。

リジーってこういうタイプだものね。モイラはひとりで納得していた。流れるようなグリーンのロング丈ワンピースをまとい、白髪が多めの長いブロンドをひねってシニョンにまとめ、絵筆一本で固定している。

「さあ、入って、入って」リジーは手招きしてモイラを家の中に入れた。「ワンちゃんたちは大丈夫だった？　いつもより長く留守にしたって、あの子たち気にしないわよね？　うちの娘、真ん中の子で、エルザっていうんだけど、かわいらしいコッカースパニエルを飼っているの。でも、エルザが一時間かそこら出かけただけでご機嫌を損ねちゃって、ものすごい勢いで吠えるのよね」

「犬たちはいい子にしてます、ありがとう」そう言いながら、モイラは今一度振り返って通りに目をやった。不安は締めつけられるような胃の痛みとなって残り、モイラはさっきから自問自答を繰り返している――わたし、尾行されてる？

息を殺す。二度見して、誰もいないのを確かめる。シルバーのフォルクスワーゲン・ビートルも、細身で筋肉質のブロンド男の姿もないことにほっと胸をなで下ろし、モイラは廊下に足を踏み入れた。

リジーがドアを閉めると、不安がまた別の形になってモイラを襲った。まるで鳥かごに閉じこめられたかのように、息苦しいほどの窮屈さを覚えたのだ。というのも、リジーが振り返ってこちらを向いたとき、ゆったりとしたワンピースを着ているにもかかわらず、それとは正反対の何かが彼女の立ち振る舞いから伝わってきた――力が入った肩、こわばったあご、みぞおちのあたりで組んだ両手から、自分の身を守ろうというリジーの意思を感じた。モイラにほほえみかけていても、その目は笑っていないように見える。

「フィリップとリックはまだ戻ってこないの？」尋常ではない雰囲気を察しながらも、モイラはつとめて明るい声で尋ねた。窓から外を見たが、シルバーのフォルクスワーゲン・ビートルもないし、例のブロンド男もいない。胃がまたキュンと痛み、モイラはゴクリと唾を飲みこんだ。二階の部屋からラジオの音が聞こえる以外、家の中は物音ひとつしない。

「ええ、まだよ」リジーは首を振りながら答えた。「いつ戻ってくるか、わたしにもわからないの。このままキッチンに行っちゃいましょう」

モイラはリジーのあとに続いてキッチンに向かった。あのブロンド男につきまとわれるだけでも身構えてしまうのに、リジーが挙動不審では、さらに不安がつのる。家に招かれたのも何かの罠《わな》かと勘ぐってしまう。リジーは何か知っているのだろうか。モイラのことを元同僚にもう問い合わせたとか？　ここに呼んだのも、モイラとふたりきりになって、本性を見せろと問いただしたかったからだろうか。

こちらから雑談を持ちかけて、いつもどおりの雰囲気に戻さなきゃ。モイラは廊下の壁に貼ってある写真に目をやった。話題は慎重に選ぼう。休暇中にディズニーランドを訪れ、砂漠を進むキャラバンの前やテントの中、コッツウォルズに建てた家の石造りの階段で撮ったスナップで、リジー、フィリップ、四人の子どもたち——女の子が三人と男の子がひとり——の家族写真が数年分ある。三人の子どもたちの卒業写真や、子どもたちふたりの結婚式の写真もある。「お子さんたちは今もイギリスにいるの？」

「三人はそうよ。末っ子のジェニファーは仕事で世界中を飛び回ってるわ。今はしばらくオーストラリアにいるの。子どもたちは暇を見てはこちらに来てくれるけど、これから先はそうもいかなくなるでしょう」

モイラの耳には、リジーの声がうっすらと震え、ほんの少し寂しそうに聞こえた。ふとしたタイミングで、リジーが薬指の結婚指輪をひねって回しているのに気づいた——ダイヤモンドを三つあしらった婚約指輪、シンプルなゴールドの結婚指輪、そして、大ぶりのダイヤモンドがひと粒乗ったリングの三本使いだ。世間話をするタイミングではない——リジーの不安を余計に駆り立てるだけだ。自分のポカを心の中で戒めつつ、帰るまでずっと天気の話題で通そうと決めた。今リジーと話したら、きっと地雷を踏むに違いない。

ふたりはキッチンに入った。

「お天気もいいし、コーヒーを淹《い》れたら外で話しましょう」リジーは目を輝かせ、こぼれるような笑顔を見せた。彼女はまばたきして、小首をかしげた。「男性陣が戻ってくるまでサンドイッチか何かで小腹を満たさない？　それからわたしが全員分の料理を作るから」

「コーヒーだけで十分よ、ありがとう」スイートマン夫妻と一緒にいると気が重いのが声から悟られないよう、モイラは気をつけた。彼女からのメッセージを読むかぎり、フィリップとリックはいつ家に戻ってもおかしくなかったし、だからリジーは自分を誘ったのだと思ったのに。「料理を手伝ってほしいのかと思って来たのだけど、彼らがすぐ戻らないのなら……」

「早めにうちに来てもらったら、話ができるかと思って」リジーが真剣な表情で言う。

モイラは身構えた。「わかったわ」

「その前にコーヒーを飲みましょう」

リジーがコーヒーを淹れている間、モイラには一秒が一時間のように感じた。リジーが何に悩んでいるのか、彼女がどこまで知っているのかも気になる。モイラはどっちつかずというのが嫌いだ。問題があるならダメージになりそうな部分を減らし、これ以上広がらないよう手を打つべきだ。リジーが自分の秘密を知っているのか、ほかの人に話すつもりなのかを突き止めたい。どうにもならなくなり、もう一度引っ越すしかないまでうわさが広まっているのか、確かめたい。

だからこそ、モイラはわざとらしくならないよう注意した。アイランドキッチンに寄りかかり、キッチンを見わたす。朝に来たときにはじっくり見る余裕がなかったが、こうして見ると、整理整頓が行き届いていることに驚かされた。白いカウンタートップの上はきれいに片づけられ、置いてあるのはコーヒーメーカーにトースターと水差しだけ。棚の脇にはスパチュラが下がっている。アイランドキッチンの片方にはリンゴとバナナを盛った、水玉模様の陶器のボウルがあり、シンクの裏、窓ガラスの上にはパープルとピンク、グリーンと、目にも鮮やかな花を生けた花瓶が、統一感のある白いキャビネットやカウンタートップや床に色をちりばめるように配してある。装飾品を行き当たりばったりに並べたモイラの家とは比較にならない。だいたいモイラはフルーツを盛るボウルすら持っていない。

コーヒーを淹れている間に、リジーはサンルームに続く引き戸の鍵を開けた——サンルームは網戸で外とつながっている。一緒に外に出ようとリジーが手招きしてモイラを呼んだ。「座ってて、わたしもすぐそっちに行くから」

言われたとおりにサンルームに出ると、モイラはアウトドアテーブルの、庭がよく見える特等席に座った。あたりを見回し、あのブロンド男が庭にも、庭のすぐ脇の路上にもいないのを確かめた。そして、大きく安堵《あんど》のため息をついた。いつでも家の外に逃げられると思っただけで、少し気が楽になる。籐《とう》細工のガーデン家具、詰め物がたっぷりと入ったクッション、きれいに磨き上げた小型プールとジェットバスと、中と同様、家の外もセンスがよかった。ターコイズ・ブルーとオレンジの鮮やかなモロッコ風ランタンの光が、白い家具や木々、草花に宝石のような色を散らしている。通用門は家の脇を走っている遊歩道の突き当たりと、網戸付きのサンルームから離れた場所にもある。いざとなったら、このふたつの門から出れば自由になれる。

モイラは草ぼうぼうで手に負えなくなった自分の庭を思い出していた。町内会のルール違反すれすれまで伸びたので、芝生は手でちぎって何とかした。顔を上げると、リジーがこちらに来るのが見えた。リジーの機嫌を損ねないようにと、モイラは家をほめることにした。「すてきなお庭ですね、おうちの中もだけど」

リジーは顔をほころばせたが、表情は硬く、作り笑いのように見えた。「どうもありがとう。でも、わたしにはどうでもいいこと。フィリップは家を自慢したがるところがあるから。家の設計を考えるのが好きな人なの。すべてがパーフェクトであってほしいのよ」

「ご立派だわ」予想とは反していたが、モイラはリジーに悟られないよう気をつけた。この家の完璧なしつらえはフィリップの手によるものなのか。庭までこんな風に作りこむとは、フィリップはよっぽどの堅物で、几帳面《きちょうめん》な性格のようだ。

リジーはマグに注いだコーヒーをモイラにわたすと、クッキーを数枚載せた皿をモイラの前に置いて勧めた。「オートミールとレーズンのクッキー――これ以上は望めない組み合わせね。サンドイッチがいらないなら、せめてクッキーは食べて」

空腹は感じていなかったが、リジーがあまりに自分をじっと見つめているので、モイラは喜んで食べるという意思を示そうとクッキーを一枚つまんだ。「ありがとう、おいしそうね」

リジーはモイラの向かいの椅子に座った。彼女はモイラに目をやると苦々しい表情を見せた。「ところで調子はどう？　大丈夫って言うに決まってるけど、遺体を見つけるなんてショックに決まってるわ」

どう答えていいかわからず、モイラは黙っていた。リジーはモイラを試しているのかもしれない――モイラの前職も、ロンドンで何があったのかもすでに突き止めており、モイラのほうからいつ話を切り出すか、ずっと様子をうかがっていたのかもしれない。その手に乗るものですか。モイラは口には出さずにそう思った。そして、コーヒーをひと口飲んだ。

「ほんとはね、あんまり片づいていると不安になるの」沈黙を破るようにリジーが言った。「これまでの仕事柄、殺人事件があってもしっかりしてなきゃって思うんだけど、つい目と鼻の先で犯行があるとね……」リジーは首を振った。そしてまた、薬指の結婚指輪をひねったり回したりしている。「どうしても落ち着かなくて」

「わかります」モイラはぼろを出さないよう気をつけた。「わたしだって、ここに越してきたばかりだし、退職してからまだ日も浅いし」

リジーは下唇を嚙みしめ、しばらくモイラを見つめていた。

ここでようやく、モイラはリジーの様子がおかしいのに気づいた。抜かったわ。リジーはどうして自分の仕事の話をしたの？　バレたんだわ。モイラは思った。わたしがどんな仕事をしていて、何があって、どうして早期退職したか。そして、ほんとうのわたしがどんな人間であるかも。

ところがリジーは黙ったままだ。座ったままモイラを見つめ、マグの取っ手を指先で上下にたどっている。

モイラの脈拍がどんどん上がっていく。言いたいことがあればさっさと言えばいいのに。わたしの過去を暴き、せっかくまっさらな自分になってやり直そうとしている新生活を粉々に打ち砕くつもりなら、わたしはそのかけらを拾い集め、元通りにすればいい。「話したいことがあるって言ってなかった?」

「そうなの」リジーは持っていたマグを勢いよくテーブルに置いた。モイラはもちろん、リジー自身がたじろぐほど、大きな音がした。リジーは両手を強く握りしめた。

「話したいの」

「ええと……何があったの?」モイラは声から不安が伝わらないよう気をつけた。

「あのね、ひとことでは言いにくいんだけど」リジーのまなざしは、サンルームの先のプールに向けられた。「だけどあなたがやったことは……それは……」

モイラはリジーに話を続けさせた。ドキドキして、心臓が胸から飛び出しそうだ。籐製の椅子のひじかけを握る。大きく息をつく。

「あなたがやったことはね」リジーは首を振り、自分を抱きしめるようなポーズを取った。「それはほんとに……ほんとに……」彼女はモイラをにらみつけた。「どうかしてるわ」

モイラはどう答えたらいいのかわからなかった。どうしてこんなことを言い出すのか。リジーはロンドンにはいなかった。ロンドン市警の所属でもない。ならばどうして、マッコードとのことにリジーが反応するのだろう。モイラは声を荒らげないよう気をつけた。「わたし、何かしました？　身に覚えがないんだけど」

「よくもまあぬけぬけと」リジーは声を張り上げ、モイラに激しく指を突きつけながら言った。「虫一匹殺さないような顔をして、知ったかぶった顔をして、そこに座らないで」

「そう言われても――」

「あなた、わたしの前から突然いなくなったでしょ、モイラ。それが何よりの証拠じゃない。あんなに親しくなってから連絡を絶つなんて、わたしがどんな気持ちでいたと思う？」リジーの声はボリュームもピッチも、どんどん上がっている。ほおは真っ赤だ。「ヨガ教室に数回一緒に参加して、わたしと仲がいいみたいに振る舞って。一緒にコーヒーも飲んだし、気が合いそうだし、いい友人になれそうだと思った」リジーは首を振った。ほおはますます赤くなり、目には涙が浮かんでいる。リジーがあごを上げたとき、この涙の裏には怒りがあるとモイラは悟った。「それなのに、突然姿を見せなくなった」

「そんなつもりじゃ――」

リジーは両手を振って反論した。「やめて、もう何も言わないで。あなたはわたしをばかにしたの。自分の間違いを認めないなんて最低だわ。いつだったか、食料品店でばったり鉢合わせたとき、あなたったら逃げるようにして立ち去ったわよね。とことんなめられたものだと思ったわ。どんな理由であれ、わたしとは会いたくないのねって、そう思ったら自分がばかみたいに感じちゃって」

リジーがひと心地ついたところで、モイラは話すタイミングを見つけた。「ごめんなさい、わたし――」

「話はまだ終わっちゃいません」黙れというように片手でモイラを制すると、リジーはきつめに言い返した。「そんなことがあったのに、今日、主人と一緒にわが家の玄関に姿を見せて、まるで主人と大の仲良しみたいな顔をして……」リジーはモイラの目をのぞきこみ、疑わしげに目を細めた。「ふたりがいったいどういう関係なのか、ちゃんと聞かせて」

モイラはほっとため息をついた。口には出さず、よかったと安堵した。リジーはわたしの秘密を知らない。この人が怒っているのは、わたしの前職のことでも、マッコードのことでもない。あの事件がらみのことじゃなかった。リジーがモイラの正体を暴こうとする気がなくて安心はしたけれども、あまりいい気分ではない。まさかリジーが自分たちをそんな風に見ていたなんて。フィリップとはまだ数回しか会っていないのに。彼との関係は友だちづきあいどころか、ただの顔見知り程度だ。連絡を取らなかっただけでここまでリジーを傷つけたとは思わなかった。「まさかあなた、わたしとフィリップのことを勘ぐってるの？」

「こっちが訊きたいぐらいよ」リジーが勘ぐっているのは一目瞭然だ。

モイラはあきれて首を振った。「まさか、断じてそんなことはないから。既婚者とつきあうなんて、もってのほかだし、相手が独身だって勘弁してほしい。わたしはひとりで十分楽しくやってるから」

「そうなの？」リジーがモイラの言い分を信じていないのは、声のトーンでありありとわかる。

「あのね、わたしが犯行現場の外に出て、救急車の中にいるのをフィリップが見かけて、大丈夫かって声をかけてくれたの。帰る車がないなら、家まで送りましょうかと言ってくださったけど、わたしの体調が思わしくなくて、フィリップがお宅に連れてきてくれたの」

リジーは首を振った。「へえ、そう、ずいぶん仲がよさそうに見えたけど――」

「ばかばかしい。わたしがめまいを起こしてフラフラしてたから、彼が抱きかかえてくれただけ。やましいところなんて、これっぽっちもありません」

「わたしがばかですって？」リジーがまた声を張り上げた。彼女はモイラの顔を指差して言い放った。「うちの主人を振り回しておいて、このわたしをばか呼ばわりするわけ？」

モイラは勢いよく立ち上がった。急に動くと起こるめまいも気にかけることなく。

「振り回してなんかいません。言ったでしょ、何もなかったって。それでも信じてくれないなら勝手にして。侮辱されてまでここにいたくないわ」

「主人との間に何もなかったのなら、どうしてあなた、突然、わたしとの連絡を絶ったの？」

「わたしは……ただ……」首を振って否定しながら、モイラは背を向け、裏口に続く石畳の通路まで急ぎ足で行くと、庭の前にある門へと向かった。もうここにはいられない。リジーと仲良くする理由もないし、彼女にほんとうのことなど言えるわけがない。

門扉をぐいとつかみ、力任せに引っ張って開くと、モイラは舗道に出た。後ろで門扉がガチャリと音を立てて閉じた。そこで彼女が目にしたのが、あの男の姿だった。

口の中が乾いてくる。心拍数が上昇する。「いったいどうして……？」

ブロンドのあの男が、モイラに背中を向けて立ち去るところだった。走った勢いで、えび茶色と金色のマフラーが風を受け、はためいている。

「ねえ」モイラは叫んだ。「戻ってきなさい」

男は肩越しにこちらを見たが、そのまま走っていった。モイラは男を追いかけた。すぐ先の通り沿いにシルバーのフォルクスワーゲン・ビートルが駐まっている。彼が向かう先は、間違いなくあの車だ。車に乗る前に捕まえなければ。モイラは突き止めたかった。あの男が誰なのか、どうして自分を尾行しているのか。

モイラは走るスピードを上げたが、時すでに遅し。男はシルバーのフォルクスワーゲン・ビートルのところまで来ると、中に飛び乗った。モイラが追いついたころには車のエンジンがかかっていた。

モイラは運転席のサイドウインドウを拳でたたいた。「あなた、いったい誰なの?」ブロンド男がモイラのほうを向いた。恐ろしさのあまり、目を大きく見開いている。「わたしに何の用?」モイラはガラスをまたたきながら怒鳴った。ハンドルに手をかけてドアを開けようとしたが、内側からロックがかかっている。「何がしたいのか言いなさい。わたしを尾行する理由も。どこの誰だかも言うのよ」

男がアクセルペダルを踏むと、ビートルは急に傾いてから前進した。

今度は手のひらでふたたび窓をたたこうとしたが、車はモイラの手の届かないところまで走り去っていた。走ってあとを追ったが、もう追いつけないのは彼女にもわかっていた。車は間もなく姿が見えなくなり、通りのど真ん中にひとり残されたモイラはその場に立ち尽くしていた。

モイラは決意を固めた。あのブロンド男が誰であっても、追いかけられたという事実に変わりはない。ただ、気になることがひとつある。どうして追いかけてくるの?

# 10

## モイラ

　モイラはぶつぶつと不満を口にした。腹立たしいったらないわ。でも気になる。あのブロンド男と鉢合わせするのは三回目だけど、毎回彼のほうから逃げているのだ。

「今のは誰？」

　その声に振り返ると、リジーがいた。まさか後ろに立っていたとは。モイラは首を振った。「わからない、〈マナティー・パーク〉の入り口付近でも見かけたし、ここに来る前にもうちの外をうろついてたの」

「それって、あの男に尾《つ》けられてるってこと？」リジーが眉をひそめて言った。

「ええ、そう思う」モイラが答える。

　リジーは唇を嚙み、どうしようか迷っているようだった。やがて自宅を手で示しながら言った。「家の中に戻ったほうがいいんじゃない」

モイラはその場に立ったまま何も言わなかった。これ以上リジーと言い争いはしたくない。

「ねえ、あの男、いったい誰なのかしら？　殺人事件と関係があるかもしれないわよね」話を続けてもモイラが動こうとしないので、リジーはやれやれと肩をすくめた。

「オーケー、わかった、勝手になさい」

モイラはリジーが歩いて自宅に戻るのをながめていた。わずか数分前、あんなに取り乱していた彼女のことを考えながら。正直なところ、彼女とかかわりあいになりたくないのだけれど、お互いを思いやるという意味でも仲直りを考えたほうがいい。

「わかったわ、リジー、待って」

ふたりは裏口から庭に入ると、石畳の通路を歩いてサンルームに戻った。テーブルと椅子のそばまで来たところで、リジーはモイラと向き合った。「例の刑事さんに電話して、あの男に尾けられてますって伝えたほうがいいわ」

モイラも同じことを考えていた。「そうする。でも、その前に……ねえ、もう信じてはくれないだろうけど、わたしがフィリップと会ったのって、今日をのぞけば、あなたたちふたりがスーパーマーケットで買い物してたときだけなんだけど」モイラは首を振って否定した。「あなたと毎週会えるヨガ教室に行かなくなったのは、ご主人と何かあったからじゃないの」

リジーは眉間にしわを寄せた。「じゃあ、なぜ？」

モイラは椅子に座った。リジーに信じてもらうには、すべて包み隠さず言うべきなのはわかっているけれど、あまりしゃべりすぎるのもどうかと思う。リジーとフィリップはいい人たちのように見えても、いつ自分の敵に回るかわからない。他人に心を許すことなどできそうにないが、〈ザ・ホームステッド〉に越してきてからは平穏な日々が続いている。

「実はね、前にちょっとつらいことがあって、新しい環境でやり直すことにしたの。ここはいいところよ、ただ、やりすぎかなって思うこともあるけど。こんなところだったなんて引っ越してくるまでわからなかった。ちょっと圧倒されているところもあって、少しおじけづいていたみたい。教室に通ってヨガをする勇気が持てなかったの。もう少しひとりでいたかった。やるべきことを考え、この街に慣れるには時間が必要だと思ったから」

「じゃあ、もう慣れたってこと？」

「あともうちょっとだったのに」

「今朝、死体を見つけるまではね」

「そう」

「だからさっきメッセージを送ったとき、ここに戻ってきたくないと思ってしまったのね？」

またひとつ嘘をついてしまった、モイラは口には出さずにつぶやいた。「そう、そうなの」

リジーはしばらく黙っていた。頭の中で考えを整理してから、うなずいた。「わかったわ――落ち着くまでもう少し時間が必要ってことね。ここでの暮らしはイギリスとは大違いだわ。ちょっとびっくりするかもしれないわね、引っ越す前に足を運んでいなければなおのこと。なじむのに時間がかかったイギリス人のご近所さんと話したことがあるから、気持ちはよくわかると思う」

「ありがとう」

ふたりは何も言わず、しばらく座っていた。まだ気まずいけれども、怒鳴り合うようなことはなくなった。フィリップとの間には何もないとリジーがわかってくれたかどうかはわからないが、それはこれから考えればいい。ただ、彼女に過去を探られるリスクはまだ高い。とはいえリジーと縁を切るのは無理だ。そんなことをしたらリジーはフィリップとモイラのことをまた勘ぐるだろうし、そこから波及して、モイラの身辺を探るようになる。それは困る。リジーとフィリップには仲のいいままでいてもらわないと。そうすれば他人の私生活になど興味を持たなくなるだろう。現状では、そう振る舞うのが最善のようだ。

リジーは咳払いをした。「ご存じでしょうけど、ここに住むと決めたのは、犯罪発生率がゼロだからなの。それなのに、まず泥棒が現れ、今度は殺人が起こり、わたしたちは決して安全じゃなくなったと思うの」

「そうね」あんな会話をしたすぐあとでリジーに盾突きたくはなかったが――彼女とはこれまで以上にいい関係を結ぶべきだと思うから――モイラにはリジーが自分を偽っているように感じた。安全な場所なんてどこにもないし、犯罪発生率ゼロの世界は夢の世界の理想郷だ。人間とは憎み合うようにできているものなのだ。

リジーはため息をついた。「わたしはただ、安全な環境で安らぎを得たかったの。警察の仕事はすべてを出し尽くすようなものだし――プレッシャーや長時間労働ばかり。フィリップは引退するまで長年過労に苦しめられていたけど、わたしは仕事のせいで疲労が蓄積していったんだと思ってるの。主人は認めようとはしませんけど」リジーはここでひと息つくと、モイラをじっと見た。安心したいからか、理解したいからか、ほかに何かあったのか。

モイラはうなずきながら、仕事が夫の体をどれだけむしばんだかと、リジーが表情をくもらせながら語るのには何か裏があるように感じた。「だけど、ご主人が引退されたとき、あなたは快く自分の仕事をやめられたの？」

「たしかにわたしは若かったし、ＣＳＩにいた期間も短かったけれども、正直なところ、やり尽くした感があったわ」リジーは首を振りながら言った。「職場のいやなところを散々見てきたら、そのうち、人のいいところに目が向かなくなるもの。わたしはそうなりたくなかったの」

「どうしてフロリダを選んだの？」

リジーが明るい表情を見せた。「フィリップは昔からずっとディズニーが好きだったの。おかしいでしょ、あんなに神経を使う仕事をしてるのに、ディズニーランドに連れていくと、小さな子どものようになるのよ。二、三年に一度、子どもたちが大きくなるまでフロリダに連れてきてたわ――わたしたち家族にとって、かけがえのない、幸せな思い出なの」

「わかるわ」毎日のように死や破壊と接する仕事をしていると、心を緩める時間が必要なのは、モイラもいやというほど理解している――毎日のように目にする多くの死から離れ、心が軽くなる場所へ引っ越したくもなる。マッコードのこと、彼と交わした最後の会話が頭に浮かぶ。みるみるうちに広がっていく、苦痛や怒り、悲しみといった感情を飲みこむ。終わりのない苦難に巻きこまれないよう、立ち止まってみることの必要性は誰よりも知っている。

「心臓発作を起こしたあと、職場復帰はできないと言われて、フィリップはかなりのショックを受けたの。仲間は盛大な送別会を開いてくれたわ——退職記念パーティーに、記念の品々、転職先も斡旋《あっせん》してくれたけど、それがかえって主人の落胆に拍車をかけたわけ」リジーは結婚指輪をまたいじりだした。「主人は仕事を失って悲嘆に暮れているようだった。だからわたし、家族で楽しめる長期旅行を予約したの——家族そろってフロリダに来て、ディズニーワールドに滞在したら、長女の娘たちが大喜びだったわ。ほかの家族が帰ったあと、フィリップとわたしはカリブ諸島のクルーズに出たの。そして、ここからさほど遠くないスパリゾートに一週間滞在して。コンシェルジュのデスクで、〈ザ・ホームステッド〉のワインテイスティング・イベントのチラシを見つけて、行ってみようか、って話になったのね。来たとたん、この分譲地に惚れこんでしまったってわけ」

一時は言い争いまでした相手から、ここまで立ち入った身の上話をされ、モイラは面食らったが、せっかく友だちになったと思ったのに、それっきり連絡を取らなかったモイラにリジーが強い憤りを覚えたのは、たとえ周囲に人がいる分譲地住まいだとしても、彼女はずっと寂しい思いをしていたからなのかもしれない。モイラとは自分の気持ちを素直に語れる友人になれると思ったのだろう。だからあれだけ深く傷ついてしまったのだ。ひとりぼっちの寂しさはモイラも何度となく感じてきたし、彼女がロンドンを離れたことを寂しく思う友人知人がたくさんいるわけでもない。「お子さんたちは移住をどう思っているの？」

目に涙があふれ、リジーはしきりにまばたきをした。「理解してくれてるけど、家族と会えないのは堪《こた》えるのよ。おまけにコロナのパンデミックがはじまってからは、旅行もおいそれとはできなくなったし。イギリスからここまで来るのはかなりの長旅でしょう。だけど子どもたちはできるだけフロリダに来てくれているし、わたしたちも何度かイギリスに帰って、あの子たちと会ってきたし、そこまで負担には感じなかった。それに、ここに住むメリットもあったから——犯罪とは縁のない場所で、フィリップはゴルフに打ちこみ、自宅から目と鼻の先のところで工芸教室や催し物が開かれるしね。毎日が祝日のよう——これまではそうだったわ……」リジーは言葉に詰まった。そして彼女は目の前のコーヒーに視線を落とすと、ひと口飲んだ。「だからわたしは、チームのパトロール当番が手がかりを見つけ、警察が犯人探しに役立ててほしいと心から願っているの。そうすればこの街もこれまでどおり平和に戻るでしょうから」

「男性陣が戻ったら、わたしたちで犯人を探せると思うわ」モイラが穏やかな声で言った。この界隈は以前と同じでいられると思っているなら、リジーは考えが甘い。殺人事件はすべてを変えてしまう。例外はない。ただ、期待と絶望をないまぜにして自分を見つめているリジーに、モイラにはそんなことは言えなかった。この場を乗り切るため、ささやかな希望が必要なときがあるものだ。

ふたり分のマグを手に取ると、リジーは椅子を引いて立ち上がった。「ふたりが戻ってくるまで、もう一杯コーヒーを飲みましょうよ」

誰に聞かせるでもないリジーのハミングに耳を傾けながら、モイラはひとり、椅子に座っていた。リジーの肩から余分な力が抜けたのに安堵し、ふたりの間にあったわだかまりが消えつつある今、モイラは胸のつかえが取れたように感じたが、ほんとうにあったとは思えないことがひとつあった。リジーの殺人に対する素人っぽい考え方は、過去に犯罪の現場で働いてきた人物にしてはいささか奇妙に思えるし、彼女がフィリップの引退について語るときの様子に、何やら含むものがあった。まるでリジーが当時のことを考えると不安がぶり返すかのようだった。リジーとフィリップの間には別の問題が進行中らしいとモイラは考えを新たにした。その問題が何かはわからないけれども。

ただモイラは、潜入捜査官のキャリアを重ねて学んだことがひとつある。人の見た目と内面は必ずしも一致するとはかぎらないものだ。それはモイラが一番よく知っている。

ほんとうの彼女は勇ましい見た目とは正反対の、気弱な女性だからだ。

# 11

## フィリップ

〈ロードハウス〉の駐車場からリックがジープを出し、シー・スプレイ大通りに入ったところで、フィリップは警察署に電話し、ゴールディング刑事につないでほしいと言った。安っぽくて退屈な保留音が五分ほどスマートフォンのスピーカーから鳴り響いたあと、電話交換手が「おつなぎします」と言った。

呼び出し音が九回鳴ってから、ぶっきらぼうな声がした。

「ゴールディングだ」

「ゴールディング刑事、〈オーシャン・ミスト〉のフィリップ・スイートマンだ。殺人事件の件で電話したのだが」

「〈オーシャン・ミスト〉?」ゴールディング刑事の声にはやる気がなく、対応にうんざりしているのが伝わってくる。

「〈ザ・ホームステッド〉にある、シニア向け住宅コミュニティの一区画だよ。そこで今朝、殺人事件とおぼしき現場を検証しただろう――若い女性の遺体がプールで発見された件だ」

「ああ、老人が住んでるところか。そこで働いてるのかい？」

「ぼくは居住者だ」

「あそこの住民？」ゴールディング刑事の口調がうんざりから慇懃《いんぎん》に変わった。「なるほど、了解です。どうぞお話しください」

フィリップは一瞬むっとした。ちらりとリックのほうを見ると、彼は片方の眉をくいと上げた。これが初期捜査で刑事が見せる態度だろうか――事件がらみの通報ならもちろん興味を持つだろうし、疑問を差しはさむこともあるだろう、だが、ゴールディング刑事の声からははっきり出ていたような、こちらを見下して相手にしないという態度はどうもよろしくない。フィリップはめげることなく、とりあえず話を続けた。

「近隣住民から話を聞いたところ、今週はじめ、ベージュのステーションワゴンの車内で、被害者が身元不詳の男性と口論しているのを目撃した者がおりましてな。実は、シカゴ・ブルズのバンパーステッカーを貼った、見覚えのないベージュのステーションワゴンを見かけたという証言も二件ある。〈マナティー・パーク〉からさほど離れていない、ワイルド・リッジ・トレイルのてっぺんでね」

「その車両を運転していた人物が被害者と一緒だったことを、どうして知っているんです――彼女はあなたのお知りあいですか？」

「被害者とは一度も会ったことがない。ただ、ぼくの友人が今朝、遺体を発見し、被害者について詳しく教えてくれたんだ。だからぼくは――」

「友人というのは、この……」電話の向こうでパラパラと書類をめくる音がする。

「モイラ・フリン？」

「そう、そのとおり」

「わかりました、ところで警察に何の用です？」こっちはそれどころじゃないと考えているのがゴールディングの声から明らかにわかる。

「ぼくがこれから話すことをちゃんと聞いてはくれないだろうか」フィリップはスマートフォンを持つ手に力をこめた。ゴールディング刑事には市民からの情報提供は必要ないらしい。まるで電話に出てやっただけでもありがたいと思えと言わんばかりの態度だ。「車両のナンバープレートの番号を教えようか？」

「もちろん。お願いします」

「メリーランド、６ＪＢ７８９２」

「ところでスイートマンさん、この番号をちゃんとご覧になりましたか?」

フィリップは眉間にしわを寄せた。「おっしゃる意味がよくわからんが」

「だからですね、視力とはおかしなもので、年齢を重ねると……」

「ぼくも、車内にいる被害者を目撃した人物も、視力にはまったく問題がない」

「では、あなたご自身は被害者を見ていないんですね?」

「ああ、さっきも言ったが、近隣住民に聞き込みをし――」

「すみませんが、捜査は警察の仕事であり、あなたの仕事じゃありません」

フィリップはスマートフォンを持っていないほうの手を握りしめ、拳を作った。

「じゃあ、本件に対し、きみたち警察はどう対処するつもりなんだ?」

「どうか声を荒らげずに。われわれ警察で手がかりを追った結果、見解をいくつか得ています」ゴールディング刑事はまるで、若くてあまり賢くはないひよっこに言うような口調で語った。「路上強盗がついやりすぎて起きた悲劇でしょう、警察はその線で捜査を進めています」

フィリップは、眉をひそめているリックに視線を投げた。リックは角を曲がってリップ・カール・ドライヴに入ると、アクセルから少し足を離して、フィリップの家に近づいていく。

「その線はどうにも考えがたいな」フィリップがゴールディング刑事に言った。「路上強盗がなぜ盗んだ金を全部置いていくんだ？」

ゴールディング刑事の口調が厳しくなる。「わたしには捜査についてこれ以上語る権限がないもので。あなたは事件とどんな関係があるんです？」

「ぼくは事件に関心を持つ一市民であり、〈オーシャン・ミスト〉コミュニティの住民でもある。市民としての義務を果たしたいだけだよ。ちなみに今、ぼくが直々にそちらに出向いてもかまわないのだが。ぼくにできることがあれば、どんなことでも相談に乗るが」

「いいですか、ナンバープレートの件は、たしかに興味深い情報でしたが、あいにく今は夜勤明けで。書類整理がちょうど終わって、家に帰ろうってところなんですよ。今夜には署に戻りますから、ナンバープレートについてはそのときに必ず確認します」

「今夜になるまでナンバープレートを確認しない気かね？　捜査は初動が肝心だというのを忘れたのか？」

「これはわたしの捜査です。捜査はわたしの判断のもと、わたしが指揮する。失礼ながら……ええと、スイートマンさん、警察にあれこれ指図をするのはやめて、ゴルフとか、ピックルボールとか、現役を引退されたご老人が時間潰しできることをなさってください……〈オーシャン・ミスト〉で」

リックが首を振り、声には出さず「相手にするな」と言った。

だがゴールディング刑事にここまで愚弄され、フィリップは我慢の限界に達していた。怒りが胸の中でふつふつと燃えさかる。年齢を理由にぼくの意見を聞かないとはどういうことだ？　言われっぱなしで済ませるものか。断固として抗議するぞ。フィリップは自分が抑えられなくなっていた。「見苦しいぞ、ゴールディング刑事。こっちは捜査の役に立てればと思って電話をしたのに、きみはろくに話を聞こうともしない。ちなみに刑事としての階級は？　ぼくはイギリスで主任警部を勤め上げた男だ。警察の正規業務は熟知しているが、きみから受けたような対応に出くわしたことは一度もない。きみのような刑事は警官のバッジをつける資格はないぞ。警察官の面汚しだ——」

ここで電話が切れた。ゴールディング刑事が切ったのだ。

フィリップはリックをまじまじと見た。「あのクソ刑事、ぼくの電話を切りやがった」

リックはまた首を振った。「だから相手にするなと言っただろうに」

「いやいや、こんなもんじゃまだまだ手ぬるい。あいつは事件を隠蔽しようとしているが、ぼくにはその理由がわからない」フィリップはジープのドアを乱暴に開け、飛び降りてから、バタンと音を立てて閉めた。リックと目が合う。「責任逃れなんかさせるものか」

# 12

## モイラ

コーヒーのおかわりを持ってリジーがキッチンから戻ってきた。マグをテーブルに置くと、彼女はモイラに言った。「さっきはごめんなさい、あなたを責めたりして――」

「ぜんぜん大丈夫」モイラは答えた。その頼りになる笑顔がリジーを安心させたようだ。ふたりの間に芽生えた緊張感がなくなったとは言えないものの、かなり緩んできた。リジーがすっかり心を許したとは思えないけれども、彼女の気が済めば、それでいい。向かいに座るリジーを見やりながら、モイラはふと、この人は自分にどう折り合いをつけながらCSIで働いてきたのだろうと思った。犯罪の現場で長年働いてきたわりには、あまりにも繊細で涙もろく、心配性だ。

コーヒーをひと口飲んでから、リジーはモイラと視線を合わせた。「まあ、わたしの身の上話はこのくらいにしましょうか。あなたはどうしてフロリダに移住しようと思ったの？」

しまった。わたしの話は避けたかったのに。リジーと信頼関係を結びたければ、モイラも自分の身の上について話すべきなのだが、過去をありのまま話せるはずがない。

とりあえずコーヒーを飲んでからにしようと思ったそのとき、足音と大きな声がした。

「どうしたの？」モイラが訊く。

「フィリップが帰ってきたのね」リジーが答える。「たぶん――」

裏口のスライド錠が外れる音がして、リックとフィリップが庭を横切ってサンルームに入ってきた。

フィリップは顔を真っ赤にして、誰がどう見てもかんかんに怒っているのは明らかで、モイラたちに向かってスマートフォンを振りかざしながら言った。「こんなばかげた話があるものか」

リジーが不安そうな顔になる。「あなた、どうしたの？」

「あの無能な刑事が事件を揉み消そうとしている」フィリップはそうわめきながら、リジーの隣の席に座った。「ぼくらが見つけた情報を提供しようとゴールディングに電話したんだが、あいつはぼくを老いぼれの間抜け扱いし、旬を過ぎて使い物にならなくなった頭のおかしい年寄りのような対応をしたんだ。まったく礼儀を欠いている。徹底的に見下されたから、ぼくは――」

「いけ好かないやつだったな」リックも言う。「まったく聞く耳を持たないんだ。フィリップからの電話をさっさと切ってしまいたそうだった」

リジーは唇を引き結んでいた。まなざしが不安に揺れる。

モイラにしてみれば、ゴールディングの対応は意外ではなかった。「わたしも今朝、そう思った――終業時間が来るまで与えられた仕事だけをこなせばいいと思っているタイプのようね」

「ああ、たしかにそんな感じだ」リックがキッチンに行って、ふたつのマグにコーヒーを注いだ。サンルームに戻ってくると、彼はモイラの隣に座り、テーブルに置いたマグの一方をフィリップの前まで押した。

フィリップはコーヒーには目もくれない。代わりに手のひらで力強くテーブルをたたき、マグが四つともグラリと揺れた。「ぜったいに泣き寝入りはしないぞ。ゴールディングがぼくの助言に耳を貸さないなんて、どうかしている。ぼくは経験豊富なベテラン刑事だ、主任警部だぞ、まったく。せっかく耳寄りな情報を教えてやろうとしたのに、捜査に役立つ情報なのに、あいつはぼくをまるで……まるで――」

「お医者様からも言われてるでしょ」

「あなた、深呼吸して」リジーは夫の腕に手を置くと、声を落として言った。「お医者様からも言われてるでしょ」

フィリップは頭を激しく横に振った。「だからぼくには時間がないんだ。ぼくがパトロールしていた日に女性が亡くなったから、確かめたいんだよ――」

「あの日、あなたはパトロールしていなかったわ。それに、〈オーシャン・ミスト〉の主任警部でもないのよ」リジーの声は厳しさを増し、有無を言わせぬ迫力があった。

フィリップはリジーを見つめた。ふうっと息をつき、それからは黙った。

サンルームの中はとても静かで、聞こえるのは鳥のさえずりだけだ。フィリップとリジーの会話が堂々めぐりになるのを、モイラはかたずを呑んで見守っていた。リジーはほんの数分前まで穏やかな物腰で、不安げな表情を見せていたのに。今のリジーは強く、自信に満ちている――モイラを夫の不倫相手だと、声を張り上げて非難していたリジーとは別人のように冷静だった。これが本来のリジーなら、犯罪現場で活躍する姿が容易に頭に浮かぶ。

リックの目がモイラの視線をとらえた。申し訳なさそうな目でモイラを見ている――自分たちはこの夫婦の諍《いさか》いに巻きこまれたが、リジーとフィリップが自分たちで解決しないかぎり、そう簡単には抜け出せそうにない、と言いたげなまなざしで。そのとおりだとモイラは思った。彼女も実は同じことを考えていた。

「あなたは引退したのよ。この事件の責任者じゃない」リジーはもう一度言った。断固とした口調に変わりはなかったが、表現はやや穏やかになり、夫を思いやる気持ちが感じられた。リジーは指先で夫の腕をトントンと軽くたたいた。

フィリップはまだ妻の主張を認めようとしない。彼が自分のコーヒーマグを取ろうとしたとき、モイラは彼の手が震えているのに気づいた。

モイラはそれとなくフィリップの顔をながめてみる。表情に葛藤がうかがえる。この場をどう取りなしたらいいのかわからないが、主任警部として勤め上げた人物なら、こうした殺人事件を傍《はた》からながめているのは歯がゆいだろう――担当者ではなく、脇に追いやられるのだから。

彼の気持ちがモイラにはわかる。人の命がかかわる重大事件を指揮する大変さもわかっている。最後にかかわった捜査が映像となって頭に浮かび、モイラは息を呑んだ。心拍数が上がるのを感じながら、コーヒーマグをギュッと握りしめる。首を横に振り、記憶から逃れようとする。今、ここで考えてはいけない。マッコードに起こったことを思い出してはいけない。

モイラがふと目を上げると、リックが心配そうに眉をひそめて、こちらを見ている。

マッコードの記憶が映像となってよみがえっている間、わたしはどんな顔をしていたのだろう。見られたものじゃなかったのかもしれない。たとえどんな表情を見せていたとしても、リックはそれで彼女の異変に気づいたようだ。モイラは軽く肩をすぼめて、たいしたことではないとリックに身ぶりで伝えた。そしてフィリップの話に注意を向けた。

フィリップは肩を落としている。顔はまだ赤く、額には汗が玉のように浮かんでいる。ポケットに手を伸ばしてティッシュを取り出すと、眉にたまった汗をぬぐった。

「きみが正しいのはわかってるよ、リジー、きみはいつも正しい……」

「わたしはただ、怒るのをやめてほしいだけよ。耐えられないの、あなたがいつまた――」

「わかってるよ」フィリップは言った。彼は大きく息をついた。「ぼくはここでもみんなの先頭に立つべきだと思っていたんだ。誰かが動いて、あの事件を警察にきちんと捜査させなきゃいけない」

リジーは自分の気持ちが夫に通じず、気落ちした様子だ。薬指につけた三本の指輪を回している。

フィリップは妻の手に自分の手を重ねた。「退職後は穏やかな暮らしを送りたいという、きみの気持ちはわかっているのだが、ぼくらの家の目と鼻の先で、あんな殺人事件が起こってしまうとね。どうしても放ってはおけないんだ」

「そりゃそうでしょう」リジーは答えた。「手を貸したくなるのは当然よ」

フィリップはため息をついた。そして、リジーに向けていた視線をモイラとリックに移した。「どうもぼくは、あのゴールディングってやつに任せておけないんだ。この事件に関心がないとしか思えない」

モイラは手にしていたマグをテーブルに置いた。「わたしも同じことを考えてました。彼のあなたへの対応を聞いて、やっぱり思ったとおりだと」

「そうだな」とリック。「さっきも言ったが、やっぱりいけ好かないやつだった」

「被害者にしかるべき対応をしてほしいわ」モイラが言う。

「まったくだ」フィリップも同調した。

リジーがクルクルと薬指の指輪を回しながら言う。「でも、わたしたちが期待したとおりに捜査をするよう、所轄の警察に命令することもできないでしょ」

リックはあごに指を滑らせ、首を振った。「担当の刑事にやる気がなかったという理由で、あの若い女性を殺した犯人を逃がすのかと思うだけでも腹立たしいよ」

フィリップがうなずいた。ふたりの様子が変わった。声に、表情に、決意が表れるのをモイラは感じた。

リジーは顔をくもらせて言った。「まさか、あなたたち、いったい何をするつもり？」

妻の問いかけにフィリップが答えた。覚悟を決め、きっぱりとした声で。「ぼくたちは事件を必ず解決へと導く。われわれで独自に殺人事件を捜査するんだ」

# 13

## モイラ

その物腰から、モイラはリジーが夫に同意できずにいるのが見て取れた。体がこわばり、肩をいからせ、結婚指輪をまたいじっている。モイラは椅子から身を乗り出すと、リジーに向かって言った。「大丈夫？」

リジーは激しく首を振った。「わたしたちが捜査するだなんておかしいわ。もうそんな立場じゃないでしょ。わたしたちは引退したのに」彼女はフィリップを見つめた。「手を引くべきよ」

フィリップは妻の手を取って言った。「ぼくたちがやらなきゃだめだ。あのゴールディング刑事とやらに中途半端な捜査をやらせ、事件をお蔵入りになどさせてはいけないからな」そして、彼の視線はリックへと移った。「警察官に任官されたとき、ぼくたちは誓いを立てたじゃないか。その誓いが退職したからといって無効になるはずなれない」

「無効になるのよ」リジーが言った。「それが退職するってことなの」

フィリップは打ち消すように首を振った。「手出しせず傍観する気になど、ぼくはなれない」

リジーは眉をひそめ、黙って夫を見ている。「だけど退職したら——」

「やらなきゃいけないんだよ」フィリップはなだめるような声で言うと、彼女の手をなでた。妻を見つめたまま。

モイラは気まずくなってきた。リジーとフィリップの、夫婦の立ち入った場に割りこんでしまったような気分だ。ちらりと目をやると、リックは伏し目になっている。彼も同じ気持ちのようだ。

「きみにも協力してもらいたいんだ」フィリップが穏やかな声で言った。「ぼくら全員が力を合わせよう」

数秒ほどの沈黙を置いて、リジーが口を開いた。「わかったわ。いい考えとは思えないけど、お手伝いならするわ」そして、向かいの席にいるモイラとリックに目をやった。「みんなのお手伝い役なら」

モイラは不安になってきた。殺人事件の捜査に加わるなんて言っていないし、それ以前に、頼まれた覚えもない。リジーがフィリップを思いとどまらせようとしていたのも気になる。フィリップが捜査に乗り出すと、また心臓発作を起こすと心配しているのか、それともまだ、ほかに何かあるのか。ふたりが緊張して体をこわばらせ、鋭い視線を交わし、ずっと黙ったままいるのは、言葉にできない何かが起こりつつあるからか。それが何かわからず、モイラは戸惑っていた。人生をともに歩む仲間たちを信頼しなくては、せめて、彼らの行いや態度を前もって把握し、対応しなければ。

そんなことを考える自分がおかしくて、モイラは大声で笑いそうになる。わたしったら何を考えているの？　マッコードの一件で、人のやることなんて予測できないし、信用もできないものだと思い知ったはずなのに。誰よりも理解していると自負していようが、仲間が自分をいつ裏切ったっておかしくはない。

この気まずい沈黙を、リックが咳払いして破った。彼は身を乗り出し、テーブルに片方のひじをついた。「さて、まずどこからはじめようか？」

「とりあえずは全員で、これまでにわかっていることの総復習からかな」椅子から立ち上がると、フィリップはキッチンに消えた。引き出しを開けたり閉めたりする音がモイラの耳に聞こえてくる。

フィリップはマーカーペンを持って戻ってきた。背後にあるサンルームのドアを少し閉め、三人のほうへと向き直った。「さて、何がわかったかな?」

モイラは咳払いをした。自分がこれまでやってきたことを悟られてはいけない。わざと自信のなさそうな声で言う。「彼女は二十代で、白人で、身長は百六十五センチぐらい。体型はスリム。わたしが見つけたとき、警察は彼女の身元を把握していなかった。911に電話したのが午前七時十四分だったから、彼女を見つけたのはそれより一分ぐらい前かしら」

「よろしい。では、彼女をジェーン・ドゥと呼ぶ」フィリップはモイラに説明した。「警察が身元不明の女性を呼ぶときに使う名前だよ」

モイラは唇を噛んだ。後悔することになるから、下手に口を出してはだめだ。

彼女の葛藤に気づいていないのか、フィリップはサンルームのガラスドアを間に合わせの捜査会議用ホワイトボードに見立て、〈ジェーン・ドゥ〉と書いた。事件があった日付を書き、モイラが遺体を見つけた時間をその下に書いた。「ほかには?」

モイラはリジーを盗み見た。熱心に夫の話を聞き、サンルームのドアを汚されても気にならない様子だ。モイラはふたたびフィリップのほうを向いた。「あと、お金ですね。プールに浮かんでいる彼女を発見したとき、数千ドルはありそうな枚数の紙幣がまわりに浮いていました。プールの底には黒いバッグ、おそらくリュックサックが沈んでいました――中に何があったかは知りませんが、重たい物が入っていたようです」

「なるほど」〈ジェーン・ドゥ〉と書いたその下に、フィリップはモイラが挙げた遺留品を箇条書きで加えた。「ほかには？」

リックがうなずいてから口を開く。「今週のはじめ、彼女はベージュのステーションワゴンに乗った男と口論していた。当該車両のナンバープレートはメリーランド州のもので、番号は６ＪＢ７８９２。シカゴ・ブルズのバンパーステッカーが貼ってあった」

「そう」フィリップは〈ジェーン・ドゥ〉から一本横に線を引き、クエスチョンマークを書いたあと〈ベージュのステーションワゴンに乗った男〉と書いた。続いて目撃者の名前も箇条書きにした。「今週、ドナルドとクリントが同じ車両を別の時間帯に目撃している」

「ああ、そうだったな」とリック。「こないだのパトロールチームのミーティングで、ドナルドが週の頭、この車両をシーホース・ドライヴで見たと言ってたな。そいつがおれたちの被害者と思われる女性と口論していたのを目撃したようだが、車の中にいた人物をしっかりとは見ていない。クリントは昨夜、パトロール中にこの車両を見ている。たしか午前一時と午前二時ごろに見た覚えがあり、当番日誌で確認すると言っていた。その車両は二度とも、ワイルド・リッジ・トレイルのてっぺんに駐めてあったそうだ」

フィリップは〈ベージュのステーションワゴンに乗った男〉と書いた下に発見場所を殴り書きした。

「ワイルド・リッジ・トレイルの入り口は〈マナティー・パーク〉とそれほど離れていません」モイラはそう言ってからリジーに目をやる。彼女はモイラの背後をぼんやりと見ている。モイラは首を傾けてリジーを見つめ、彼女が気づいたところで小さくうなずくと、ふたたびフィリップへと向き直った。「路上の防犯カメラに写らないよう、ステーションワゴンのドライバーは、トレイルを通ってパークに戻ったのかもしれませんね」

「カメラの設置箇所も確認しないとな」リックが言った。「パークの中にも数台あるんだろ？」

「そりゃそうでしょう」リジーがうなずく。殺人事件の捜査会議がはじまってから、彼女がはじめて意見らしい意見を言った。最初はおずおずとしていたが、次第に乗り気になって声に力がこもってくる。「クリントとドナルドが車両を目撃した正確な時刻を確認しなきゃね」

「そうしよう」フィリップはそう言うと、禿げ上がった頭頂部に手をやり、かつてそこに生えていたはずの髪をなでるしぐさをした。「ここ二、三週間で、パトロール当番が目撃した情報をすべて集めるんだ。ほかにも何か見たかもしれないが、思い出せないでいるメンバーがいるかもしれない」

「賛成」リックが言った。「おれは、事件当日に当番だったやつらから日誌を回収しよう」

「ゲートの登録情報も確認しないとな——メリーランド州のプレートがついていたなら、外部から来た可能性が高い。外部からこの居住コミュニティに入ってくる際、ゲートで必ず通行者情報を登録することになっている。入場と退場の記録を取ることが義務づけられているんだ」

「よくできたシステムだ。あとはそのステーションワゴンに乗ってきた人物の詳しい情報も入手しないといかんな」フィリップが言った。彼は二歩ほど脇にどくと、新しいリストを書きはじめた。一番上に〈活動記録〉と書いてから、各活動に番号を振って書き留めていく——まずパトロールチームの記録、第二にゲートの登録情報、第三にステーションワゴンのドライバーIDの確認、第四に防犯カメラへのアクセスを試みること。三人のほうへと振り返って、フィリップが尋ねる。「ほかには？」

「モイラのあとを尾けている男が誰なのかも調べたいわね」とリジー。

余計なこと言わないで。モイラは振り返ってリジーを見た。あのブロンド男の話を持ち出してほしくない。自分で解決するつもりだったのに。「事件とは関係ないかもしれないじゃない」

「何だ、その男って？」眉をひそめてリックが訊く。「ストーカーか？　それは問題だ。おれたちが――」

「まだストーカーと決まったわけじゃなくて」モイラが口をはさんだ。「今朝、〈マナティー・パーク〉の近くにいて、通りを隔て、フィリップの車の向かいに駐車してて、わたしがフィリップの車に乗りこもうとしたときに写真を撮られたの。次は犬を連れて庭にいたとき、同じ車が走り去って、それで――」

「その男、ここにもいたの。裏門の外の舗道にね」リジーがつけ足した。「モイラがあとを追ったんだけど、シルバーのフォルクスワーゲン・ビートルに飛び乗って、そのまま走り去ったのよ」

リックは考えこんでいる様子だった。「それって、ストーキングされてるんじゃないか」

「今朝そいつが犯行現場の外にいたなら、殺人事件との関連性があるかもしれない。何かを目撃した可能性も否定できない」フィリップがガラスにメモを書きながら言った。

「犯人かもしれないし」とリジー。

モイラはもうわかったというように両手を上げた。「逆に、まったく関係ない可能性だってあるでしょ。別の理由でわたしを追いかけているかもしれないし」

「たとえば何？」リジーが尋ねる。

モイラは肩をすくめた。また嘘をついてしまった。「さあ」

モイラの意見を打ち消すように、リックが首を振る。「待てよ、関係がないとは言えないだろ」

たしかに。モイラもそう思ったが、いつまでもこの話をしたくはなかった。代わりに別の話題を振ってみる。「この捜査に加わった警官はどこにいるの？」

フィリップが首を振った。「いるもんか」

「ゴールディングは別の線からも事実関係を洗うと言ってるんだと」とリックが言う。

「どうやら連中は、うっかり相手を殺してしまった路上強盗の線で捜査を進めるようだ」

考えを整理しようと、モイラは額に手をやった。自分の立ち入った情報を、これ以上彼らに伝えたくない——素人探偵ごっこに興じる、社会問題に関心を持つ一市民だと思わせてはいけない——とはいえ、もう引き返せない。「それじゃ理屈に合わない。もしそうなら、路上強盗はどうしてお金や、バッグの中身を置いて逃げたの？」

「あなたがさっき言ったみたいに、泳げなかったんじゃないの？」捜査会議ボード代わりのドアを見ていたリジーがモイラに目を向けた。「自分のｉＰａｄで確認したいから、あなたが犯行現場で撮った画像をメッセージに添付して送ってくれる？」

「もちろん」モイラは犯行現場の画像を全部選ぶと、リジーに送った。「もう届いたと思う」

フィリップが捜査会議ボードに見立てたサンルームのドアに、疑問点として〈泳げない？〉と書くと、リジーはカウンターに置いていたｉＰａｄとドッキングステーションを抱え、キッチンから急ぎ足で戻ってきた。歩きながら指で画面をタップしている。「届いてるわ」

椅子に座ったリジーはｉＰａｄの画面を食い入るように見て画像をフリックする。

モイラはリックとフィリップのほうへと向き直った。「〈マナティー・パーク〉で路上強盗をやるというのもおかしな話。だって、夜の十時には門を閉めるのよ？　そのあとは誰も入れない。あの場所で昨夜ふたり以上の人物が会ったのなら、偶然じゃなく、待ち合わせしてないとおかしい」

「そうだな」リックがうなずく。「てことは、被害者は加害者と顔見知りだったのか」

「わたしもそう思う」ここでモイラはリジーを盗み見たが、顔を上げようとしない。

黙ったまま、iPadで画像をじっと見ている。真剣に取り組むのはいいことなのだが、モイラにはまだわからないことがあった。彼女とフィリップの間にどんな諍いがあったのだろうか。

「根拠が薄いな」サンルームのドアに〈被害者と加害者は顔見知り〉と書きながら、フィリップが言う。「ぼくには金目当ての路上強盗が動機としか思えないんだが」

「そうかもしれない」とリック。「だが、被害者はなぜあれだけの現金を持ち歩いてたんだ？　この分譲地では何でもカードで買えるのに」

「シニア向け分譲地に住むには若すぎるし、決済用の銀行口座を持ってなかったとか」モイラが言った。「ここのどこかで働いていたのかもしれないわね」

「なるほど」リックが言った。「例のこそ泥騒ぎとの関連性も考えられるか」

「そうかもしれんが、今、ここで断言はできない」フィリップが口をはさんだ。「これだけの現金が盗まれたというのに、誰も警察に届けを出していないのだから」

フィリップは疑問点として、〈こそ泥騒ぎとの関連性？〉とサンルームのドアに書いた。

「ドナルドとクリントの話から、彼女が〈オーシャン・ミスト〉にいたのを確認している」リックが言った。「犯行現場で最低ひとりと会っていたこともわかった」

公園で路上強盗は考えられないと思っていただけに、モイラは眉をひそめた。あれだけの現金がからむ路上強盗と、一か月あまりの短い間に何度も起こった窃盗が、何の関係もなく同時に起こるわけがない。「盗みに遭ったのと同じ晩に鉢合わせしたのなら、わからなくはないけど」

「それもそうだ」とリック。「この女性とステーションワゴンの目撃情報はパトロール日誌から追えるかもしれない。二、三週間前だと忘れてしまったこともあるだろうし――」

「あのステーションワゴンの所有者も把握しないとな」サンルームのドアのガラスに書いた第三の活動項目をマーカーペンの後ろでコツコツたたきながらフィリップが言った。「優先順位を決めなきゃいかん。となると――」

「やだ、こんなこと、信じられないわ」リジーが声を上げた。表情をくもらせ、声に不安が混じっている。

「どうしたの？」リジーが何を見たのか知りたくて、モイラはテーブルに身を乗り出した。

「この画像」リジーはｉＰａｄの画面をタップし、プールに浮かぶ若い女性の画像をクローズアップした。「この犯行現場、おかしい」

# 14

## リジー

「おかしいのよ」リジーは繰り返した。今度はもっと大きな声で。緊張が伝わってくる声で。自信ある刑事らしい口調にもなってきた。警察をやめてしばらく経つ彼女が、そんな口調でプロの科学捜査官らしく話すのが不思議に思える。だがもしフィリップがこの殺人事件を自分たちで解決する気でいるなら、リジーは残りのメンバーに科学捜査官として情報を提示しなければならない。大事な立場だ。

モイラはリジーの変化にいち早く気づいていた。フィリップとリックもようやく話すのをやめ、リジーに目をやった。

リジーは、夫がしばらく見せたことのない表情で自分を見ているのに気づいた――この人は科学捜査の専門家として敬意を払い、わたしに意見を求めている。ふたりが警察にいたころ、こうやってお互いのやる気を触発していた――思いつくがまま語り合い、証拠を分析し、捜査の進展を確認してきた。ところがフィリップが退職に追いこまれてから先、リジーのほうからそんな会話を避けていた。夫から求められれば意見を述べてはいたけれども。

「見たかぎり、この女性は銃で撃たれているようね。遺体には損傷がほとんどないので、口径の小さな銃を使ったのでしょう。画像を拡大すれば、被害者の血痕や明らかに銃で撃たれたと思われる傷が確認できる。だけど、傷と犯行のプロセスのつじつまが合わないのよ」

フィリップが眉をひそめた。「なぜそう思う?」

「誰かを襲ってお金を奪うつもりなら、まずお金を取り上げてから撃つんじゃない? 違う?」モイラが代わりに答えた。「加害者が泳げず、被害者がプールに落ちそうだったらなおのこと」

「きみの言うとおりだ」とリック。「金を奪ってバッグを取り上げてから、相手が反撃してくる前に発砲するのが常道だ」

「そうなの。だけど、この現場はそうじゃなかった」リジーが答えた。

モイラはリジーに向かって身を乗り出した。「何がわかったの?」

リジーはiPadの画像を指でスワイプしながら、石造りのパティオに散った血しぶきの画像を探した。「つまり被害者は撃たれてすぐ亡くなったのではなく、撃たれたあと、プールまで自力で移動できたってこと」

「彼女が自分から飛びこんだんじゃなくて、誰かに押されたか、投げ飛ばされたかしてプールに落ちた可能性は？」モイラが訊いた。

リジーは唇を噛み、しばらく考えてから答えた。「ありえなくはないけど、まず無理ね」と、彼女は石についた血痕を指差した。「ここの血痕を見て。A地点——石の端付近の、ここ——からB地点——プールのへり——まで続いているけど、人や物にさえぎられた形跡がなく、被害者が動いたとおりに血痕が付着している。彼女が誰かに押されてプールに落ちたなら、血痕の散り方にムラができるはず。誰かが彼女を抱え上げたり、引きずったりしても、血痕がこんなに均一には広がらない——出血した大人に手荒な真似《まね》をして、血痕がこんなにきれいに散るケースはめったにないわ。特に胸から出血している場合はね」

「だけど、瀕死《ひんし》の重傷を負っている人物が自分からプールに飛びこもうとするかしら？」モイラがまた訊く。「誰が考えても危険なことだし」

「加害者と顔見知りで、そいつが泳げないのを知ってたら、水の中に逃げたほうが安全だと思ったんじゃないか？」リックが言った。

「それはあるわね」とリジー。「胸部に射入創《しゃにゅうそう》（銃弾が体に入った場所にできた傷）があっても、心臓を外している可能性もある。口径の小さな銃が人体に与える損傷は深刻だけど、限定的でもある。その傷が致命傷かどうかは被害者も加害者もわからないでしょう。繰り返すけど、凶器は小口径の銃よ。画像から判断するのは難しいけれども、撃たれた傷は深くても、死因はその傷ではなかったみたいね」

「彼女自身、もうだめだとあきらめたんでしょうね」モイラが言った。「加害者もここまでは追ってこないだろうと、彼女は自分からプールに飛びこみ、加害者に金やバッグを奪われないよう守ったのかな？」

「きっとそうだ」とリック。「だがなぜ、加害者は彼女がプールに飛びこむのを止めなかったんだろう。あと、どうして盗んだ金を持って逃げなかった？」

　リジーがうなずいた。「そこなのよ」

「そこで、犯人が泳げなかったという推理に行き着くわけだ」フィリップは、先ほどサンルームのドアに書いた犯人像リストの〈泳げない？〉と書いたところに下線を引いた。ドアから二歩ほど後ろに下がってから、フィリップはてっぺんに書いた〈ジェーン・ドゥ〉のすぐ下に〈死因？〉と書き足すと、振り返ってリジーを見た。

「銃で撃たれて死んだのでなければ、彼女はどうして死んだんだ？」

リジーはフィリップを見つめたまましばらく考えていたが、やがてため息をついた。

「おそらく痛みか失血性ショックで気を失って、溺れ死んだのでしょう」

モイラは眉根を寄せた。「失血でショック症状を起こしたにしては、プールサイドにそれほど血痕が残っていなかったけど……」

「そうね、でも、彼女が撃たれてすぐプールに入ったなら、血液はほとんどプールの水の中に流れ出て、水中の化学物質に吸収されたのでしょう」

四人はしばらく黙ったまま、間に合わせの捜査会議ボードをながめていた。

リジーはすっかり冷めてしまったコーヒーをひと口飲んだ。しんと静まり返る中、鳥のさえずりと、離れたところでうなりを上げる、芝刈り機のモーター音が聞こえてくる。太陽はすでに頭の上に達し、気温はこの季節には珍しく、摂氏三十度を上回りつつあったが、リジーにとってはどうでもいいことだった。うつむいてｉＰａｄを見つめ、画面に表示された女性の遺体の画像を拡大した。殺人事件の非公式な捜査に加わるのはどんな気分かと尋ねられたら、三十分前の彼女なら、それだけは勘弁して、と答えただろうし、何があってもフィリップにかかわらせてはいけないとあわてていただろう。実際、リジーは夫を止めようとした。フィリップを理詰めで説得し、場合によっては、ここにいるふたりの助けを借りてでも思いとどまらせるつもりだったが、フィリップの決意は固かった。退職に追いこまれる原因となった、あの事件を思い出さないのだろうか。主任警部を続けていられなくなった理由も、忘却のかなたに追いやってしまったように感じられる。

この事件の捜査を彼らにしてほしくない。だけどもし、フィリップがその気になったら、リジーは彼に付き添い、夫が危険な目に遭わないよう、目を光らせる義務がある。ゴールディング刑事にやる気がなく、人を人とも思わない態度を取ったら、フィリップが黙っていられるはずがないのも、よくわかっている。でも、よく言うじゃない、〝長いものには巻かれろ〟って。

だがここでリジーが捜査に加わったら、犯行現場の疑問点や、警察の推理の矛盾を解き明かすのは彼女の役目になってしまう。この女性が巻きこまれた事件の真相を知りたいし、事件を解明に導きたいのはリジーも同じだ。彼女はモイラとふたりでいたときに話したことを思い出していた——CSIでの仕事には未練を残さず、フィリップと一緒に退職したことを。人の死にかかわるのはもうたくさんだと。少なくとも嘘はついていない。人の死に何度ショックを受けてきたことか。だが、リジーが警察から離れたいと思ったのは、たったひとりの死がきっかけだった——取り返しのつかない過ちが招いた、たったひとりの死が。

リジーは犯行現場の画像に目をやった。何枚ものドル紙幣に囲まれて浮かぶ、若い女性の遺体。フィリップが警察を引退してから数年が過ぎた。彼を心から許してはいないかもしれないが、夫の過ちを受け入れて生きていくすべを学んだ。それに世の中も変わったし、少なくとも暮らしやすくなった。リジーが自分のスキルを活《い》かしてもう一度活躍する、いいタイミングかもしれない。

「じゃあ、次は何をする？」モイラが訊いた。

リジーはｉＰａｄから顔を上げ、モイラと視線を合わせた。「犯行現場に行きましょう」

# 15

## モイラ

　ふたりは〈マナティー・パーク〉の入り口を見ていた。公園から通りに出て少し歩いたところにある、レモネードとフローズン・ヨーグルトを売る屋台、〈カーリーズ〉のそばに置かれたベンチの一台が、公園の中がよく見える絶好の位置にあった。そこでさっきからずっと待っているのだが、はたして今日中に現場検証ができるのだろうか。モイラは腕時計に目をやってから、リジーを見た。「もう五時半よ」

　リジーは通りに警察が張った非常線に目をやった。公園にはやじ馬がまだひしめいていて、立ち去ろうという気配はまったくない。「日没まであと一時間ある。もう少しここにいましょう」

「わかったわ」

　外はまだ暑く、湿度も高い。モイラはまたあたりを見回し、あの細身で筋肉質なブロンド男を探す。彼の姿は見えない。向かいのベンチでは年配の女性が愛犬にフローズン・ヨーグルトを食べさせている。小さくてかわいらしい、もふもふした犬。最後のひとなめも逃さないぞと、すっかり空になったヨーグルトのカップを追い回している犬の姿を目で追ううち、モイラの顔がほころんでくる。自分もフローズン・ヨーグルトが食べたくなってくる。

モイラに見られているのに気づき、白髪まじりの豊かなブラウンの巻き毛、丸顔で七十代とおぼしき犬の飼い主が顔を上げた。そして彼女にほほえみ返した。「うちの子、この店のヨーグルトが大好きなの」

「そのようですね。よかったわね、ワンちゃん」

「お利口にしてたもの」女性は愛犬の頭の毛を逆立てるようになでながら、警察が非常線を張った公園の入り口に目をやる。わずかに笑顔が翳《かげ》る。「それにしても怖くない？　ここには毎日、テディちゃんにヨーグルトをあげに来ているけど、公園の中で人が亡くなっただなんて、わたし……」女性は胸の前で手を固く握った。「考えただけでも恐ろしいわ」

モイラはうなずく。フィリップが言ったとおり、うわさはこうして、あっという間にコミュニティ全体へと広がるのだ。うわさがどんな風に伝わっているかを知っておくのも捜査では重要だ。「何があったかご存じですか?」

「事故があったみたいね。お友だちのイマニから聞いたんですけど、お昼時にね、検問所にいた守衛さんに、どうして警察が公園に非常線を張ったのか訊いたんですって」女性はモイラに身を寄せ、声をひそめて言った。「ところが午後になって、この通りのちょっと先に住んでいるドナが、ゴルフクラブのメンバーから聞いたって話を教えてくれたの。あれって事故じゃなくて殺人で、被害者は全身を切り刻まれていたって……だからわたし……」女性は目をしばたたかせ、ティッシュで目元を押さえた。「もう恐ろしくて、恐ろしくて。この街ではそんな事件は起こらないと思っていたのに」

女性はひどく震えていた。ここで真実を語ってもなぐさめにならないのは、モイラもよくわかっている。「何が起こったとしても、警察がきっと解決してくれますよ」

「そうかしら? だったらいいわよね。わたし、今夜は眠れそうにないわ」女性は愛犬テディを抱き上げた。「わたし、ふだんから眠りが浅くて、変な音がするとすぐ目が覚めちゃうの。こんなことがあったら……」彼女はテディを抱き寄せながら、心配そうな顔になる。「誰がいつ危ない思いをするかわからないもの。事故でなければ、ひょっとすると、犯人はわたしたちを見ているかもしれないのよね。どうしましょう、もし……」

「今夜はドアの鍵を二重にかけてください」リジーが話に割って入った。「携帯電話をベッドの脇に置いて寝ること。何かあったら守衛さんに電話するか、パトロール当番の者に助けを求めてください」

女性は目を丸くした。「つまりあなたたち、これは事故じゃなくって事件だと思ってらっしゃる？」

リジーはモイラを見やった。

「まだわかりません」モイラが答えた。「警察に捜査を任せておけば、彼らはきっと真相を究明してくれますって」

女性は不安げに首を振った。「ここでこんなことが起こるはずがないじゃない。〈ザ・ホームステッド〉は治安がよくて、幸せに暮らせるところですもの。公園で人が死ぬなんて――そんなことがあっちゃいけないのよ」

モイラは黙っていた。この女性は〈ザ・ホームステッド〉の広報が作り上げた売り文句に、みじんも疑いを抱いていない――品行方正で居住審査の条件をすべて満たした居住者ばかり、犯罪など起こりようのない街。言われたことを安易に信じこむ風潮は、ここでは決して珍しいことではない。リジーも先ほど似たようなことを口にしていた――悪いことは決して起こらないと口にすると、なぜだかほんとうに起こらなくなるのだ、と。だがモイラは、現実がそれほど甘くないことを知っている。どこにいたって悪事は起こる。悪いことは人がいるかぎり起こるものなのだ。

テディを地面に下ろし、女性はフローズン・ヨーグルトの空になったカップを集めてゴミ箱に捨てた。そしてモイラとリジーを振り返って小さく手を振ると、公園のほうに目をやった。「気をつけてね」

「あなたも」モイラが言った。

ベンチにいるのはふたりだけになった。〈カーリーズ〉のフローズン・ヨーグルトを売る屋台の中で、接客係がヨーグルトを出すハッチを閉めているのを、モイラはぼんやりとながめていた。さっきまで昼下がりだったのに、もう夕方になろうとしている。彼女はリジーを見やった。リジーは眉尻を上げ、毅然とした表情でいる。

「あと十分経ったら、戻りましょう」リジーが言った。

「了解」

十分間待ったか待たないかというころ、太陽がついに傾いてきて、警官とＣＳＩが撤収をはじめた。今日、公園に入れるタイミングは今しかないと、モイラはようやく段取りを考えだした。ふたりはベンチに座ったまま、ＣＳＩが検査キットをヴァンに積みこむのを見守っていた。彼らが車のエンジンをかけ、公園から出ていったところで行動開始だ。

リジーは飲み物の残りを一気に飲み干した。ふたりともフレッシュ・レモネードのテイクアウト用カップを一時間ほどかけて飲んでいたものだから、飲み干してからリジーが苦笑いしたのは、きっとレモネードがぬるかったからだろう。モイラは残りを飲まずにあきらめることにした。リジーのカップを手に取ると、モイラは自分のと重ねてからゴミ箱に捨てた。

モイラは振り返って公園を見やった。警察の黄色いテープで一か所入り口をふさいであるだけで、見張りが立っているわけでもない。彼女はリジーのほうを見て言った。

「警察はもう撤収したみたいね。捕まるかもしれないけど中に入ってみる?」

リジーはベンチから立ち上がった。「そうしましょう」

ふたりは通りを横切ると、緩んだ黄色いテープをくぐり、入り口にある木でできた白いアーチ型の門から公園の中に入った。前回来たのが今朝だったのに、もうはるか昔のことに思える。十二時間も経過していないのに、事態はすっかり変わってしまった。今朝のモイラは、新しい土地になじみ、退職後の暮らしを有意義にするにはどうすればいいか思い悩んでいた。それなのに彼女は今、かかわらないほうが身のためと思っていた人たちと一緒に、非公式の捜査に乗り出している。

ふたりはボッチャコーナーを抜け、ピックルボールのコートに向かった。天蓋のように生い茂る木々の間で鳥がさえずり、この場所で起こった殺人という忌まわしい事件が一瞬、遠い世界の出来事のように感じられた。何をばかなことを、と、モイラは首を横に振り、余計な邪念を追い払った。どこにいたって悪事は起こるし、美しい自然は、人と人との諍いを覆い隠すためにあるのではない。

「こんなに静かな時間帯に公園にいるのって不思議な気分」誰もいないピックルボールのコートに目をやりながら、リジーが言う。「ふだんは施設に人がたくさんいる昼間にしか来ないから」

「ここは早朝も静かよ。嵐の前の静けさって感じがするから、わたしはあえて、朝早くに来るようにしているの」モイラは今朝、遺体を発見したときのことを思い出していた。不意に不安になり、彼女は眉をひそめてあたりを見回し、自分たち以外に誰もおらず、あのブロンド男が身をひそめていないのを確かめてから、振り返ってリジーを見た。「むしろ夕方に誰もいないほうが不気味ね」

通路の交差点に差しかかったので右に曲がり、プールへと続く並木道を進む。日差しが木立にさえぎられ、暑さはかなり和らいだが、湿度はまだ高い。モイラは額の汗をぬぐい、フィリップとリックはそろそろ成果を上げただろうかと考えていた。あのふたりは今、あの日パトロール当番だったメンバーの自宅を回って、日誌を回収中だ。けれど移動中はずっと、エアコンの効いた車に乗っていられるのだし。

プールエリアの入り口である白い門の前まで来た。左右の門柱に×印を描くように、警察の黄色いテープが張られているのに気づくと、モイラは歩くスピードを緩めた。門の先へと目をこらす。ここからだと生け垣に隠れて見えないが、角を曲がったところにプールがあるのはわかっている。

リジーがモイラに追いついた。「あら、まだ封鎖中なのね」

モイラはうなずいたが、話せない。喉が詰まって息がしにくい。モイラは立ち止まった。頭をよぎるのは、×印に張った犯行現場の封鎖テープがドアをふさぐイメージ。高級マンションの最上階、ペントハウスの入り口のドアを、〈警察包囲中につき立ち入り禁止〉と書かれた青と白のテープがふさぐイメージ。強行突破から二日、土壇場で取った作戦を振り返り、モイラは捨て身の覚悟で現場に戻った。何もかもが裏目に出た現場に身をさらし、惨劇を招いた理由を検証するために。ピンと張ったテープを押し上げて中に入ったときのこと。戸口をまたいで現場に足を踏み入れたとたん、胸が悪くなりそうな悪臭といたましさと不快感で吐き気に襲われ、咳《せ》きこんだときのこと。開放感のあるリビングルーム、淡黄色の木の床にできたふたつの血のしみ。キッチンの大理石造りのカウンタートップ全体に飛び散る血しぶき。防弾スクリーンを貼ったガラスが粉々に砕け散り、バルコニーに散乱する破片。

モイラは頭に浮かんだイメージをまばたきして振り払おうとした。胸の中で不安が、まるでさざ波のように押し寄せてくるのを感じ、彼女は大きく息を呑んだ。パニック障害の発作はいつもこうやってはじまる。さざ波のような不安が予兆となり、我慢できないほどの発作に見舞われるのだ。

どうしてこのタイミングなの。モイラは自分を呪った。今じゃなくたっていいじゃない。お願い、ここで倒れるわけにはいかないのに。

リジーはモイラを追い越し、門に向かって歩いていく。モイラは目を閉じた。息を吸い、息を吐くことに全神経を集中させた。

早くよくなって。ここで発作を起こしたくないの。ぜったいに。

モイラは五つ数えながら息を吸い、五つ数えながら息を吐いた。ほんのわずかだが胸の緊張が解けた。不安のさざ波が落ち着いてくる。目を開いた。

リジーは門のすぐそばまで行くと、振り返ってモイラに言った。「先に行くわよ」

リジーはためらうことなく行動に移した。背負っていたメッセンジャーバッグのストラップを頭上まで引き上げて外して門の内側に投げ入れると、門の一番下にある横木に体重をかけられるポイントを探した。テープに触れないよう気をつけながら、リジーは門をよじ登って反対側に飛び降りた。満足そうな笑みをたたえてモイラのほうを見た。「次はあなたよ」

モイラも門を乗り越えてリジーに続いた。手や脚の震えを彼女に悟られないよう気をつけながら。

「大丈夫？　わたしは犯行現場には慣れっこだけど、あなたがもう一度、あの場所に行くのはさぞかしつらいでしょう」リジーは小首をかしげた。「顔がちょっと青いわね」

「平気よ」モイラは作り笑いを浮かべて答えた。空元気を出したおかげで、リジーをうまく騙《だま》せたようだ。

「あなたが大丈夫ならいいけど」と、リジー。モイラがまだ何か言うかと少し様子を見ていたが、反応がないので話を続けることにした。「歩きながらでいいから、今朝の様子を教えてくれる？　いつ、どこで、何を見たのか」

「わかった」リジーが話題を変えてくれてよかったとほっとしながら、モイラは答えた。

ふたりは遊歩道をゆっくり歩きながらプールへと向かった。モイラは今朝見たことを思い出しながら、現場の様子を言葉にしてリジーに伝える。「プールに着いたときは、まだ寒かったわ」

「それから何があったの？」リジーが尋ねる。

モイラが息を大きく吸いこむと、明け方過ぎに朝露が降りた芝生の湿ったにおいまで思い出せた。「芝生が濡れていて、いつものように静かで穏やかな朝だった」プールが視界に入るころ、遊歩道は少しずつまっすぐになっていく。モイラはリジーに目をやってから、手ぶりでプールを示した。「このときよ、彼女を最初に見つけたのは。とっさに、プールに先客がいると思ってがっかりしたけど、よくよく見ると——服を着たままだし、動かないし、水面にはたくさんの紙幣が浮いているし」

リジーはうなずいた。「続けて」

「プールに駆け寄った」モイラはスピードを上げ、歩幅を広くしてプールに向かった。やがて遊歩道から、プールを取り巻くようにパティオがある場所に出ると不意に立ち止まり、目の前の敷石を指差した。「ここにある石を避けて通らなきゃいけなかった。血液が落ちていたから。そんなに多くはなかった——ほんの少しだけど、血がプールのへりまで飛び散っていた」

リジーはしゃがんで敷石を見ていた。

そんなリジーをモイラは見つめる。彼女の捜査や石畳の道を見て得た感想が、はたして役に立つのだろうか。「そこは画像でもう見たわよね」

リジーは敷石を丹念にながめている。「ええ、証跡を確認しているの。CSIがもう手をつけてしまっているわね。何らかの化学薬品を使ったみたい。おそらく、この血が被害者、加害者どちらのものか調べようとしたのでしょう」そう言ってリジーは立ち上がると、モイラを見て言った。「被害者が受けた傷の形状から、この血は彼女のものと見てよさそう」

モイラはうなずくと、今朝の様子をふたたび話しはじめた。「プールの縁に上がって彼女と向き合った。その段階で、彼女が亡くなっているのがわかった。持っていたスマートフォンで911に電話し、救急車と警察が来るまでここにいたのよ。黒いバッグがプールに沈んでいるのに気づいたのは、警察が来るのを待っていたときだったわ」

「このあたりで、ふだんと様子が違うものを見た記憶はある?」リジーが尋ねた。

「遊歩道でも、芝生でも、花壇でもいい。いつもと違うところはあった?」

モイラは眉根を寄せて考えた。プールに浮かんだ女性の遺体ばかりに気を取られ、ほかのところはまったく見えていなかった。「いいえ、なかったと思う。どうしてそんなことを訊くの？」

「加害者が捨てたものがあったかもしれないから。たとえば銃とか」

「いいえ、なかった。銃があったらさっき言ってたはず。わたしが見たのは女性の遺体とお札、911に電話しながらプールに近づくうちに、プールの底に沈んでいた黒いバッグが見えたの」こう言ってからモイラはひと息つくと、警察が到着したときのことを頭の中で振り返った。「そういえば、ゴールディング刑事は現場に来るなり、花壇や周辺を調べろと制服警官に指示してたわ。たしか警官のひとりが、被害者のスマートフォンを探せと言ってたっけ」

リジーはモイラのほうへ歩み寄ると、彼女を連れてプールのへりまで移動した。

「出遅れたわね。プールの水はもう全部抜かれてる。水のサンプルを採取したかったのに」

「警察がプールの水を抜くって、よくあることなの？」モイラが訊く。

「プールでの殺人事件を担当した経験はないし、テムズバレー署の管内で起こったこともないから、何とも言えないわ。プールの水に流れ出た血液の量から考えると、所轄の警官が水を抜いたほうがいいと公園の管理者にアドバイスしたのかもしれない」

「衛生面を考えたら、さっさと抜いてしまおう、ってことかな。殺人事件があったプールで泳いでほしくないいし、健康被害が起こったら大変なことになるから」

「そのとおり。水サンプルの採取は、証拠が出ればもうけもの、ぐらいでしょうね」

リジーは眉間にしわを寄せ、考えごとをしている。

「どうしたの？」モイラが尋ねた。

「あなた、さっき、〈マナティー・パーク〉で路上強盗なんておかしな話だって言ったでしょ、それが引っかかってるの」リジーはプールの周囲に視線をめぐらせた。

「つまりね、昼間なら話はわかる。でも、このあたりは日が落ちると薄気味悪いし、暗くなったら門が閉まる。そんな場所に誰がわざわざ来るかしら？　ふたりの人物が、たまたまここで出くわす可能性はとても低い——偶然にもほどがあるわ」

「わたしも偶然を信じないほうだけど、少なくともふたりの人物が関与したわけよね」

「そうなの。だとすると、ふたりは日が落ちて公園が閉まる時刻に、この場所で待ち合わせをしたんじゃないかしら」

モイラはリジーが別の可能性も考えているのを察した。「それで？」

リジーは打ち消すように首を振った。「ううん、もしふたりが知りあいなら——恋人同士で、デートの待ち合わせをしたのだったら、銃を使うのはおかしいわ。銃を持っていたなら、計画的犯行ってこと。情痴のもつれが動機だったら、もっと衝動的な殺し方をするのが普通。体が触れ合うぐらいに接近して——首を絞めるとか、ナイフで刺すとか、そういう感じね。今回の事件は……違うわ」

モイラはリジーが言わんとすることを汲《く》み取った。「ふたりは恋人同士じゃなかったのかもね」

「じゃあなぜ暗くなってから待ち合わせたのかしら？」リジーは眉をひそめて考えこんだ。

「そこはとても気になるわね」とモイラ。被害者が昨夜遅くか今朝早く公園にいた理由を突き止めるのが、捜査というジグソーパズルの鍵を握る大事なピースとなる。モイラは乱れた髪を手ぐしで整えた。「あとはお金の出処《でどころ》ね」

リジーはうなずいた。「われらが名無し《ジェーン・ドウ》の死体の身元を突き止めなきゃ。決め手となる情報が必要よ」

「そうね」とモイラ。「銃のことも気になるわ。ここが人目につかない場所なのはわかったけど、コーラル・ビュー大通り沿いの住宅からそんなに離れていないのよね。銃声を聞いた人がいるはずじゃない？」

「時間帯によるわね。メアリとアーチーは昨夜、金婚式のパーティーを開いてた。遅くまで花火を上げてたわ。その時間帯に撃たれたとしたら、花火の音にかき消された可能性がある」

「犯人はそれを見越して犯行におよんだと思ってる?」

「もしそうだとしたら、やっぱり計画的な犯行だわ」とリジー。「花火を上げたタイミングに合わせて撃つなんて——かなり入念に準備しなければできないでしょう」

「犯人は、ゆうべ花火が上がるというコミュニティ内部の情報を知っていた」

ふたりはしばらく考えこんだ。これまでは外部の人間による犯行という前提で推理を進めていた。ところが、ふたりで考えた仮説が正しく、さらには花火が上がるタイミングで銃声をかき消す工作をしたとなると、犯人は〈ザ・ホームステッド〉の行事スケジュールを確認できる立場にある。

「被害者の死亡推定時刻を特定したいわね」リジーが言った。「これからリックにメッセージを送って、彼が親しくしている警察の情報筋から情報が得られないか訊いてみるわ」

「名案ね」モイラはほほえんだ。アイデアをやり取りし、推理や仮説を一緒に考える。リジーと自分はいいコンビだ。相手に対して抱いていたわだかまりが消え、前向きな形で友情がはぐくまれている——犯行現場に集中することで、ずっと苦しめられてきた不安が解消されていく。もう、ただの知りあいではない、リジーとは仲のいい友人同士になれそうな気がしてきた。それがいいことなのか、それとも悪いことなのか、モイラにはまだ判断がつかないけれども。

リジーがプールを集中的に調べだしたので、モイラはパティオを抜けて芝生に出た。リジーに言われたことが気になったからだ。今朝、公園であったことが思い出せないのはリジーに話したとおりで、あの若い女性の遺体とプールの様子に気を取られ、写真を撮っているうちに警官が来たからだ。今になって、何か忘れてしまったものがあるような気がする。目を閉じ、今朝あったことを振り返る。記憶の中の景色をていねいに見回す。頭に浮かぶのは若い女性の遺体と、紙幣と、バッグ。それだけだ。プールを取り巻くパティオの周囲には、血が飛び散った以外に何の変化もなく、芝生の上にも、プールの反対側にある二台のベンチにも、気になるものは一切見当たらなかった。

すると不意に、モイラは誰かに見られている気配を感じた。背筋がゾクッとしたので目を開ける。てっきりリジーがそばに来たのかと思ったのだが、彼女はさっきよりも遠くにいて、プールの奥でしゃがみこんでいる。捜査にすっかり心を奪われたような顔をして。蒸し暑い日にもかかわらず、モイラの背筋を冷たいものがじわじわと落ちていくのを感じた。またゾクッとしたので振り返った。

モイラは息を呑んだ。

少し離れた丘の上、高い木々が立ち並ぶその下、日差しをとらえて何かがきらめいている。直射日光を避けるため、モイラは顔の前に手をかざす。はっきりとは見えないものの、そこには明らかに何かがいる。モイラは数歩前に進み、さらに目をこらした。

それがモイラの視界に入ってくる。心拍数が上がる。

誰かが双眼鏡で、こちらの様子をうかがっている。

# 16

## リック

パトロール日誌を回収するのに予想以上に時間がかかりそうなので、チームのリストをフィリップと分担することにしてよかったとリックは思った。今日のうちに、当日のパトロール当番だったメンバー全員と話ができそうだ。だからといって、決して段取りよく進んでいるわけではない。殺人事件の捜査では初動から二十四時間がもっとも重要だからだ。

ジープに戻るとリックはため息をついた。フィリップは日誌をいつもどおり、リックの家の郵便受けに入れておくよう、パトロール当番に指示すればよかったんだ。そうすればこんな風に時間を無駄にせずに済んだのに。それにしても、人はこんなにも他人の生きざまに興味を持つものなのか。しかも人の死がかかわると、過剰なほど細かいところまで知りたがる連中がいる。リックには理解できない。事件を究明するには詳しいデータが必要だが、ゴルフクラブのゴシップ程度のものはいらない。

好奇心旺盛な連中に迎合すればいいというものではない。ついさっき訪ねた家で、主《あるじ》のメリーとローリーと交わした会話を思い出し、リックはやれやれと首を振った。ゴルフのラウンドを終え、殺人事件のうわさ話をゴルフクラブで広めてきたばかりのふたりから、その後どこまでわかったのか、あなたはどう推理するのかと、質問攻めに遭ったのだ。リックは金庫のように、最後まで固く口を閉ざした。漠然とした不安があるとか、心を痛めているとか言ってはいたが、それが見せかけであるのも見抜いていたし、ローリーが第十一居住区の建設現場で働く外部の労働者について暴言を吐いていたことも、〈ロードハウス〉でのミーティングの席で見せた反応もちゃんと覚えている――このふたりは、若い女性が命を失ったことより、ゴルフのラウンドを逃したほうを悔やんでいた。こういう人たちの気持ちは一生理解できないだろうとリックは思った。

一週間分ある、回収したばかりの日誌のページをパラパラとめくってみる。〈オーシャン・ミスト〉の高級レストランやバーが立ち並ぶ区域のパトロール当番であっても日誌の記述はシンプルで、各時間帯で起こったことを最小限記載してあるだけだ。

リックは回収した一週間分の日誌を、助手席に置いた分厚いファイルに追加した。

メリーとローリーがよく、歩いてパトロールをしているのは彼も知っている。あのふたりが当番の日にバーに立ち寄り、メルローのグラスワインを楽しんでいるのを見かけたという、別の当番からの告げ口を聞いたのも一度だけではない。リックは苦々しい表情を浮かべた。面倒なことになったな。パトロール当番はボランティア活動なのだが、問題行動を起こすあの夫婦に、そろそろ対応しなければいけないと感じている。フィリップの家に戻ったら、忘れずにこの件を彼に話そうと心に決めた。

リックはリストの次の名前――ドロシー――をチェックし、ジープのエンジンをかけた。日が傾いてきたので、彼はライトを点灯してから車を出した。フィリップ宅での待ち合わせの時間までに、あと数名分の日誌を手に入れたかった。通りの突き当たりで右折したところで制限速度いっぱいまでスピードを上げ、数ブロック先にある〈サンライズ〉居住区に住むドロシーの家に向かった。

彼は縁石のそばに車を駐めた。ドロシーの家は〈アーツ&クラフツ〉シリーズの限定版デザインだ。このデザインの家は〈オーシャン・ミスト〉では百軒未満、〈ザ・ホームステッド〉全体でも千五百軒に満たない。外観はほかの物件よりも小さく見えるが、特徴あるレンガ造り、ミントグリーンに塗装した木の外壁が印象的だ。

ジープから降りたリックは舗装した遊歩道に立った。道はこざっぱりと刈った芝生を分かち、家正面のドアまで続いている。彼はポーチに上がると、重厚な鋳物製のノッカーでドアをたたいた。応対を待つ間、ポーチに置かれた快適そうなスウィングチェア、黄色の花々が咲くプランター、ブランコの上のストライプ地でそろえたクッションに目をやる。どこを見てもきれいに片づき、磨き上げてある。

「どちら様?」家の中からドロシーの声がした。

玄関ドアの両脇に配したステンドグラスの向こう側に動く人の影がちらちら見える。

「リック・デンヴァーです、事件当日のパトロール当番の件で来ました」

ドアのスライド錠が外れる音が聞こえた。しばらくしてドアが開く。

「リック・デンヴァー」ドロシーがにっこり笑った。ピンクのツインニットにパールのネックレスという姿はミーティングのときと同じだが、革靴をふわふわしたスリッパに履き替えていた。「ええ、お待ちしてました、いらっしゃるのはフィリップからうかがっているわ」

「一週間分の日誌を回収しに来ました」

「ですってね、準備して待っておりました」ドロシーは廊下のテーブルまで戻ると封筒を持ってきた。「日付順に並び替えておきました」

リックは封筒を受け取った。「ありがとうございます。感謝します」

ドロシーは通りにちらちらと目を向けてから、リックのほうへと身を乗り出して言った。「あのプールのお嬢さんの件、何か進展はありました？」

「まだ何も」

ドロシーは眉をひそめた。「そうですか、まだ情報が不十分ですものね、そうじゃありません？」

「おっしゃるとおりです」続いて、何か知っているのか、何をやっているのかという質問が飛んでくるだろうと、リックは身構えた。

「それなら、ここで立ち話している場合じゃないわね」ドロシーはリックを追い払うような手ぶりをした。「捜査に戻って、悪者を捕まえてちょうだい」

リックはほほえんだ。ドロシーは八十歳を超えているが、メリーとローリーをふたり合わせた以上に常識がある。リックは額に手をやり、敬礼の真似をした。

「了解」

ジープに戻ったリックはリストに目をやった。日誌を回収すべきメンバーは五人。今日の午後に訪ねて、留守を確認できたのが、クリント、ヴァイオラ、マリリンの三人。これからドナルドとプレシャスの家に向かう。

〈サンライズ〉居住区を離れ、ドナルドの家を目指す。〈オーシャン・ミスト〉から、そう離れてはいないが、彼の家はドロシーの家がある居住区の反対側にある。車なら十分ほどの距離だ。

郊外住宅をイメージした二階建てランチハウスの前に車を駐めると、ドナルドのトラックがいつものように家の前にないことに気づいた。ドナルドが在宅なら、ノックをすればドアを開けるだろう。

リックはジープから降り、ドナルド宅まで歩いていった。窓のブラインドが開いていたので中をのぞくと、部屋には段ボール箱が一か所に積み上げられていた。ドナルドは六か月前に引っ越してきたが、ふだんは人づきあいを避けている。コンピューターに親しみ、技術関係の仕事をしているドナルドは、パトロール当番には自分から志願してきた。だからコミュニティを大事にしたいという気持ちはあるのだろう。リックはアップルウォッチに目をやった。彼も人並みに新しい技術には興味があるが、背中を丸めてキーボードをたたいているより、外の空気に触れるほうがだんぜん性に合っている。ドナルドはきっと、引っ越しの荷ほどきよりコンピューターとたわむれていたいのだろうとリックは思った。

ドアにはノッカーもなければベルもなく、リックはドアをたたいた。応答があるまで少し待った。家の中も周囲も人がいる気配はなく、ドナルドの姿も見えない。

もう少し待ってみることにした。今度はもっと強めにノックする。それでも反応がない。リックはしかたなく振り返り、ジープに戻ることにした。せっかく来たのに当てが外れた気分だった。

# 17

## モイラ

思っていた以上に距離があった。

脚がもう痛くなってきた。息が上がる。

不審な人影を見たとリジーには伝えてある。丘の高いところから、誰かが双眼鏡でふたりを見ていた、と。冷静を装って知らん顔を決めこみ、人影を見かけたあたりに目をやらないようにしながら、向こうに悟られないよう気をつけながら、距離を詰めた。そして、あとを尾けた。

これだけの時間をかけたのに、何の成果も得られていない——少なくとも十分、いや、もっとかけたかもしれないのに。丘の上にいた人物に悪気はなく、モイラと争う気がなかったのなら、とっくの昔にその場から離れているはず。それなのにモイラは誰ともすれ違わなかった。ということは、可能性が低いとはいえ、まだ丘の上にいるのかもしれない。公園にいるリジーを、まだ高いところから見ているのかも。リジーをプールサイドに残し、公園裏の近道から丘の上まで行くことにしたので、モイラは生け垣にできた裂け目をくぐり抜け、ワイルド・リッジ・トレイルに出た。トレイルの起点に木立があるおかげで、向こうからこちらが見えずに済む。モイラは走りだした。

トレイルは思った以上に勾配がきつく、モイラはかなり苦労して走った。腕を勢いよく振って。歩幅を長く取って。一歩踏み出すごとに疑問が頭の中を行き交う。

あのブロンド男、またわたしを見張ってるの？

いったい誰なの？　どうしてわたしたちを見張ってるの？　トレイルで何をしているの？

彼が犯人なの？

雲ひとつない空から日が沈むにつれ、あたりは薄暗くなっていく。

モイラは前へと進んだ。

もうすぐ丘の頂上だ。二百メートルほど先に立っている数本の木の影が、走っているモイラのすぐ足元まで届きそうなほど長々と草の上に伸びている。薄暗がりに目をこらし、動くものがないか探す。こちらを見ていたやつはまだいるだろうか。夕方の薄明かりではよく見えず、木陰に入るとさらに暗く、見えにくくなる。

やはり、人の姿はなかった。

木のそばまでたどり着いたのでスピードを落とす。神経を研ぎ澄まし、人の気配がないか、あたりを見回す。モイラたちを見張っていた人物がトレイルを使って丘を下っていないなら、彼は別ルートを使ったはずだ。モイラは木々の間を抜け、別の道がないか調べた。もしかしたら、彼を捕まえられるかもしれない。

この木立からもう少し先に進むと、トレイルは三方に分かれていた。三本道の真ん中は広々とした草原を突っ切り、〈オーシャン・ミスト〉と隣接する、別の居住区との境に向かっている。草は長く伸び、野の花やハリエニシダの茂みがそこここにある。開放的で何もない空間がはるか遠くまで広がっていた。モイラ以外に人の姿はない。

右手の遊歩道は木立を一周して終わる。その先に道があるのかわからないが、とりあえず道なりに走って最後まで確かめることにした。木立が続く道を一分も走らないうちに、ここまで上がってくるのに使った道の終点、つまりトレイルの起点に出た。どうでもいいことに時間を使ってしまった。

モイラは急いでトレイルの分かれ道まで戻る。自分たちを見張っていた人物は、左の道を使ったのだろう。もう一度周囲に目を配り、ここには自分以外に誰もいないのを確かめた。そして、トレイルの左側の道を下りていく。モイラは走るより歩いたり泳いだりするほうが好きなのだが、このときの体調はかなりよく、走れるだけの体力が残っていてよかったと思った。

最初のうちは緩やかだったトレイルの勾配は、すぐにきつくなり、地面の起伏は一歩一歩踏み出すごとに増していく。重力には逆らえずバランスを崩しそうになるが、勢いがついたせいで勝手にスピードが上がり、自分ではどうすることもできない。さっきまで自分たちを見張っていた人物の気配はもうなかったが、トレイルのどこかにいるはずだし、モイラは彼を捕まえなければならない。

前に進むにつれ、道は小さな雑木林へと消えていく。木の間をジグザグに進み、草木が伸び放題の道をモイラはそのまま走り続けた。ハリエニシダの茂みやイバラが足首に触れる。傾きかけた日の光が枝の隙間から漏れ差し、ストロボのようにオンとオフを繰り返す。光で目がくらみ、道が見えなくなるが、それでも力強く前に進んだ。自分をつけ狙う誰かを捕まえなければ。逃すわけにはいかない。疑問が繰り返し頭に浮かぶ。

誰なの？

どうして見張っているの？

プールに浮いていた女性を殺したのも、あいつなの？

丘の勾配はいっそうきつくなっていく。モイラは坂に身を任せながら走る。坂道を味方につけ、乾いた地面から骨のように突き出した節だらけの木の根を避け、覆いかぶさるように茂った大枝をかいくぐる。歩幅を広く取る。呼吸数がどんどん増していく。直角のカーブを全速力で曲がる。

雑木林はそろそろ終わりに近づいている。トレイルは木立を抜け、開けた草地に入った。モイラは息を呑む。肋骨《ろっこつ》の下で心臓が激しく打つ。

地平線とオレンジの筋状の雲が浮かぶ空との間に、歩く人のシルエットが見える。男性だ。体つきを見ればわかった。ただ、自分を尾け回している、細身で筋肉質のブロンド男ではない。体型がぜんぜん違う。もっと肩幅が広くて筋肉質だ。

「ねえ！」モイラは男に呼びかけた。息は切れていたが、声は相手に届いたようで、男がこちらを向いた。だが、パーカーのフードを目深にかぶっていて、顔全体が影に覆われている。この暮れゆく日差しの中では、目鼻立ちがはっきり見えない。モイラは手を振り、もう一度彼を呼んだ。「待って」

男は歩き続けた。いや、そうではない、走りだしている。おまけにかなり足が速い。双眼鏡で見ていた男だわ。

追いかけなきゃ。

モイラは走る速度を上げた。足は疲れ、止まってくれと筋肉が悲鳴を上げるが、かまわず走る。逃げる人影に目をこらし、あらゆる特徴をつかもうとした——パーカーの色はネイビーブルーかダークグレー、ブルージーンズ、履いているのはスニーカー、体つきは中肉中背。

だから目の前に大枝があることに直前まで意識が向かなかった。体勢を低くしてくぐり抜けようとしたが間に合わなかった。枝がモイラの顔を直撃し、刺すような痛みに息ができなくなる。そのときつま先が木の根に引っかかり、足首に突き刺すような激しい痛みを覚えると同時にモイラは前のめりに倒れ、顔を地面にぶつけそうになった。とっさに両手をつき、転倒の衝撃を前腕で受け止める。

ひじから肩へと痛みが走り、モイラは思わず声を上げた。歯を食いしばり、弾みをつけて転がってから止まった。

転んだのをあの男に見られた？

あいつはどこ？

前方のトレイルをざっと見わたしたが、男がいる気配はなかった。モイラに追いつかれそうだと察して走るスピードを上げたに違いない。

けがをしていないほうの腕で拳を握り、むなしさに声を上げながら、拳を地面にたたきつけた。「くやしい」

このまま逃がすわけにはいかない。

モイラはすぐに立ち上がって走ろうとしたが、痛むほうの足を引きずってしまう。足首を痛めたせいで走ろうにもスピードが出ない。力を振り絞り、できるだけ速く走る。足首やひじ、肩の痛みが強くなろうが気に留めず、トレイルや草原に視線をめぐらせて男の姿を探したが、もうどこにもいない。男は逃げた。見失ってしまった。

呼吸を整えようと立ち止まって体を折る。腕が、顔が、首が汗で濡れ、流れる汗が背中を伝ってレギンスのウエストバンドまで届いている。レギンスの両ひざが破れ、むき出しになった肌が泥で汚れてしまった。蚊にも刺された。

モイラは小声で悪態をつき、男を逃がしたくやしさで頭を振った。振り返り、足を引きずりながら、さっきまで走ってきたトレイルに戻った。モイラは失敗などしない。これまでもそうだった。

丘のてっぺんまで来たところでモイラはひと息ついた。太陽はもう沈みつつある。地平線に半分隠れ、オレンジというより、むしろ血のように赤い縞《しま》模様を、薄暮の空に描いている。

モイラは〈マナティー・パーク〉を見下ろす場所にいた。プールやピックルボールのコートが双眼鏡がなくてもよく見える。もう暗くなってぼんやりとしているものの、これほど見晴らしのいい場所だ、あの男が見張っていた時間なら、もっとはっきり見えただろう。彼が犯人なら、モイラたちは殺人事件について調べているのだろうと察しがついたに違いない。モイラはゾクッとした。どうかリジーが作業を終え、公園を出て、無事に家に帰っていてほしいと願った。危険な目に遭うことなく。

それでもやはり、モイラとリジーを見張るため、ここまで来たとも思えない。ふたりが〈マナティー・パーク〉に入るのを見かけたら、普通ならあとを尾けるだろう。丘のてっぺんに近いこんなところから双眼鏡で見張るより、もっと近場で、生け垣の隙間からふたりの仕事ぶりを見るほうが理にかなっている。双眼鏡を持ち歩いているのも都合がよすぎる。別の用事でここに来たのでなければ、双眼鏡を持っている理由がわからない。

モイラは眉をひそめて考えた。男がここにいた理由を。モイラの勘違いかもしれない。事件とは無関係なのだろうか？　野生動物の観察やバードウォッチングをしに来ていたとも考えられる。

モイラは首を振った。事件のことかもしれないじゃない。確認できた事実を整理してみよう。

男は丘の上まで来た――確認済み。

男は双眼鏡でわたしとリジーを見ていた――確認済み。

わたしが話しかけようとすると男は逃げた――確認済み。

確認できた三つの事実に絞りこんで考えると、あの男はやっぱりモイラたちを見張っていたように思えてくる。単なる興味本位でながめていたのかもしれないが、だったらなぜ逃げたりしたのだろう？　細身のブロンド男もそうだ――どうして逃げるのだろう。このふたりは知りあいなのだろうか。

モイラは髪をかき上げ、トレイルを走っていてついたゴミを払った。かえってあの男に警戒心を抱かせ、下手をすると、あの女性を殺したのがモイラだと思われたのだろうか。警戒心については違うとモイラは思い直した。あの男性がここにいたのは警察やCSIの現場検証を見張るためで、だから双眼鏡を持ってきたのだ。ただの好奇心旺盛なやじ馬とも考えられるが、彼が警察の動きを見張っていたのには何らかの理由があったのだろう――つまりは犯人だ、ということだ。

そういえばもうひとつ、腑《ふ》に落ちないことがある。あの男性が木の陰に隠れておらず、いなくなったのを確認したとき、モイラはあることに気づいた――ついさっき掘り起こされたばかりのような形跡が地面にあったのだ。

モイラは今来た道を戻ると、木立の間を通って地面をていねいに見ていった。日没間際の時間帯では視界も悪く、懐中電灯も持ってこなかったけれども、このまま帰りたくはなかった。確かめてみなければ。あの男性がここにいた理由はただひとつ、〈マナティー・パーク〉の様子を見張ることだったのだと確かめておきたい。

見つかるまで十分近くかかったが、いざ見つけてみると、明らかに何か目的があって掘ったのがよくわかった。三十センチ四方にも満たない、小さなものだ。土はつい先ほど掘り起こされたばかりのようで、掘り起こした跡を踏み固め、その上に小枝を散らしたりしているが、妙にそこだけ目立っている。上手に偽装しすぎて、かえって不自然なのだ。

モイラはひざまずくと、指先で土を掘りはじめた。

# 18
## リジー

ひとり現場に残されたリジーは、モイラが何をしに行ったのか考えないことにした。リジーは丘の上の人影を見ていない——こちらが気づいているのを相手に知られてはいけないと、モイラは振り返らないようリジーに忠告していた。だがいざモイラがいなくなると、リジーはどうしても見たくてしかたがなくなった。あそこにいるのは、さっき家の外で待ち伏せしていた男と同一人物なのかしら。リジーは首を振って打ち消した。モイラは後先考えずに動くところがある。わたしたちを見張っている人物が犯人かもしれないし、モイラは犯罪者を取り押さえる訓練を受けてもいないのに。追いかけていくなんて向こう見ずにもほどがあるし、それ以前に危険だ。ふたりが別々に行動するのにも賛成できなかった。

リジーはプールの周辺を見回した。怖くて身震いする。背後で誰かに丘の上から見張られていると考えただけで背筋に冷たいものが走る。恐怖を振り払うように、手持ちの作業に集中する。犯罪の現場から離れてもう十年近く経つが、また捜査にかかわることになるとは夢にも思わなかった。ところがこの街で殺人事件が起こり、フィリップが捜査をすると言って聞かず、有無を言わさず巻きこまれ、リジーが望んだわけでもないのに謎の究明に駆り出されてしまった。不審な点がいくつかあった。犯行現場といえばお決まりの、ピースが足りなくて完成しないジグソーパズルのように。事件の大まかな全体像は、根気強くていねいに調べれば把握できるし、賢くて集中力と判断力に恵まれていれば、欠けているピースが見つかる手がかりがいくつか手に入るはずだ。

それが推理というものだが、リジーは勘の衰えを自覚しつつあり、もっと正直に言うと、不安でもあった。ちらりと背後の丘を見たが、それらしきものは見えなかった。双眼鏡も、公園を見張っている人物も。リジーは大きなため息をついた。ここにひとりぼっちでいることや現場の検証より、フィリップのことが気にかかる。まるで警察から退職を勧告されたという事実を忘れてしまったような態度だった。あれからだいぶ経ったし、退職前に起こった例の一件など、はるか昔のことだと思っているのかしら。リジーは首を振った。夫が本気でそう思っているなら、それは現実から目をそむけているだけだ。思考を停止したって、心臓発作や、それにからむ一件が理由で退職を勧められたという事実が消えてしまうわけではない。世の中はそんなにうまくできてはいないし、あんなことがあった以上、フィリップだってわかっているはずだ。これからもフィリップに、いや、リジーとふたりにつきまとう運命。それはさながら、時限装置がゆっくり残り時間を刻む、不発弾のようなもの。

リジーはただ、その残り時間がなくならないよう祈ることしかできない。

あたりが薄暗くなり、現場検証が難しくなってきた。警察で捜査官をしていたころなら、日が陰る前に巨大なスポットライトをいくつも設置し、折りたたみ式の天蓋を広げ、時間経過や天候の変化で作業が中断されないよう準備するのだが。そんな準備がない今だと、あたりが薄暗くなる二十分前ぐらいで検証が続けられなくなる。

丘の上にいる人物のことを頭からシャットアウトすると、リジーは目の前の作業に集中しようとした。まず、現場を歩く。くまなくていねいに目を配る――草の葉一枚から、石ころひとつまで――芝生とプールサイドの間を行ったり来たりしながら。警官がすでに作業を終わらせているのはわかっているし、所轄のＣＳＩも検証を終えているだろうが、リジーは自分のやり方で現場を調べた。

あらゆる手段を尽くす。証拠はひとつも取りこぼさない。

これはリジーが尊敬する先輩から伝授されたモットーで、その先輩、サリー・イートン博士は、リジーの知る科学捜査官の中でも最高の科学捜査官だった。サリーのことを思い出すと、リジーのほおが緩む。歯に衣着《きぬ》せない物言い、鋭い目つき、二十メートル近く離れたところから見て間違っていると指摘できる度胸。サリーは先輩であり、リジーのよき友人でもあった。いや、親友と言ってもよかった。リジーの顔から笑みが消える。涙を必死にこらえる。サリーは今や思い出の世界の住人なのだ。

リジーは歩き続けた。観察も手を抜かない。芝は枯れて乾き、サンダルで踏みしめると砕けていく。石の表面にところどころ黒い粉が残っているのは、ＣＳＩが指紋を採取したか、採取を試みた名残だろう。新しい証拠は見つからなかったが、興味深いことがいくつかあった。

石造りのパティオまで引き返す途中、リジーは立ち止まり、しゃがみこんだ。日没間際のほの暗い中でも、石の上に擦った痕跡がはっきりと見えた。それもひとつではない。跡はだいたい二メートル間隔で、プールサイド全体についていた。

リジーはメッセンジャーバッグを開き、中からピンクの布製メジャーとノート、鉛筆を取り出した。擦った跡の長さと幅をメジャーで測り、値をノートに書きこんでいく。続いて脇に回って、最初とふたつ目の跡までの距離を測った——二メートルもない。この値もノートに書いたあと、跡のすべてでこの手順を繰り返した。

たいして時間はかからなかった。

それまでおずおずと動いていたリジーの中で、別の感情が芽生えた。好奇心、いや、興奮と呼んだほうがいいかもしれない。擦った跡を見ていた彼女は新たな発見をしたのだ。跡には規則性がある。およそ一センチ強の誤差がある程度で、形も同じだ。幅も十センチぐらいでそろっている。リジーはノートに書いた値に目をやってから、石についた跡に視線を戻す。そして考えこむ。

どうやってついたの？

誰がつけたの？

どうしてついたの？

跡は一段奥まったプールの縁にはついていない。リジーはプールに浮いていた女性の死体と、そのまわりに浮かぶ紙幣を思い返した。

紙幣。

リジーはパティオ脇の芝生の上にメッセンジャーバッグを下ろし、中からニトリルゴム製の使い捨て手袋を取り出すと、両手に装着してからプールに戻った。両膝をついて石の上にうつ伏せになると、彼女の肩がプールの縁と同じ高さになる。

軽く後ろを振り返って足元に目をやる。片手でプールの縁を持ち、空いているほうの手を前に伸ばした。水が抜かれていなければ水面に触れる高さだ。

水面に浮いている紙幣をつかみ取る真似をしてみる。

精一杯手を伸ばしてから足元を見た。体を伸ばすと片足のつま先がプールの石と擦れ合う。今度は上半身を起こしてよくよく見ると、にらんだとおりのものがあった。リジーが体を伸ばしたとき、彼女のつま先がプールの縁につけた、かすかに擦った跡が。

自分の見立てが正しかったのを実感した。犯人はプールの脇に寝そべり、手を伸ばして紙幣を取ろうとした。犯人がプールの四方から手が届く範囲の紙幣をせっせと集めている中、あの若い女性は命を落としたか、死の淵《ふち》にあった。そう考えるとリジーはやるせない気分になる。

しゃがんだまま、リジーはプールの縁から足で擦った跡までの距離を測った。自分の身長を基準にして、プールの縁から水面に伸びた犯人の肩と頭部までの長さを計算して割り出そうとした。

リジーの背丈は百五十八センチだから、靴であの跡をつけた人物は、彼女より二十五から三十センチほど背が高く、そうなると百八十三から百八十八センチといったところだろうか。リジーは結論を書き留めてからノートをバッグにしまい、メジャーもバッグの定位置に戻した。そしてまた考える。今回の捜査にはかかわりたくなかったのに、今、ここにいるのは謎解きに魅せられたからだというのは否定できない事実だ。犯人の、あの若い女性に対する仕打ちは無慈悲と言うほかない――殺すだけでもむごいのに、プールに散らばった紙幣をすくい上げることに固執していただなんて。被害者の命より金が大事だというのかしら。リジーはくやしさのあまり拳を握った。不安はまだ消えないけれども、謎解きに魅せられてわくわくしていたところに、怒りが加わった。フィリップがどう考えるかは知らないが、リジーは、こんなことをした相手が誰であっても、ただ黙って見逃す気にはなれなかった。この犯人が捕まってほしいと願った。

プールに目をやると、底にわずかに残った水たまりから証拠となるサンプルが採取できるだろうかと考えた。第一印象では少なすぎると感じたが、試す価値はあると思い直した。

リジーはプールに入るときに使う梯子《はしご》のところまで、たしかな足どりで歩いていった。あたりは刻一刻と暗くなっていく。日の光がオレンジや赤へと変わり、まるで空いっぱいに血痕が散ったようにも見える。さっきまでやかましく啼いていた鳥たちも、いつもの止まり木でおとなしくしている。急ぐべきなのはリジーもわかっている。間もなく闇に包まれ、何も見えなくなるだろう。

リジーは梯子を使ってプールの底へと下りた。水をすっかり抜いた、空っぽのプールの底を歩くのは妙な気分だ。リジーはゆっくりと歩きながら、青い塗料を塗ったプールの底をぐるりと見わたして、サンプルが採れるだけの水が残っている場所を探した。

やはり得るものはなさそうだった。プールの底にたまった水が少なかったので、不純物の比率が高くなってしまう。リジーはもう少し探すことにした。プールの反対側へと移動する。梯子がある場所から水深がもっとも深いところまで行くと、いくらか大きな水たまりがあった。直径五センチ近くありそうだ。大きな賭けだが、スワブ（検査キットに付属する綿棒に似た器具）で採取するには十分なようにも思える。

リジーは空をあおいだ。太陽は地平線の下にあり、日の光はもう望めなかった。明るさを失えば、丘の上に誰がいようとリジーを見張るのはそう簡単なことではないし、リジーもさっさと作業を進めなければならない。メッセンジャーバッグを開き、家から持ってきた水質検査キットのスワブを出した。屋外浴槽に細菌やバクテリアが繁殖し、たまったものではないという話をフィリップが聞きつけ、水質を定期的にチェックできるようにとふたりで相談して、オンラインで購入したものだ。スワブでサンプルを採取すれば、家に帰ってから検査できる。

水たまりのそばにしゃがみこみ、小さなプラスチック製容器からスワブを取り出すと、水たまりに押しつけた。スワブが水を吸いこんで十分湿ったのを確かめてから、容器に戻し、ふたを閉めた。

何かの役には立つだろう、ないよりはましだ。ただ、スワブが役に立ったとして、証拠となるものが検出されるかどうかは疑わしい。水の浄化で使われた薬品がデータに影響し、水に溶けた血液の濃度を正確に割り出せないかもしれない。リジーが現役時代に使っていたキットが家のどこかから見つかれば、水質検査に使える機器をまだ持っていたら、話は変わってくるのだが。

リジーはあきらめ顔で首を振った。仮定が多すぎるわ。無理な話なのはリジー自身が一番わかっていた。

サンプル容器をバッグにしまい、リジーはもう少し調査を続けることにした。メッセンジャーバッグのファスナー付きポケットからｉＰｈｏｎｅを取り出すと、リジーはフラッシュライトをオンにして、その明かりでプールをもう一度見てから帰るつもりだった。ほぼ見終わったとき、プールの底、隅のほうできらりと光るものが目に留まった。

あわてて目をこらすと、そこには小さなフィルターが設置されていた。プールの床と同じブルーに塗装されたカバーで覆われ、カバーの分が隆起しているため、水の流れが少し妨げられている。リジーは不審そうに眉をひそめた。何が光ったのかはまだわからない——フィルターとは違う、シルバーの何かであるのは間違いないのだが。殺人事件と関連性のある品なら、警察とCSIがそろって見つけていないのは失態だろう。標準の捜査手順なら、プールのフィルターはすべて外して調べるはずなのに——プールに落ちたかもしれない小物を探す際、真っ先にチェックするのがフィルターと決まっている。そこをちゃんと見ていないというのは、所轄の警察がやはりこの犯罪に十分注意を払っていないということだ。

プールの底にひざをつくと、リジーはメッセンジャーバッグから透明のファスナー付きビニール袋とピンセットを出した。ファスナー付きビニール袋を開き、光るものをピンセットでフィルターから外そうとする。フィルターにしっかり刺さっており、数回揺すってようやく外れた。

それが何かわかると、リジーは息を呑んだ。ラインストーンで模様を描いたシルバーのヘアクリップなのだが、リジーの鼓動が速くなったのには別の理由があった。

ドルの記号が一列につながった模様がクリップに描かれていたのだ。

フラッシュライトの光をヘアクリップに当て、目をこらしてドルの記号を見ながら、リジーはあの若い女性の遺体が発見されたときの様子を想像した——たくさんのドル紙幣に囲まれ、プールの中央に浮いていた姿を。彼女と、このヘアクリップには関連性があるはずだ。偶然なんかじゃない。

ヘアクリップをビニール袋に入れてファスナーを閉じると、iPhoneを残してすべてメッセンジャーバッグにしまった。バッグを肩に担ぎ、ファスナーが閉じているのを確認してから、リジーはプールの底を歩いて梯子まで戻った。梯子は上るほうが大変で、おまけに片手はiPhoneのフラッシュライトで梯子の段を照らしているのでふさがっている。

パティオに戻ったリジーは体についた埃《ほこり》を払った。家に帰る時間だ。

付近の木立にいた一羽の鳥が不意に啼き、リジーはびっくりして飛び上がった。鳥たちが懸命に羽ばたきながらねぐらに向かう。まるでリジーをせき立てるかのように、けたたましく啼きながら。何かに驚いた様子だ。

リジーはメッセンジャーバッグを胸に引き寄せた。もうすっかり暗くなってしまった。月明かりもなければ星も見えない。鳥たちが去り、あたりは静寂に包まれた。

そのときだ。リジーの耳に、乾いた枝が裂ける音、木の葉がうごめくサラサラという音が聞こえたのは。音は木立のあたりから聞こえた。出口と同じ方向——プールエリアに出入りする、唯一の場所だ。

リジーの喉がからからに渇いた。

鳥が驚いて飛び立ったのはモイラがいたからではない。彼女はもうここには戻ってこない——作業が終わったら、それぞれ直接フィリップとリジーの自宅に向かい、そこで落ち合う手はずになっていた。

胸の鼓動が高まり、リジーは昼間、庭の向こうからふたりを見張っていた細身のブロンド男のことを思い出していた。モイラが見た、丘の上から双眼鏡でこちらを見ていた人物は、やっぱり彼なのだろうか。モイラの追跡を逃れ、プールまで下りてきて、わたしの作業を見ていたってこと？　あり得ないことじゃないわ。それどころか、おおいにあり得る。屈強そうな見た目ではなかったが、彼がここに来て襲ってきたら、リジーは撃退できるだろうか？　勝てる自信はまったくなかった。

音のするほうを向き、リジーは芝生の向こう側にフラッシュライトの光を当てた。動く影をたしかに見た。リジーは胃がひっくり返りそうになった。ｉＰｈｏｎｅを握る手に力がこもる。

「誰なの？」声が震え、不安げな口調になるのがくやしかったが、リジーは相手に語りかけた。

返事はない。闇と静寂の中、暗がりから何かが彼女に近づいてくるのを感じる。

抱えたバッグを固く握りしめ、リジーは世界中でひとりきりになったような気分だった。

# 19

## リック

プレシャス・ハーパーの家を出てすぐの歩道でのことだった。プレシャスから受け取った日誌に目を通していて——ベージュのステーションワゴンや被害者と似た女性を見ていないかをチェックしていた——自分を待っている人がいるのに気づかないまま、もう少しでジープに乗ってしまうところだった。

「パトロール当番の人かね？」

リックが日誌から顔を上げると、年長で白髪の男性ふたりがジープの前に立っていた。ふたりとも、アロハシャツにゆったりしたひざ丈のカーゴパンツ、茶色い革のサンダルでコーディネートをそろえている。白髪まじりの赤毛というところまで同じだ。片方の髪は肩まで届きそうなほど長く、黒いビーズのネックレスをしている。もうひとりは髪を短く刈りこみ、右の手首に、革紐《かわひも》やビーズ、ミサンガのように色とりどりの糸を結んだブレスレットを、ネックレスの代わりにたくさん着けていた。リックはようやくこのふたりが双子であることに気づいた。「そうだが」

長髪の男は双子の片割れに目をやると、何か言えと、せっつくような顔をした。短髪の男が話しだす。「〈マナティー・パーク〉であったことを知りたくて来た。今朝、公園は警察の連中でごった返していて、救急車や医療従事者もいたそうじゃないか。どうしてなんだ」

リックは黙っていた。警察の内部に通じていると、あれこれ耳に入ってくる——殺人犯や誘拐犯がやじ馬のふりをして、犯行現場に戻ってくることがよくあるそうだ。何食わぬ顔で犯人が協力を申し出ることも。捜査の現場に近づいて刑事らと顔見知りになり、犯人と特定されていないので、ずっと事情通のふりをしているという話も聞く。このふたりはどう見ても善良な一市民だが、リックにはＤＥＡ時代に得た教訓がある——ふらりと姿を見せたやつには気をつけろ。

リックから答えがなかったので、双子は気分を害したようだ。不満を表明するかのように、長髪のほうが重心を片方の足からもう一方に移した。怒りでほおが真っ赤になっている。「いいかね、自分が住むコミュニティが今、どうなってるかを知る権利がぼくたちにはある。ぼくたちはここの住民なのだから、好ましくない事件が起これば説明を受けるのは当然だろう。子どもじゃあるまいし、質問にはきちんと答えてもらわないとな。ぼくたちは……」

「なあ、おれもあんたらと同じここの住民だが、別に――」

「だってきみはパトロールチームの一員だろう」双子のひとりの目は、リックが持っている日誌にくぎづけだ。「それにきみはその……証拠を……集めてるなら、関係者ってことだろ。何か知っているはずだ」

「おれは警備にかかわる一市民として、与えられた仕事をやっているだけだ」リックは持っていた日誌を半分に折ると、ジーンズの後ろポケットに押しこんだ。「それ以上でも、それ以下でもない」

「ほう、あんたは関係者なのか」国家の機密事項を吐けと言わんばかりに、双子の短髪のほうが勝ち誇った声を上げた。「何が起こっているか話してもらおう」

どうせテレビのニュースかニュースアプリで仕入れた情報だろうに、リックは腹の中で毒づいた。被害者が発見されてからかなりの時間が経つ。事件についてはとっくの昔に記事になり、新聞社の輪転機はすでに回っているころだろう。「どこまで知ってるんだ？」

長髪のほうが首元のビーズのネックレスをつかみ、指でこすり合わせながらしゃべりだす。「ぼくら住民には何も知らされていない。公園で事故がありましたとラジオでは言っていたが」

「そんなの信じられるものか」短髪のほうが言う。「あれだけの数の警官とＣＳＩが集まったんだぞ、事故のはずがないだろ」

長髪のほうがネックレスから手を離し、承服できないとばかりに首を振った。「メディアの報道なんか信じられるものか」

「政府の言うことも信じちゃだめだ」双子の片割れが返す。

「まったくだ」長髪のほうが応じる。彼は身を乗り出し、声をひそめた。「神様と、自分の目で見たものと、自分の耳で聞いたこと以外は、何も信じちゃいかん」

リックは、あんたたちだって自分の目や耳で確かめもせず、おれに訊きに来ているじゃないか、とは言わずにおいた。このふたりに生意気な口を利いてもろくなことはないだろう。

「きみは警察ＯＢだそうだな」短髪のほうがリックを指差して言った。「だったらぼくたちに詳細を説明したらどうだ」

「たしかに現役時代には数え切れないほど現場を見てきたが、あの日おれは公園にはいなかった。だから説明できることなどありませんよ」リックは好意的なトーンを崩さずに話したが、短髪の男の言いがかりにはさすがに腹が立ってきた。「警察が捜査中だ。おれはそれしか言えない」

「嘘をつけ」短髪のほうがリックに詰め寄った。「なあ、お前、隠しごとはよそう。警察OBだろ。何か知ってるはずだ」

リックは腕組みし、鋼のように冷たいまなざしでふたりを見た。「お前呼ばわりはいただけないな」

「あの事故に誰がかかわってたんだ？　死者は出たのか？　誰が死んだ？　ほんとうに事故なのか？」短髪のほうがリックをあおった。ひとこと言うたびに両手を振り、ブレスレットをジャラつかせながら強調した。「警察は容疑者を特定したのか？　すでに逮捕済みか？　それともこれからか？」

リックは自分の立場をゆずらなかった。沈黙を守った。

「なあ、言えよ。情報をつかんでいるんだろ。彼女もパトロール当番のひとりじゃないか」短髪の男がプレシャスの家を手ぶりで示した。「それに、さっきお前がポケットに入れたやつを回収してるのなら、お前がパトロール当番のボスなんだろ。つまり、どんな事件があったか知ってるってことだ」

「そうだ、お前には言う義務があるぞ」すがるような声で長髪のほうが言った。「そして、双子の片割れのすぐ脇に立つ。ネックレスをまたつかみ、ビーズに沿って指を走らせ、規則正しいリズムでたぐっている。

リックは双子をひとりずつしげしげと見た。双子も好奇心満々でこちらをにらみ返している。リックはやれやれと首を振った。「おれは彼女のボスじゃない。一切ノーコメントだ」

長髪のほうがネックレスから手を離すと、顔を真っ赤にしながら言った。「ぼくは信じないぞ。なあ、言えよ――」

「おのれの信じるがまま進め、アメリカは自由の国だぜ」リックは肩をすくめると、ジープに向かって歩きだした。

「そうともかぎらないぞ」短髪のほうが小声で悪態をついた。そしてリックのTシャツをつかみ、行く手を阻んだ。短髪の声が大きくなり、怒鳴るように言った。「ぼくらをばかにするのもいい加減にしろ。どうなってるのか話したらどうだ」

リックは振り返って双子と向き合った。自分のTシャツをまだ握っている短髪をにらむ。手を離すまでにらみ続けた。

長髪のほうが片割れの肩に手を乗せ、自分のほうへと引き寄せた。「もういい、ジャック、こいつを行かせてやれ。ぼくらの役には立たん」〝役〟と言ったところで長髪の声がひずんだ。

ジャックは身を震わせている。日に焼けていても、顔が青くなっているのがわかる。先ほどまでの尊大な態度はどこへやら、今ではずいぶんとしょげ返っている。

リックは息をついた。手荒な真似をされたのには腹が立ったが、ふたりが心の底から不安に思っているのが見て取れた。時に人を変えてしまう。だから彼らの失礼な態度は大目に見ることにした。「公園でのこと以外にも何かありそうだな、違うか？いったい何があったんだ？」

双子はどちらも最初は口をつぐんでいた。お互いを見つめ、無言のコミュニケーションを取っているようだった。緊張感がリックにも伝わってきた。

「この人に言うべきだよ」長髪のほうが言った。

ジャックは首を振った。「言ったたって変わるもんじゃない。こいつはぼくらの役には立たない」

「立つかもしれないじゃないか」長髪のほうが双子の片割れの肩をもう一度抱いた。「役には立たなくても、こちらがきちんと話せば、事情ぐらいはわかってくれるさ……ぼくらがただのクレーマーじゃないってね」

「そうかな？」ジャックは目をそらし、足元のアスファルトを見ながら言った。そして、しばらく黙っていた。やがて兄弟の顔に目をやった。「わかった」

長髪のほうがリックと視線を合わせた。先ほどのすがるような弱気な態度は消え、穏やかで憂いのある表情を見せた。「ぼくらは大都市に住んでいた――ニューヨークのマンハッタンだ。セントラルパークのすぐそばにあるアパートメントで、景色は申し分なく、お気に入りのスポットが歩いていける距離にあった。ぼくらは都会暮らしを満喫していた。職場もニューヨークで、ふたりとも大学の教授だった。ぼくは気候変動、ジャックは数学の研究者で、友人も多く、楽しくて、引っ越すことなど考えたこともなかった」

「ところがある週末のこと、セントラルパークを散歩していたぼくたちは、いたましい事件に遭遇した」ジャックが言った。

ジャックの双子の片割れがうなずいた。「ぼくらが犬を散歩させていると、野球のバットを持った男が走ってきた。そいつは少し離れたところにいたんだが、ぼくらは一部始終をつぶさに目撃した。男は、ピクニックをしていたグループへと向かっていった。グループの輪の中に飛びこみ、バットを振り回しながら襲いかかっていった」

「グループの間から悲鳴が聞こえた。バットを持った男がわめいた」ジャックは今にも吐きそうだった。「おびただしい血が流れていた」

　長髪のほうがビーズのネックレスをまた握りしめた。「白いシャツを着た男性が体を横向きにして倒れ、顔から血を流していた。うめき声を……漏らして……」彼は深く息を吸った。

「マークが911に電話し、救急車と警官が来た」ジャックが言った。

「男がバットでもっとたくさんの人に危害を加えないよう、ここにいるジャックが、白シャツの男を押さえこもうとした」

　ジャックは首を振った。「思いとどまらせようとしたが、だめだった。最初に殴られた男性は意識を取り戻すことなく亡くなり、彼の仲間は数名が入院した」

「ジャックもだ」マークが言った。「あいつはジャックのひじと手首の骨を折り、頭部に傷を負わせた」

　ジャックはふたたび足元に視線を落とした。「ぼくら数名で、何とか男の手からバットを奪い、地面に押し倒して、警察が来るまで取り押さえた」

「ジャックが退院したあと、事件のことは忘れようとつとめたんだが、できなかった。片時も安心できなかった。マンハッタンで三十年以上も暮らしてきたが、あの日のことがずっと記憶から消せない――バットを振り回すあの男の姿が――あいつに有罪判決が出たあとも」マークは眉をひそめた。ネックレスのビーズを指でこすりながら。「犯人は法廷で罪を認めた。検察によると、犯人は事件当日、薬物で心神喪失状態にあり、血液検査の結果、複数のドラッグをカクテルにして使用していた。検察が動機を尋ねたところ、あいつは何と答えたと思う？　退屈してたので、仲間にドラッグをやれとけしかけられたからだと言ったんだ。見知らぬ誰かの暇潰しのせいで人が死んだ。くだらない挑発に乗ってね」マークの声は震えていた。「ぼくはずっと不安にさいなまれてきたけど……」

「もう、あの街では暮らせなかった」ジャックが言った。「もうたくさんだ」

マークはネックレスのビーズを握りしめた。「耐えきれなかった」

「そこでアパートメントを売り、ここに来た。ここは安全です、犯罪は決して起こりませんと、不動産会社は言った。犯罪発生率ゼロのコミュニティですからと」

「ようやくまた心穏やかに暮らせるようになった。それなのに先月から窃盗事件がはじまり、今度はもっと別の、もっと悪質な犯罪があったというじゃないか……」

「ぼくらはこの分譲地が安心して暮らせるところなのか知りたいだけだ」マークは親指と人差し指で、ネックレスのビーズを気ぜわしくいじっている。「今日、公園で妙な事件があったと聞いて、ぼくはランチの時間に抗不安剤を飲まずにいられなかった。

抗不安剤を飲んだのは、ここに越してきてはじめてだよ。今のぼくは精神的にとても参っている。だから現在の状況を知りたいんだ。知らないままなんて、とうてい耐えられない。どんなにひどい事件であっても知らないよりはましだ。知りたいんだ。知って安心したいんだ」

リックはマークを見た。かなり落ち着きを失っている。ネックレスのビーズをいじり、目はきょろきょろと左右をうかがい、話すたび声が震える。マークが自分を安心させるようなことを口にできないのは、リックもよくわかっていた。百パーセント安全な場所など、どこにもないのだから。道を歩いていたら、人事不省に陥ったドライバーが運転する車に轢《ひ》かれるかもしれない。地下鉄に乗っていたら、爆破テロに巻きこまれるかもしれない。公園を歩いていたら、死体と遭遇するかもしれない。リックがこの男性の不安を解消し、安心させることなどできない。リックができるのは真実を語ることだけだ。「今朝、小型プールで若い女性の死体が発見された」

マークは大きく息を呑んだ。「そりゃ……大勢動員されるはずだ」

「警察は犯人を特定したのか？」ジャックがリックに尋ねた。「逮捕したのか？ 窃盗事件との関連性は？ 犯人は――」

「不安なのはわかる。おれも不安だ」リックはここでひと呼吸置いた。マークは目を合わせようとはしない——繰り返しネックレスのビーズを指でいじっている。逆にジャックは強いまなざしで、しっかりとリックの目をとらえた。リックは話を続けた。

「警察が今捜査中だが、おれたちパトロールチームでもできることをやるつもりでいる。当面は、ボランティアのパトロール当番がここ一週間でつけた日誌をすべて回収する。おれが日誌に目を通し、プールで見つかった女性の目撃情報がないか確認するつもりだ」

「じゃあ、ぼくらは何をすればいい？」マークが声を震わせながら言った。「今、ぼくらに何ができる？」

「警戒を続けてくれ」リックは言った。「異変がないか注意して、疑わしいものを見かけたら、守衛に通報してほしい」

「じゃあ、もし危険な目に遭ったら？」双子の短髪のほう、ジャックが訊いた。「どうする？」

リックはあごを手でなでた。ジャックを見て、それから双子の片割れ、マークを見た。「ためらうことなく警察に通報してくれ、911だ」

# 20

## モイラ

肩は痛み、足首がズキズキとうずくが、痛みのことは考えないようつとめた。けがをしたことで、あの三人に心配をかけたくない——今はみんなそれどころではなく、捜査以外に頭を使う余裕なんてないのだから。

テーブルの反対側に座ったリジーが話をしている。家に戻ったときは顔色がすぐれず、誰かを探しているように、きょろきょろとあたりを見回していた。モイラは何があったのかリジーに訊きたかったのに、フィリップはふたりをサンルームに行くようせき立てた。そこではリックが白い籐椅子に腰かけ、報告を待っていた。まずリジーから、犯行現場を調べた結果を報告した。話していくうちに、彼女のほおに赤みが戻ってきた。モイラは新しい友人リジーの、そんな様子を見守っていた。プール周辺の石に残った擦れた跡について、自信たっぷりに報告していたが、リジーには別に思い悩んでいることがあるようだ。彼女が絶好調ではないのをモイラは察していた。

だったらリジーをおおらかな気持ちで受け入れなければ。つい感情的になって、遠慮のない物言いをしてしまうので、相手を萎縮させ、話をうまく聞き出せないところがあるのは自分でもよくわかっている。リジーのほうへと身を乗り出し、モイラは訊いた。「つまり、それってどういうことだと思う?」

「そうね、跡は一定の間隔を空けてついていた。わたしがプールに浮かんだ紙幣を取る動作を再現しようとすると、プールのへりにうつ伏せになって、手を伸ばさなければならなかったの。あの娘さんを殺した犯人は、水に浮いていた紙幣を、プールに入らず、取れるだけ取ろうとしたんだと思う。彼女が死んでいようが、まだ息があろうがおかまいなしで」

四人はしばらく黙っていた。モロッコ風ランタンの光のもと、フィリップは浮かない顔でいる。リックは首を振った。

「跡からプールのへりまでの長さを測って割り出した犯人の身長は百八十五センチ、ここに前後三センチ程度の誤差を加味します」リジーはフィリップのほうを見ると、サンルームのドアを手ぶりで指した。「これ、捜査会議ボードに書いたほうがいいわよね」

フィリップは椅子から立ち上がってホワイトボード用マーカーを手に取り、〈犯人〉と書いた横に数字を足した。〈泳げない？〉と書いた下に引いた線をマーカーでコツコツとたたくと、彼は言った。「犯人が水に入らず、プールのへりにいたとなると、この推理は正しいようだな」

「そうかも」とリジー。「あるいは、水に溶けた被害者の血液が体に付着しないよう警戒していたか」

モイラもそこが気になっていた。「水のサンプルは採取できたの？」

「ええ」リジーは足元に置いたメッセンジャーバッグを開くと、長いスワブが中に入った、小さくて細いプラスチックの容器を取り出した。「このとおり。でも、ちゃんとしたサンプルを採取できるだけの水があったとは言いきれないし、遺体を水から引き上げ、プールの水を抜くまでの時間もわからなければ、水を抜いたあと、薬品でプールを洗浄したかどうかもわからない。検討しなきゃいけない不確定要素はたくさんあるの」

「それはそうね」モイラは庭に目をやった。気がつくと、外はもうすっかり暗くなっていた。サンルームの照明が点灯し、庭全体に投光器が設置されている。テーブルの中央に置いたランタンの中ではアロマキャンドルが焚《た》かれ、レモンと別のシトラス系のかすかな芳香が漂っている。

リジーはふたたびメッセンジャーバッグからファスナー付きビニール袋を取り出すと、テーブルに置いた。「あと、これを見つけたの」

モイラは袋を受け取って中を見た。ラインストーンでドルの記号を描いたシルバーのヘアクリップだ。「どこにあったの？」

「プールよ。隅のフィルターに引っかかっていたの」

「警察が見落としたのか？」リックが眉間にしわを寄せながら言った。

リジーはうなずいた。「そのようね」

フィリップは禿げ上がった自分の頭をなでながら、首を振った。「警察が捜査で手を抜いているのが、こういうところでもわかるな」

「きっとそうね」リジーが返す。「日が陰ってからつけた、スマートフォンのフラッシュライト程度の明るさでも見つかったのに。フィルターには覆いがかけられ、プールの底と同じ色に塗られていたから、見分けがつかなかったのかしら」

「ずさんな捜査だ」とフィリップ。「警察の怠慢だな、実にぶざまだ」

フィリップの言うとおりだとモイラも思った。ＣＳＩは当然、現場を隅から隅まで調べ上げるものだ。プールで死体が上がったなら、特にその死に疑問が残るなら、真っ先にフィルターに何か引っかかっていないか確認するはずなのに。死因に疑問があるなら、撃たれたあとに溺れて死亡した可能性が高くなる。だったらなおのこと、現場検証にあたった警官がプールの遺留品に目もくれないのはおかしな話だ。

モイラはヘアクリップをテーブルに戻すと、リジーを見て言った。「このヘアクリップは被害者のものだと思う？」

「たぶんね。でも、いつからプールに沈んでいたかはわからない」

モイラもそう思った。有力な証拠でもあるが、まったく関係がないかもしれない。

「何としても被害者の身元を特定したいわね」

「そうだな」とリック。

被害者に関するリストの一番下に〈ドル記号付きのヘアクリップ〉と書き足すと、フィリップはモイラを見た。「さて、ほかに収穫はあったかな？」

「その前に、みんなに伝えたいことがあるの」目の前にある、まだ一度も口をつけていない紅茶のカップを前後に揺らしながら、リジーがためらいがちに言った。「わたし、誰かに見張られているような気がしてしかたがないの」

モイラは胃のあたりでアドレナリンが沸き立つのを感じた。「いつから？　わたしが丘に行く前？　それともわたしが行ったあと？」

「わたしたちを見張っている人物がいるってあなたが言ったときにも感じたけど、ひとりで現場検証をして、そろそろ終わりにしようかと思ったとき、また見られてる気がしたの。もうすっかり暗くなっていて、明かりはスマートフォンのフラッシュライトだけだったから、百パーセントは断言できない。でもプールの底から上がったとき、芝生の向こう側、木立のあたりに動く人影を見たのよ」

「どんな人だった？　あのブロンドの男、それとも別の人？」

「暗くてちゃんとは見えなかったし、一瞬のことだったから」リジーは目を見開いた。

「声を出して呼びかけたのに返事がなかったの。だから全速力で走って逃げたわ」

リジーが逃げた気持ちはわかるが、せっかくのチャンスを逃したのは惜しいとモイラは思った。自分が追っていた男を最後に見た時刻と、リジーが誰かに見られていると気づいた時刻から、同一人物が両方に行けるのかどうか。可能性がなくはない。

「男が丘の上からわたしたちを見張っていたの」モイラはフィリップとリックに最初から説明をはじめた。「リジーを犯行現場にひとり残して、わたしがワイルド・リッジ・トレイルを上ったのはそのため。その場所に着いたらもう男はいなかったけど、彼が逃げた方向はわかったから、あと少しで彼に追いつけたはず。わたしを尾行してる若い男かと思ったけど、そうじゃなかった。わたしに追われていると気づくと、男は走るスピードを上げた。わたしは追跡を続けたけど、トレイルがどこに続いているかもよくわかっていないし、そうこうしてたら木の根につまずいて転んじゃった」モイラは血がにじむ脚と腫れ上がった足首を手ぶりで指した。「丘の上から逃げたあと、男が〈マナティー・パーク〉に戻れるだけの時間はあったはず」

リジーは青ざめた。「あなた、その男が犯人だと思う？」

「わからない、彼がたまたまワイルド・リッジ・トレイルにハイキングに来たら、警察やCSIが公園を捜索していた。やじ馬に交じって見ているうちに警察は撤収し、今度はわたしたちがプールに入ってきた。それをちょうど見かけただけかもしれない」モイラは髪をかき上げた。あの男が丘の上にいたのは偶然とは思えなかった。

「彼が双眼鏡を持っていたのは見逃せないわね。つまり、何かを見るために丘に登ったということ。鳥かもしれないし、好奇心旺盛なやじ馬かもしれない……ひょっとしたら、彼が犯人で、犯行現場に目を光らせていたかったのかも」

リジーが黙ったまま、庭の周囲に目を配っているのにモイラは気づいていた。誰かが襲いかかってくるのではと警戒しているようにも見える。モイラはしばらくリジーの様子を注意深く見守ることにした。「何を考えているの？」

「丘の上にいた男が、あなたを尾け回していた男と別人なら、あなたを……わたしたちを見張っている男がふたりいるって変な話じゃない？」リジーの声が震えている。両手の指を強く組むと、リジーは言った。「あの男たちは殺人事件と関係があるの？そうでなきゃおかしいわよね。でも、あのふたりに面識はあるのかしら。わたしには違うように……」

「殺人犯と関係があると決まったわけじゃない」フィリップは苦々しい表情で椅子に座ると、マーカーペンをテーブルに置き、身を乗り出してリジーの手を握った。「考えすぎるな」

リジーは夫と目を合わせた。「ええ、関係があると決まったわけじゃないわ、でも可能性はあるわよね？　わたしがプールのまわりを調べているのに犯人が気づいたかもしれないわ。犯人にとって目障りな存在だと思われてたら？　もし彼らが――」

「現時点で確実にわかっていることはないのよ」モイラはリジーに言った。フィリップは何でも決めつけたいタイプのようだが、殺人事件のこの段階で何かを断言するには根拠があまりにも足りない。もっと証拠を集め、手がかりを追わなければ。モイラはポケットに手を入れた。先ほど見つけたものを入れたビニール袋に触れる。彼女はポケットからビニール袋を出すと、テーブルに置いた。「でもこれ、彼らが関与している可能性を示す決め手になるかも」

「何を見つけたんだ？」リックがテーブルに身を乗り出してモイラに訊いた。

モイラは携帯電話をくるんだビニールをそっと開いた。土がまだ付着しているのは、払い落としたせいで指紋やDNAが失われるのを恐れたためだ。画面のひび割れたところに土が入りこんでいる。彼女は三人に目をやった。「今朝、刑事たちが、被害者の携帯電話がまだ見つかっていないと話していたの。おかしいなと思った――あの年代の女性は必ず携帯電話を手元に持っているはずなのに」モイラはテーブルに置いた携帯電話を指差した。「これは彼女のものだと思う」

フィリップは携帯電話をじっと見つめていた。額をかきながら彼は口を開いた。

「どうやって見つけたんだ――」

「木立の根元の地面に、ほかとは違っているところがあったの。落ち葉や小枝をかぶせてカモフラージュしてあったけど――どうも不自然で。その場所を掘ってみたら携帯電話が埋めてあった」

「この電話と、あなたが見た男とで関連性ってあるのかしら？」リジーが訊く。

モイラは首を振った。関連があるとはとても言えない。「状況証拠でしかない――男がいた場所で電話が見つかったというだけのこと。とはいえ、これがほんとうに被害者の電話だったら偶然にもほどがあるでしょ？」

リックはあごをなでながら言った。「そうだな、おれはそういう偶然をまったく信じないほうだが、もしそいつが犯人なら、なぜ携帯電話を埋めたんだろう？　どうせ捨てるんなら〈ザ・ホームステッド〉ではない別の場所のほうがいいし、埋めるにしてもここから離れたところにするだろうに——どうしてあえて犯行現場付近に埋めたんだ——それも、きみに見られたとわかったタイミングで」

「そう、そこなのよ」モイラも同じところで引っかかっていた。犯行現場からあまりに近い場所に埋めるとは、どうぞ見つけてくださいと言っているも同然で、無謀とし か言いようがない。「犯人はすでに携帯電話を埋めていたけれども、わたしに見られたと気づいたときに掘り起こす時間がなかったか、埋めた場所を思い出せなかったか、何か別の理由があったんでしょうね」

リックは眉をひそめた。「きっとそうだ。それにしても、どうして犯人は携帯電話を埋めたのか、その理由がまだわからない」

「考えが飛躍してるぞ」フィリップが口をはさんだ。「その携帯電話が被害者のものだと決まったわけじゃないのに」

「でも、そうかもしれないじゃない」とモイラ。

「わかった、わかった」フィリップはなだめるような口調で言った。「だが警察で捜査はとことんまでやるものだと教わり、慣例を守って、しかるべきプロセスに従えば、捜査とは勘ではなく、証拠に基づいたものだと実感する。一般市民であるきみに理解しろとは言わない——きみが考える警察活動とは、テレビで犯罪ドラマを観《み》て仕入れたものだろうしね」

モイラは唇を噛んだ。喉元まで出かかった言葉を飲みこむ。フィリップには自分がただの一般市民だと思っていてほしかったから。

「でもやっぱり、被害者のものとして扱うべきだと思うんだけど」リジーがモイラのほうを見て言った。「この携帯電話、まだ動くのかしら——」

リジーにお礼を言う代わりにほほえむと、モイラは首を振って否定した。「電源を入れてはみたんだけど、まったく反応がなくて。下手に動かして壊すんじゃないかと心配だったし」モイラはフィリップを見た。表情に変化がなく、何を考えているのかわからない。とりあえず、彼も携帯電話が見つかったことに強い関心を抱いたのだと思うことにした。「有力な手がかりとして、捜査会議ボードに書いたほうがいいわね」

「わかった、わかった」フィリップはマーカーペンを握って立ち上がると、〈活動記録〉リストに〈被害者の携帯電話〉とつけ加え、また椅子に腰を下ろした。

モイラは急にムカついてきた。フィリップはどうして携帯電話のことに反応しないのだろう。てっきり興奮して熱弁を振るうかと思ったのに、まるでスズメバチに刺されたブルドッグみたいな顔をして黙っている。「どうしたの、フィリップ？　この携帯電話が有力な手がかりになるんじゃない？　被害者の所持品だったら身元が明らかになるし、彼女が亡くなった日の足どりにつながる有力な情報だって得られるかもしれないのに。彼女と連絡を取っていた相手がわかるだろうし、〈マナティー・パーク〉で待ち合わせしていた相手の情報も手に入るかもしれないわ。わからない、あなたはどうして――」

「いいかね」フィリップはマーカーペンを両手で握りしめた。「こんなことは言いたくないが、その携帯電話のことは警察に任せるべきだと思うんだ」

「本気なの？」さっきからフィリップにいら立ちを覚えていたモイラは、驚きを口にした。まさか、そんなことを言い出すなんて。自分たちで捜査をするんだと一歩もゆずらなかったじゃない。警察はいっこうに腰を上げないし、フィリップはどういうつもり？　リジーに目をやると、夫の話をうなずきながら聞いている。モイラは眉を上げ、憤然とした表情でリックを見た。

リックは肩をすくめる。「警察に任せたほうが賢明かもしれんな」

モイラは耳を疑った。「でも、ゴールディング刑事があまりに――」

「それはよくわかっている」フィリップは両手を上げ、落ち着けとばかりにモイラに言った。「その携帯電話が被害者のものなら大手柄だ。事件は一気に展開するかもしれないぞ」

モイラは両手で拳を握った。かかわりあいになりたくなかったのに、無理矢理仲間に入れられ、せっかくその気になったところなのに。「わたしたちの捜査でしょ」

「ぼくらはやれるだけのことをやった。決め手となりそうな証拠も見つけた。きみも有意義な発見をした。だがぼくらは所詮、退職した三人の元警察官と、血気盛んな素人ひとりってことだ。ここで捜査を続ける法的な権限はない」フィリップは大きく息をついた。「もっと言うと、ぼくら一般市民には、警察に情報を提供する義務があるんだ」

リジーはうなずいた。「あなたを尾けていたブロンド男のことも警察に話しましょう、モイラ。丘の上であなたが見た男のことも」

モイラは視線をリジーからフィリップに移した。フィリップの言うとおり、自分は血気盛んな素人だし、フィリップにそう思ってもらいたいのも山々だが、ちょっと面白くない。捜査から手を引こうというフィリップの提案には賛成できないし、ゴールディング刑事のことも信頼はしていないが、理屈を考えれば納得できる。ゴールディング刑事と彼のチームなら、この携帯電話を復旧する道具も技術力も使い放題だ。この電話が被害者のものなら、警察は権力を行使して情報にアクセスし、入手した情報をもとに捜査ができる。有力な容疑者を特定し、逮捕もできるかもしれない。それに、この四人が捜査から手を引けば、モイラは彼らと距離を置き、過去をとやかく詮索されずにいられるだろう。言動に気をつけ、行きすぎた真似をしないよう注意していれば、ビクビクして過ごす必要はもうない。そのほうが彼女にとっても安全だし、元刑事という立場を知られずに済む。リスクを負わずにいられる。

そう、モイラはものの道理をわきまえ、自分に都合のいいことだけに目を向けていればいい。それはそうなのだが、彼女はどこか面白くないと感じていた。

# 21
## フィリップ

モイラのあの表情は、がっかりしているると同時に、いら立ってもいるな――フィリップには彼女の気持ちが理解できた。本音を言えば、フィリップだって、自分たちが見つけた証拠は自分たちの力で究明したい。だが彼は、あくまでも規則を守る主義で、警察学校時代には同期から〝言いなりフィリップ〟などとからかわれてもいた。

ちなみに最後に笑ったのは彼だ。警察学校の同期にはフィリップの部下で終わった者もいた。彼は記憶の中の若き自分にほほえみかける。けれどもまだ現役を続けている同期がいるのも思い出した。彼のように退職を強いられず、最後に笑ったのは自分ではなくそいつだったのではないかとフィリップは思った。

あんなことがあったが、社会をうまく機能させ、混乱に追いこまないようにするには、規則はやはり必要だという信念が彼にはあった。すべての人が幸福に暮らし、法と秩序を維持するような体制がないと困る。たとえ法律を守ろうとして有罪になったとしても、罪を償い、釈放に値すると示す規則が必要じゃないか。フィリップは渋い顔になった。法を擁護する立場にある者も、ときには過ちを犯すわけだが。

三人をサンルームに残したまま、フィリップはキッチンを抜け、廊下に出た。ここにいても、昼間の捜査の成果について語り合っている彼らの声が聞こえてくる。あの三人が今やっていることは、社会の規範から外れている。ぼくはそれをわかっていて、彼らをけしかけた。フィリップは唇を引き結んだ。そもそもどうしてこんなことになったのか。ルール違反はあまりにも自分らしからぬ行為だ。

フィリップはエントランスホールを横切り、書斎のドアを開いた。照明をつけ、入り口に立ち、書斎の中を見る——彼の城だ。作りつけの書棚は本でいっぱいで、棚の中ほどには犯罪実録もののノンフィクションとスリラー小説が、上のほうには法医学と犯罪捜査のテキストがおさまっている。オーク材の大きなデスクの中央にグリーンの革製マットが敷いてあり、背もたれが高いエルゴノミックチェアとの組み合わせは、フィリップが主任警部をつとめていたころの執務スペースをそっくりそのまま再現している。

フィリップは眉をひそめた。今回の捜査とはそんなものだったのか？　刑事時代を呼び覚まそうとしたんじゃないのか？　あのころが恋しくてたまらない。退職した日に体の一部をもぎ取られたような気分だった。正直なところ、現場に復帰したくてたまらない、わが子たちより仕事を愛していたのも否定できない。

だからゴールディング刑事をふがいないと感じたのだろう。

フィリップは自分の考えを打ち消すかのように首を振った。あの刑事をできそこないと非難するのは早すぎたんじゃないだろうか。あいつは夜勤明け間際に殺人事件の現場に呼び出され、退勤時間を大幅にオーバーしていた。ベストを尽くそうとも思わず、そのように振る舞おうともしなかったのはそのせいだ。疲れてさえいなければ、もっと実のある会話ができたとも考えられる。

ゴールディングとの会話を思い返してみる。こちらもかなり頭に血が上っていた。胸が締めつけられるようになったのは、そもそもあの男の、何かと人を見下すような物言いを耳にしてからで、その後もあいつが何か話すたび、胸の苦しみは少しずつ増している。不機嫌になると頭の冴えが鈍くなるのはリジーからもよく注意されている。となると、自分はあのとき感情をうまくコントロールできていなかったのかもしれない。部外者扱いされるのを嫌い、なめたような口を利かれて我慢ならなくなった。あの刑事はフィリップをとことんまで怒らせた。だから自分たちで捜査をしたほうがましだと思いいたったのだ。ところが、そのあと証拠がいくつも見つかった――つい最近埋めたばかりの携帯電話、リジーがプールのフィルターからすくい上げたヘアクリップと、有力な証拠ばかりだ。おまけにわが妻は犯人に目撃され、尾行もされた。あの刑事に挽回《ばんかい》のチャンスをくれてやってもいいだろう。それがフェアってものだ。道理というものだ。フィリップは自分に言い聞かせた。道理にかなっている、それが一番だ。フィリップは公平で理性的に行動する自分をいつも誇りに思っていた。

刑事の電話番号を入力し、フィリップは通話がつながるのを待った。冷静にな、と、ひとりごとを言う。決して感情的にならず、相手にチャンスを与えるんだ、たとえ向こうから一方的に電話を切られたとしても。

電話はコール二回でつながった。「ゴールディングだ」

「ゴールディング刑事、〈オーシャン・ミスト〉の住民、フィリップ・スイートマンだが」

「あ?」刑事は取りつく島もない。

フィリップは今一度、自分に言い聞かせる。カッとなるな、論理的に話せ。この男に正しいことをするチャンスをくれてやるんだ。「新たな情報を手に入れてね、警察が傾聴に値する情報をね。実は――」

「電話を切ってもよろしいでしょうか」あからさまにフィリップを下に見た口ぶりだ。「先般申し上げたとおり、本件は警察が捜査を開始しており、みなさんのようなご老体が口をはさむ余地はありませんので――」

「だが、この情報は貴重ですぞ」フィリップは電話を持つ指に力をこめた。ぼくたちの発見をぜひともゴールディングに聞かせてやりたい。「ぼくらが犯行現場に行って――」

「電話を切るぞと言ったじゃないか、うっとうしい」ゴールディングは声を荒らげた。慇懃無礼だった口調が、腹立ちまぎれのぞんざいなものへと変わっていた。「こっちの話を聞け。余計なお節介はやめ、もう電話をかけてくるな。おれには仕事があるんだ、頼むから専念させてくれ。あんたらの助けなどいらない。もともと助けてくれとは言っていない。だから電話をしてくるな」

フィリップは一瞬、言葉を失った。腹の底から怒りがふつふつと沸いてくる。この厚かましい男――人の話を聞きもしない――には、もう我慢がならん。彼の口調が荒くなる。話しながら、オークのデスクを拳で殴る。「そっちこそぼくの話を聞け――」

「切るぞ」ゴールディングが獣がうなるような声で言い、電話は間もなく切れた。

フィリップの心臓は肋骨を折りそうな勢いで激しく打っている。胸に手を当てる。

ここまで激高するつもりはなかったのに。医師からも言われたじゃないか、ストレスのない穏やかな暮らしを送るようにと。拳を握り、そして胸に強く押しつける。あのいまいましいゴールディング刑事とやり合ったら、ストレスのない生活など送れるわけがない。

怒りがおさまらないまま、フィリップはスマートフォンをポケットにしまうと、三人がいるサンルームまで歩いていった。途中、キッチンで冷蔵庫を開け、ビールを一本取り出す。キャップをひねって開けると、グビっと飲んだ。

ゴールディング刑事の言い草が頭に浮かぶ。訳知り顔のうぬぼれ野郎め。捜査から手を引けと諫《いさ》め、年長者に敬意のかけらも示そうとしない。モイラが見つけた携帯電話のことも、彼女を尾けていた男の話を持ち出すいとまも与えないとは。実に信じがたい。殺人事件の有力な証拠があると電話してきた相手の話を聞こうともしないで通話を終える刑事がどこにいる？　フィリップはもう一度ビールをグビリと飲《や》った。

彼は——いや、彼ら四人のチームは——捜査を継続するべきだ。これだけははっきりしている。だからもう、規則を破ることに後ろめたさなど感じるものか。ゴールディングはなにも引っかけないが、プールで亡くなったあの若い女性には法のもと、しかるべき正義が下されるべきだ。警察にその気がないなら、好きにさせておけばいい。フィリップはもう一度ビールを飲み、固く誓った。

公正で理性的な行動など、クソ食らえだ。

警察に情報提供もしない、救いの手など差し伸べるものか。

ぼくたちが事件を解決してみせる。あのクソ間抜けのゴールディングが地獄に落ちたってかまわない。

# 22

## モイラ

大きな足音を立てながらサンルームに戻ってきたかと思うと、ドスンと椅子に腰を下ろしたフィリップの表情を見て、モイラは何かよくないことがあったのだと察した。ダメ元の交渉だったのはわかっていたが――ゴールディングのフィリップへの対応がひどかったと、三人ともフィリップから聞いて知っていたから、今度こそ、話をまともに聞いてくれるかと思ったのに。フィリップのためでもあるが、ある意味モイラにも関係がある問題だからだ。ゴールディングが歩み寄りを示し、警察が真剣に今回の殺人事件に対応しようとしていると感じたら、フィリップは捜査をやめるし、そうすればモイラも、元警察関係者のグループから一歩退き、もう少し距離を置いたつきあいができるのだが。自分の過去がバレるようなことをうっかり言わないようにと気を張らなくて済む。リスクが減るだけではない、今のような緊張感からも解放されることになる。

リックは好奇心満々の顔をして、フィリップのほうへと身を乗り出した。「何だって?」

フィリップは首を振った。ほおを真っ赤にして、握りしめていたビールを乱暴に飲む。「あいつ、こちらに話をさせようともしなかった。携帯電話のことも、ヘアクリップのことも、モイラを尾け狙う男のこともだ。捜査から手を引けと言って、また一方的に電話を切りやがった」

「何てこと、せめて話を聞くぐらい……」リジーは憤慨しているようだ。

ふたりが怒るのももっともだとモイラも思った。犯罪の被害者には正義を求める権利があるのに、ゴールディング刑事は被害者の気持ちなど少しも気にかけていない様子だ。「警察はこの期《ご》におよんで何をやってるの?」

「それはこっちのセリフだ」フィリップは吐き捨てるように言い、ビールを飲むと、リックに向き直った。

リックは肩をすくめた。「なあ、おれはその刑事と会ったことはないが、警察時代の仲間によると、そのゴールディングとやら、かなり評判が悪いようだ。過去の事件で得た栄光にすがり、足を使う捜査を忌み嫌う。今回の事件を見れば、さもありなんってところだな」

「ぼくはあいつに情報を提供するつもりだったのに」フィリップが口を開いた。「せめてこっちの話を聞いたっていいだろう」

「そうだな」とリック。「あんたの言うとおりだ」

それきり四人は何も言わず、それぞれが物思いにふけっていた。

「じゃあ、次はどんな手に出る？」リックが沈黙を破った。「事件を解決させたいんだろ？」

「もちろんだとも」フィリップが言った。「きみたちもそうだろう？」

リジーとリックはうなずいた。

モイラは迷っていた。適当に言い訳をしなくては。彼女は首を横に振ってから言った。「あのね、まだ体調がすぐれないし、足首がかなり腫れてるの。だからこの辺でわたしは手を引いて、あとはみなさんにお任せしようかと――」

「あなたの力が必要よ」リジーが言った。「トレイルであの男を追いかけたのもあなた。携帯電話を見つけたのもあなた。体調が万全でなくたって、あなたはチームに欠かせない存在なの」

チームって。勘弁して。

　モイラは大きく息を吸った。チームの一員だなんてまっぴら。そんなことをするためにここへ引っ越してきたんじゃない。モイラは自分を取り戻したかった。世間のわずらわしさから離れ、警察とは縁のない新しい生活を築きたかったのに。「だけど、わたし――」

「きみはもう後戻りできないよ。ぼくらがそうさせない」とフィリップ。有無を言わせない断固とした口調だった。こうなったらいくら説得しても聞き入れてもらえないだろう。「きみはもうぼくらの仲間だからな」

「そんな、わたし……」モイラは三人を見た。リジーはうなずいている。リックは乗り気のようだ。フィリップは早く返事をしろとじりじりしている。もう引き返せないのはわかっているけれども、できれば自分は身を引きたいのが本音だった。この三人との捜査から手を引けば気が楽になるはずだが、結末を見届けたいという気持ちはつのるばかり。あの若い女性を殺した犯人を突き止めたいし、せっかく活躍した彼らに事件を解決させてあげたいという気持ちもある。ジェイムズ・R・ゴールディングのようにやる気のない男に正義を任せてはおけないのだ。

「わかった、捜査を続けるわ」

「よろしい」フィリップが言った。「ではぼくはこの先、何を見つけようが、ゴールディングには一切証拠も手がかりもくれてやらない。せっかくのチャンスを潰したのはあいつのほうだからな」

「賛成」とリジー。「あのかわいそうな娘さんの死をぞんざいに扱ったゴールディングの不手際のせいで、事件がこの先何年も未解決事件のデータベースに埋もれてしまうなんて、わたしたちが決してそんなことにはさせないわ」

「全面的に同意する」とリック。「おれたちでケリをつけよう。殺《や》ったやつをとっつかまえたら、ラッピングしてゴールディングにギフトとして送りつけてやる」

「わたしたちの手で」リジーが決然とした声で言った。さっきまで不安だったことなど忘れてしまったかのように。「わたしたちの手で犯人を見つけましょう」

「ああ、きっと、おれたちの手で」リックが応じた。

　興奮したせいでリジーの声がざらついて聞こえるのは不快ではなかったが、フィリップを見ている様子から、彼女が夫を気遣っているのがモイラにはわかった。別に意外なことでもない。フィリップのほおはまだ赤く、肌はろうを引いたような質感だ。フィリップが心臓にトラブルを抱えているとリジーから聞いているので、なおのこと、いい兆候には感じられない。モイラはリジーと視線を合わせた。「もう遅くなったから、わたしはそろそろおいとましようかな——」

「夕食まで一緒にいて、お願い」モイラを見ていたリジーはリックにも目配せした。「次の作戦について話し合いましょうよ、今ある手がかりを捜査にどう結びつけるか、とか」

「あなたたちがいいなら」モイラは言った。

「もちろんだ、食べていってくれ」そう言って、フィリップは間に合わせの捜査会議用ホワイトボードに見立てたサンルームのドアを手で示した。「ぼくたちにはやることがまだたくさんある」

「まずは食事にしましょう」リジーが諌めるような目でフィリップを見た。

「言われなくてもわかってる」とフィリップ。「食事作りはぼくも手伝うよ」

集まった証拠をリジーとフィリップで片づけ、夕食の支度をしにキッチンへ向かうのを、モイラは見るともなくながめていた。キッチンに入るとき、リジーがフィリップのほうへと手を伸ばし、彼の手を握った。彼はファスナー付きビニール袋に入れた携帯電話をカウンターに置くと、妻を抱き寄せてハグした。ふたりは立ったまま腕をからませ、しばらくそのまま抱き合っていた。ほおが熱くなってくるのを感じ、モイラは目をそらした。ふたりをこのまま見ていたら、プライバシーの侵害になりそうだ。

「携帯電話を見つけたのはお手柄だったな」

モイラはリックのほうへと振り返った。ふたりきりになったとたん、彼がとても近くにいるように感じる。アフターシェイブローションの香りはシトラス系だろうか、心地よい温かさが伝わってくる。「ありがとう」

「もう少し調べて被害者のものだとわかったら、捜査は大きく進展するだろうな」

「持ち主と事件の情報、どちらもわかるといいわね」

「まったくだ」リックの強いまなざしに、モイラは少し臆してしまう。年齢を重ねた女性というより、ティーンエイジャーの少女に戻ったような気分だった。モイラは椅子に座り直す。このときめきを振り払い、事件に集中するために。手がかりをもとに、犯人を追わなければ。それなのに、頭の中がまとまらない。どうしてだろう？

リックから視線をそらし、モイラは庭に目をやった。芝生や花壇から虫の音が聞こえてくる。投光照明がサンルームや庭の周囲を照らしているが、その光が届かない先の闇は果てしない。

ほんとうにそうだろうか？　じっと見ているうちに、闇にグラデーションがあるのが見えてきた。何かが動く気配も。ていねいに刈りこんだ低い生け垣のすぐ向こう側、庭と道路の間にあるフェンスのすぐそばで。あの影は何？　誰かがしゃがんでこっちを見ている？　モイラは息を呑む。鼓動が速くなる。彼女は身を乗り出し、闇へと目をこらす。

　そのとき芝生の中からスプリンクラーの噴出口が現れ、モイラは身をすくめた。スプリンクラーは音を立てながら芝生やその周囲まで水を噴射しだした。細かな霧にさえぎられ、あたりがはっきりと見えなくなる。モイラはまばたきして焦点を合わせたり、伸び上がってスプリンクラーの上から見たりもしたが、それでもよく見えないことに変わりはなかった。たまらず席を立ってフェンスのそばまで駆けていき、観賞用の生け垣やその先の舗道、さらに遠くの道路にまで視線を投げたが、先ほど見えたと思った人影はもうそこにはなかった。

　モイラは顔をしかめた。最初から誰もいなかったのかもしれない。生け垣に背を向け、彼女はサンルームに戻った。

「どうした、大丈夫か？」

　見上げるとリックがこちらを見ていた。とても心配そうな顔で。さっきまで座っていた椅子に戻ると、モイラは無理矢理笑顔を作った。「ええ、わたし……」

「幽霊でも見たような顔をしてる」

「何でもない、ちょっと想像力がたくましくなりすぎちゃっただけ」と、モイラは手を振って、不安げなリックをいなした。ワイルド・リッジ・トレイルでモイラたちを見張っていた人物がふたりを特定し、住所がわかったとして、わざわざここまで来るだろうか。もし彼が犯人なら、自分が不利になるようなリスクは負わないはずだ。

　トレイルで追いかけたとき、モイラは男の顔をよく見ていなかった。自信を持って言えるのは男性だったことと、パーカーを着ていたことだけ。体格は中肉中背。逆光だったので正確な身長はわからないが、百八十センチぐらいだと思った。こんな条件に当てはまる男性は数限りなくいるし、だいたいモイラは男の顔を知らない。大勢の中から彼を見つけだせるかもあやしい。朝方見かけたブロンド男ならわかる。ずっと尾けられていて気になり、話しかけたら逃げられたからだ。なぜ自分を尾行するのか、モイラにはその理由がわからない。

　リックが案じるような表情でモイラを見ている。「大丈夫なら――」

「ええ」モイラは話題を変えたかった。わたしだって、誰かがいるんじゃないかと思い悩んではいたくない。きっと気が張っているせい――疲れているし、けがをしたし、リジーからもらったコデイン（鎮痛剤）のせいで、頭がぼんやりしているのかもしれない。彼女はまた、不自然な笑みを浮かべた。「当日のパトロール当番の日誌は集まった？」

「まあまあかな」リックが言った。「何人かは留守だったが、資料として使えるだけの枚数は集まったな」

「誰か隠しごとをしてると思う?」

「いや、こっちも疑ってはいないし、パトロールチームのミーティングで挙動不審だったメンバーもいなかった。自分勝手でゴルフのラウンドや不動産価格のことばかり考えているやつもいるし、第十一居住区の建設作業員のせいだと非難する短絡的な連中も一部にはいるが、殺人事件より、偏見をあらわにするそいつらに問題がある。世間なんてこんなもんさ」と、リックはジーンズの太ももにたかった虫を指先でそっと払った。思いやりにあふれたしぐさだ。「それでも人とは不可思議なものだ。虚心坦懐《たんかい》に証拠を追い、確認する以外にできることはない。しかるべき理由があって除外されないかぎり、誰もが被疑者になり得るのだから、騙すような手を使って証拠を手に入れてはだめだ」

モイラはマッコードのことを思い出していた。彼をどんなに信頼していただろう。つきあいがどれほど長かろうが、ペアを組んで何年になろうが、仕事上のパートナーの本心など、決してわかりはしない。マッコードは、あんなむごい形で教えてくれた。彼を信じたがために、モイラはすべてを失った。それでも自分の声にこれほどの苦痛がにじむのは、モイラ自身も意外だった。「そうね——人は見かけだけでは判断できないもの」

リックは片眉を上げた。「いろいろあったようだな」

「ええ、話せば長くなるわ」

リックはサンルームのドアのところからキッチンを見やった。リジーとフィリップはカウンターに並んでサラダや肉料理のようなものを準備している。「もう少しかかりそうだから、きみの話を聞かせてくれないか？」

モイラはどこから話せばいいか迷った。マッコードとはじめて会った日のことにしようか、親しくなり、任務では欠かせないパートナーになったこと？　それとも、いきなり結末から話そうか。裏切りと死。罪悪感。上司として面目を失ったこと。何もかも、あそこで終わってしまったことも話す？

リックは穏やかな表情でモイラを見つめている。彼はほんとうに人の話を聞くのがうまいし、すべてを打ち明けてしまえば楽になれるかもしれない。モイラは話そうといったん口を開いたが、また閉じた。わたしったら、どうかしている。あのことを彼に話すなら、自分が警察にいたことも、所属や任務も言わなきゃいけないし、無理に決まっている。モイラは唇を嚙んだ。過ぎたことは元には戻せないし、あれは自分の過失だ。彼らが死んだのはわたしのせい。誰かに話したからといって、サインに気づかなかったという事実は変わらないし、変えてはいけないことなのだ。モイラの手についた血を落とすことはできない。彼女の両手は今も血にまみれている。これからもずっと。

モイラはリックと目を合わせ、首を振った。「無理だわ」

リックは彼女の視線を受け止めた。いつもより、少し長く。「わかった。じゃ、またの機会に」

モイラは明るく振る舞おうとしたが、「たぶんね」と言ったとたん、ふたりの間に重苦しい空気が流れた。

「お待たせ、もうすぐよ」大きなサラダボウルと重ねた皿を手に、リジーがあわただしくサンルームに戻ってきた。皿の上にはカトラリーがバランスよく載っていて、彼女は皿とボウルをテーブルに置いた。

「おいしそう」とは言ったものの、モイラはだんだん疲れてきた。トレイルを駆け上ったり、足を捻挫したり、コデインで痛みを抑えたり、リックとの会話で心が乱れたりと、ハプニング続きの一日だった――何がどうというわけではないが、急に疲れが押し寄せてきた。

リジーはおもてなしに夢中で、まだ気づいていない。皿とカトラリー、きれいに折りたたんだナプキンに、かわいらしい木製のグラインダーに入った調味料の位置はこれでいいかしらと、かいがいしく動き回っている。モイラはナプキンなんて持っていないし、塩やコショウはスーパーマーケットで買ったプラスチック製のミル入りのやつをそのまま使っている。

キッチンから戻ってきたフィリップは、最高級品のアウトドアグリルに火を入れ、分厚くカットしたステーキ肉を載せた。

「みんな、焼き方はミディアム・レアでいいかな？」

リックとリジーはうなずいた。お腹はぜんぜんすいていないが、モイラもみんなと同じにした。そんなことより気分がよくない——意識が朦朧《もうろう》として、どこか遠いところにいるような感じがする。

リジーはリックとモイラに目を向けた。「ワインにする、それともビール？」

「おれは喜んでビールをいただくよ」とリック。

モイラは酒を飲む気にはなれなかった。感覚が鈍り、警戒心が緩むものは一切、口にしたくない。ふたたび芝生に目をやると、暗闇の中、スプリンクラーが水まきを続けている。せめて今、この瞬間は気を引きしめておきたい。「わたしはこのままお水を飲むわ、ありがとう」

リジーが飲み物を取りに行き、フィリップが次のひと皿を作ろうとキッチンに戻ると、モイラはテーブルの上にあったマーカーを手に取り、サンルームのドアまで歩いていった。〈重要参考人〉を追加し、この日三度も彼女を見張っていた男の特徴を書き出した。**男性。身長は百八十センチ弱？　細身。短いブロンド。黒縁メガネ。ネイビーのパーカー。えび茶色と金色のマフラー。シルバーのフォルクスワーゲン・ビートル。**

続いて〈犯人〉と書いた行から分岐させた〈被疑者その1〉に、覚えていることを書き連ねた。**男性。百八十センチ？　中肉中背。パーカー。双眼鏡。ワイルド・リッジ・トレイル（モイラ）。？〈マナティー・パーク〉（リジー）。携帯電話を土に埋めた？**

「パーカーの色は？」リックが尋ねる。

いい指摘ね。モイラが振り返って応じようとしたそのとき、グリルの後ろに立っていたフィリップが、自分を、そして自分が書いたものをじっと見ているのに気づいた。眉間にしわを寄せている。「どうしたの、フィリップ？」

「いや、いい、何でもない」彼は一瞬うろたえていた。見てはいけないものを見てしまったような顔だ。「ぼくは……」

リジーが大声で笑った。「きっとあなたがガラスに字を書いたからよ——ホワイトボードみたいに」

「捜査会議のとき、書記はぼくと決まっていた」とフィリップ。

モイラはひきつった笑みを見せた。たしかに自分はこの人の家に招かれた客だけど、上司のように〝ぼくの言うことを聞け〟みたいな物言いはムカつく。フィリップにつきしたがうつもりはない。だから、サンルームのドアから離れなかった。マーカーペンを持つ手に力がこもる。モイラはフィリップの目を見て言った。「わたしもそうだったわ」

リックが両方の眉を上げた。「そうなのか？」

悔やんだが、もう遅かった。心の中で悪態をついた。カッとなってわれを忘れてしまったのは認めざるを得ない。

フィリップは怒りと混乱が入り混じったような顔でいる。「で、きみはふだん、どんな捜査をするのかね？」

モイラは視線をフィリップからリックへ、そしてリジーへと移し、聞き間違いだと納得させるか、そんなことを言ったつもりはないと三人を煙《けむ》に巻くか、どうしようかと考えていた。だめだ。こうなったら開き直るしかない。「わたしも捜査官だったの、ある意味」

「ある意味って、どういう意味だ?」

もっともらしくほんとうのことをちゃんと話そう。モイラは自分に言い聞かせたが、余計なことまで話すわけにはいかない。モイラは歯を食いしばった。どうせ信じてもらえるわけがないし、何を言っても裏目に出てしまう。だから必要最低限の情報だけを話しておこう。「わたしは主任警部でした。潜入捜査官をしてました」

リックはほほえみながらモイラを指差した。「わかってたよ。きみは捜査をせずにはいられなかった。勘の鋭さときたら、とても素人とは思えなかったからね」

「ぼくも同じことを考えていた」とフィリップ。そっけない言い方で、彼は明らかに腹を立てている。「今まで黙っていたなんて水くさいぞ。さっさと言ってくれたらよかったのに。これまできみにわかりやすく説明してきたぼくがまるでばかみたいじゃないか」

わたしが主任警部だったとわかっても、フィリップ、あなたは説教をやめないわよね。そう思ったが口には出さなかった。

「どうして今まで黙っていたの?」リジーが言った。彼女の声の調子から傷ついた様子が伝わってきたし、まなざしに不信感がまた宿っていた。

困った。モイラは申し訳なさそうな顔でリジーを見た。「ごめんなさい。最初にここへ来たとき、仕事をやめたことを受け入れようとしていたところだったの。もう警官じゃないことに慣れていなくて、前職の話をしないほうが気が楽だったから」

「だったら今日言ってくれてもよかったでしょう」リジーは苦虫を噛みつぶしたような顔で言った。「仕事をやめたこととか話したじゃない。わからないわ、警官だったのをどうして隠していたのか――」

「ほんとうはもっと早く話すつもりだったけど、フィリップやリックが戻ってきたし、それに――」

「そこまで気にすることじゃないだろう」リックはそう言うとニヤリと笑い、モイラの肩を親しげに軽く小突いた。「この事件の謎を引退した四人の元警察関係者が解くんだぜ。よくできた話じゃないか。引退刑事《デカ》クラブとでも名づけるか？」

「全員が刑事じゃないでしょ」リジーが反論する。「グループ名を付けるって大切なこと。わたしは気にするわ」

「何で気にする？　彼女はもう仲間だからいいじゃないか」リックがなごやかに取りなした。「警察をやめて仕事人生から心機一転を図るのは結構大変だぞ。それにおれは、モイラのように身の上話をするのが苦手な警官と何人も会ったことがある」

リジーは肩をすくめた。

彼女とはちゃんと時間をかけて仲直りしたほうがいいのはモイラもわかっていた。〈マナティー・パーク〉の犯行現場にふたりで行って芽生えた信頼が、前職のことを打ち明けたとたんに台無しになるとは。

フィリップはまず、リジーを見て、それからリック、続いてモイラへと視線を動かした。そして咳払いをした。「いやはや、きみが仲間になってくれてうれしいよ、主任警部殿」

「ありがとう」モイラは言った。フィリップは無理矢理笑顔を作ってはいるが、モイラを軽く見ているわけではなく、当初の当惑が、好意的なものへと変わりつつあるようだ。彼女が元警察関係者だとわかって、かなり動揺している様子だが、ご愁傷様としか言いようがない。モイラがどうこうできることではないのだから。

話題を変えようと、リックは手のひらを上に向けながら言った。「これだけ専門家がそろったことだし、事件へのアプローチをちょっと変えてもいいんじゃないか。お互いの取り柄を活かせるようにしたほうがいい」

「了解」モイラはサンルームのドアに向かって手を差し出した。「それって捜査会議ボードにみんなが自由に書いていいってことよね」

フィリップは気まずそうに、持っていたスパチュラを右手から左手に持ち替えた。

「ええと、ぼくは通常、任務は階級に従って割り振っていて、それで――」

「それってわたしたちには関係ないことでしょう。警察の正式な業務手順に従う必要はないんだから」リジーがきっぱりと言った。彼女はモイラと目が合うのをわざと避けるようにフィリップのほうへと体を向け、夫を見た。「四人で力を合わせて、みんなのためになるやり方が見つかるはずよ」

「うん、そうだな」フィリップはまだ納得がいかなそうな顔をしていたが、振り返ってステーキをまた焼きはじめた。肉をひっくり返しながら彼は言った。「もう階級は関係ない、そうだな」

　フィリップが態度を改めてくれたのはうれしいが、モイラはまだ彼に心を許したわけではなかった。むしろ彼に主導権を与えたほうがいいだろうし、そうしなければ、あとになって揉めるのも予想できた――どう動くか、どの証拠を追うかで意見が衝突するのは十分予測できるし、だったら今は、フィリップに花を持たせたほうが気が楽だ。それに今夜はもう、これ以上人と言い争うエネルギーが残っていない。だからモイラは、リックから尋ねられていた質問に答えることにした。彼のほうを見て、視線を合わせる。「あの男が着ていたパーカーは濃い色だった。ダークグレーだと思うけど、ネイビーだったかもしれない。男とは距離があったし、逆光でよく見えなかったから」

「そのことも書いておこう」そう言って、リックはガラスドアのリストを示すようなそぶりを見せた。

「賛成」モイラはパーカーと書いた脇にダークグレー／ネイビーと書き足した。マーカーペンをテーブルに置くと、彼女はリックの隣の席に座った。

フィリップがステーキを切り分けた。

リジーが飲み物のおかわりを運んできた。「さあ、召し上がれ」

おいしいステーキだった。自分の皿に盛られると、モイラは急に食欲がわいてきた。彼女がステーキにナイフを入れたところで、フィリップの質問攻めがはじまった。

「どこの署の所属で潜入捜査官をやっていたのかね？」ステーキソースをたっぷり吸ったステーキ肉をほおばりながら、フィリップはモイラに訊く。

「ロンドンです」とモイラ。

「具体的にはどこ？」フィリップの口にはまだ肉が入っている。

モイラは食べ物が口に入ったまましゃべる人が苦手だし、質問にも答えたくなかった。詳しい職務内容について話す気はないが、逃げを打ったとも思われたくないので、具体的な場所には触れずに答えた。「テムズの北です」

「そうか、そうか」フィリップがうなずく。「つまりはジャック・モーティマー先輩の所轄か？」

「ジャックは直属の上司ではなかったけど、顔見知りです。いい人です」

「ジャックとは――」

「ほらほら、おっさん、モイラに肉を食わせてやれよ」リックが口をはさんだ。「彼女、ひと口も食べてないぞ」

フィリップは目をぐるりと回し、おどけてみせた。「そうか、そうか、すまんな」

モイラはリックにちらりと目をやり、ありがとうと言う代わりににっこり笑った。そこで会話は一段落し、四人は食事に集中した。彼らを取り巻くようにして虫の音が聞こえる。頭上ではシーリングファンのモーターが一定のリズムを刻む。夜になってもまだ暑く、湿度もあまり下がってはいない。おいしいステーキだったのに、モイラは疲労が骨の髄まで染みこんでいくように感じた。

リジーが最初に食事を終えた。フォークとナイフを置くと、彼女は斜め向かいに座っているモイラに視線を投げた。「たしかあなた、あの携帯電話はもう動かないかもって言ってたわよね。でもわたし、元に戻すやり方を知ってるの。現役時代、これでも機械いじりがかなり得意なほうだったんだから」

「すてき」モイラが言った。もうお腹はいっぱいだ。おいしくてしかたがないのに、最後の数口がどうしても食べられない。人づきあいは心身ともに疲れるし、おまけにうんざりしてもいた。ついうっかり口を滑らせたし——おかげで自分が元警察関係者だと彼らに言う羽目になった。もう自分をちゃんとコントロールする心の余裕がない。ひとりになりたい。誰とも話したくない。犬たちをなでて、静かな部屋でまったりしたい。モイラはフィリップに向かって言った。「すばらしいディナーでした、どうもありがとう。でも、ちょっと疲れちゃった。そろそろおいとまします」

フィリップはうなずいた。「ああ、帰っていいよ」

あなたの許可を得る筋合いはないんだけど。モイラはそう言いたいのをぐっとこらえた。

「明日は何をして過ごす？」とリジー。

「当日のパトロール当番から今日のうちに集められなかった分の日誌を回収しないとな」とフィリップ。

「おれは伝手《つて》を頼って何件か電話してみる」リックが言った。「警察関係者から捜査の状況が聞けるか尋ねてみるつもりだ。あとステーションワゴンのナンバープレートをその筋の関係者に調べさせて、登録した人物を特定する」

「いい考えだわ」モイラはそう言ったものの、頭のキレがいまいちよくない。何か考えようとしても、どろりとした糖蜜をかき分けていくようなけだるさがつきまとう。だが、明日一日、この三人とかかわらずに済むプランを考えなければならない。「ハイウェイの検問所で車の出入りの管理ログをチェックしようかと思ってる。ステーションワゴンのドライバーのデータがないか、あと、被害者とよく似た女性がふらりとこの界隈に入ってきた記録がないかもね。終わったらその足で監視モニター室に行って、ここ二週間ほどの防犯カメラの映像を見せてもらえるか交渉してくる」モイラはにっこりした。「全部済ませるには結構時間がかかるだろうけど、役に立つ情報が手に入ると思うわ」

「いい判断だ」とリック。

フィリップはそっけなくうなずいた。「了解。実に名案だ」

フィリップからは相変わらず部下扱いされているが、事を荒立てないようモイラは気をつけた。

「わたしはプールの水のサンプルを検査する道具を探すわ」と言って、リジーはモイラのほうを見た。「それと、携帯電話をもう一度起動させないと」

「それぞれの活動計画が立ったわね」モイラは明るく振る舞おうとしたが、今はもうだめだった。午後十時と、まだそれほど遅い時間ではないのに、モイラはとにかく眠ってしまいたかった。

「いいから、いいから、無理はするな」フィリップの口調がまた上司っぽくなってきた。「明日朝一番で任務に戻れるよう、今夜はみんなぐっすり眠るように。明日は正午に、このサンルームに集合だ」

リジーとリックがわかったとうなずいているのに、モイラは家に帰り、自分のベッドで寝ることばかり考えていた。この事件を解決し、捜査など屁《へ》とも思わない所轄の刑事、ゴールディングの尻をたたき、被害者に何らかの形で法の正義がもたらされるようにしたいのはモイラだって同じだ。だがモイラが最高のコンディションで仕事をし、うっかり過去の秘密を漏らさないようにするには、とにかく眠らなければならない。モイラはしばらく熟睡できていなかった。マッコードの一件以降、彼女はほんの数時間まどろむことしかできずにいる。だが、これだけたくさんの出来事があった今夜こそ、モイラはぐっすり眠れそうな気がした。

朝になったらハイウェイの検問所に行き、車の出入りの管理ログと、防犯カメラの映像をチェックしよう。

犯人の手がかりをつかんでみせる。朝になったら。

# 23

## フィリップ

フィリップは飛び起きた。何が起こったんだ。わけがわからない。

あの音は何だ？

また聞こえる。ドンドン、バンバン、という音が。

一瞬の静寂ののち、何か重たいものを引きずる音が天井のあらゆるところから聞こえてくる。フィリップは天井を見た。シャンデリアがカタカタと震動している。何が起こっていてもいい、とにかく上に行こう。あの音はロフトから聞こえてくる。

リジーのしわざか？　そんなはずはない。考えられない。ここに越してきてからリジーは一度もロフトに足を踏み入れたことがないからだ。妻は結婚以来、住んできたどの家でも、ロフトに立ち入ろうとはしなかった。廊下からフィリップのベッドルームに漏れ差す光も見えない。あの音を立てているのがリジーなら、廊下の照明をつけているはずだ。

考えられるのはあとひとつ。別の誰かが家にいるのだ。

胸の痛みや激しい動悸《どうき》のことは考えないようつとめながら、フィリップは布団を乱暴にめくって、すっくと立ち上がった。機敏な動きだった。いや、機敏すぎた。刺すような痛みが腰に走り、背筋を伸ばそうとして、顔をしかめる。近頃はエンジンのかかりが鈍くなり、ここ数日の変化に体が追いつかない。だからといってのんびりはしていられない。リジーが無事か見てこなければ。不審者が家の中に侵入していないのを確かめなければ。

心臓が肋骨をたたくように激しく打つ。

胸のあたりが締めつけられる。

気にしないふりをして、フィリップはスリッパを履き、自分を守る武器になりそうなものはないか、ベッドルームを見回した。壁にかけた額装した絵、テレビが載った小ぶりのタンス、そろいのベッドサイドテーブルと、役に立ちそうなものはない。ベッドサイドに置いたランプが目に留まり、彼はしばらく見ていた。頑丈な木製のランプだ。扱いにくそうな代物だが、持って歩くにはちょうどいい。手近なランプをコンセントから抜くと、ランプシェードと電球を取り外した。重さもあるし、固い。これで殴ればそれなりのダメージを与えられるだろう。

ランプのベースを持ち、フィリップはドアに向かった。音がしないよう、取っ手をそっと下ろしてドアを開くと、彼は暗い廊下に出た。リジーのベッドルームへと向かう。屋外の常夜灯の鈍い光が差しこむが、リジーの部屋のドアは閉じたままで、部屋から光が漏れてもいない。きっと眠っているのだろう。それでいい。うちの家内に指一本触れさせるものか。不審者を捕まえてやる。

ランプベースをギュッと握りしめる。先ほどより重く感じる。現役時代はかなりの数の犯罪者を追い詰めてきたフィリップだが、刑事として精力的に活躍していたのはもう何年も前のことで、今の彼はあのころほど健康ではない。角を曲がって廊下の反対側に目をやった彼は、あるものを目撃した。

ロフトのハッチが開き、梯子が下りている。

ロフトの照明がついている。

打席に立ったバッターのようにランプベースを構えると、フィリップは廊下をできるだけそっと歩いてハッチに近づいていった。ロフトの中を歩き回る足音が聞こえる。箱をあちこち引きずり回す音もする。いったい何をやっているんだ？　ロフトから何を盗む気だ？

胸が早鐘を打つ。締めつけられるような苦しみがますます強くなる。ランプを握る手に力をこめ、もう一方の手でロフトの梯子をつかみ、フィリップはゆっくりと上った。手のひらがじっとりと汗ばみ、怖くて足どりがぎくしゃくする。だが、彼の中にあるのは恐怖だけではなかった。怒りもあった。よくも人の家に押し入ったな？　ぼくの空間へ、ぼくのプライバシーへ、無断で――。不審者には目に物見せてやるつもりだった。

怒りの余勢を駆って、彼は梯子の残り数段を上った。ロフトに降り立ったフィリップはランプをバットのように振りかざし、戦いの準備を整え、最後に動く気配のあったほうに向かって突き進んだ。雄叫びを上げて。

リジーが悲鳴を上げ、抱えていた箱を取り落とした。

フィリップは立ち止まった。ランプのベースを下ろした。

心臓が激しく打ち、こめかみも脈打っているのを感じる。胸が締めつけられ、窒息しそうだ。頭が朦朧としてきた。吐きそうだ。話せない。体を折り曲げ、苦痛が落ち着くのを待つ。早くよくなれと祈りながら。

こちらに近づいてくる足音が聞こえる。リジーの手がフィリップの肩に置かれた。

「あなた、大丈夫？」

フィリップは返事をしなかった。息を整えるほうに気を取られていたのだ。まずは吸って、吐いてを数回繰り返してから、背筋を伸ばしてリジーを見る。短い丈でコットン地の青い寝間着に、色あせた古いコンバースを履いていた。髪を下ろし、メイクも落としている。そうしていると実年齢より十歳、いや、もっと若く見える。今の自分は百歳にでもなったような気分だとフィリップは思った。

リジーは視線を落としてランプのベースを見た。「どうしたの？　わたしを殺すつもりだった？」

「廊下の明かりをつけていなかっただろう」胸の奥のほうが痛んだ。フィリップは胸の違和感をこすり落とすように手をやった。息がしにくい。「きみのベッドルームのドアが閉まっていた」

リジーは心配そうに夫を見やった。「あなたを起こしたくなかったから」

「そのせいできみを泥棒だと勘違いしたんだよ。こっそりここに上がってきて、箱を動かし……」締めつけるような胸の違和感はいくらかおさまり、呼吸も楽になり、安定してきた。やっとまっすぐ立てるようになると、フィリップはロフトをぐるりと見回した。前回上ってきたときは、箱やコンテナはすべて奥の壁のあたりにきちんと積み上げてあった。ところが今夜はあちこちに散らばり、雑然としている。「ここで何をしている？　きみ、ロフトにこれまで上がったことはなかったじゃないか」

リジーは目を丸くした。自分がほうぼうに置いた箱を、まるで今はじめて見たような顔でながめている。「ごめんなさい、あなた。探したいものがあったんだけど、どこにしまったかわからなくて」

「だが、今は真夜中だぞ。朝まで待てなかったのか？」

「眠れなくて。だったら探してみようかしらと」

その気持ちはわからなくもないが、結婚してからずっと、リジーはロフトを嫌っていた。梯子が高くて怖いと、クモや埃がいやだと、大騒ぎしていたじゃないか。フィリップはロフトが大好きで、暇さえあればこもっている。リジーが今になって、自分から進んでロフトに来るとはにわかには信じがたい。「それで、目当ての品は見つかったのか？」

リジーは笑みを浮かべ、足元の箱を手で示した。「ついさっき」

フィリップはその箱を見下ろした。ふたがしてあるので中は見えない。「何かね？」

段ボール箱のふたを開けると、リジーは四角いシルバーの金属製ボックスを取り出した。「科学捜査官時代に使っていたフィールドキットよ」

フィリップも見覚えがあった。前の家では納戸にしまってあり、勤務時間外に呼び出されると、リジーは必ずこのボックスを車に積んでいた。彼は禿げ頭に手をやり、困惑した表情を見せた。「まだ持っているとは思わなかった」

「わたしも処分しようと思ってたんだけど、手放す気になれなかったの。もう同僚から呼び出されることもないのにね」

フィリップはまじまじとキットを見やった。リジーは自分の意思で勇退したのだとばかり思っていた。いや、自分が警察の職を辞したとき、リジーは自分からやめたいと口にした。フィリップがなかば強いられた悠々自適の生活をいやいや送る中、退職を受け入れ、後悔も未練もなく、華々しいキャリアから軽やかに身を引いた妻を、ある意味うらやましく思っていた。このキットをまだ持っているということは、彼女を誤解していたのだろうか。捜査官時代が恋しくて、だからこの金属製のキャリーケースを手放すことなく、夫に黙ってロフトに隠し持っていたに違いない。リジーの気持ちはわかる。新生活をはじめても、過去の自分を少しでも残しておきたいと思うのは自分も同じだからだ。フィリップは手を伸ばし、妻の腕を愛おしそうになでた。「仕事を離れるのは並大抵のことじゃないよな。慣れ親しんだ習慣を改めるのは難しい」

フィリップは、リジーの腕がこわばるのを感じた。彼女は額にしわを寄せ、夫から目をそらした。妻がなぜいやそうな顔を見せたのか、理由ははっきりしないが、不快に思ったのは察しがついたので、彼は何も言わずにいた。尋ねてはいけない。下手に詮索するとさらにこじれる。ならば話さないほうがいい。自分が殺人事件に首を突っこむのが心配だという立場を彼女はすでに明らかにしている。リジーはきっと、まだ迷っているのだろう。

リジーはキャリーケースの手前にある掛け金を外し、ふたを開けた。整理整頓されたキットの上に指を滑らせてから、彼女は夫と目を合わせた。ほほえんではいるが、その目から真意が伝わってこない。「必要なものはすべてそろったわ。これであの水のサンプルをようやくテストできるはず」

フィリップは妻にほほえみ返した。退職してからずっとそうだったように、ふたりの間に緊張感などありはしないという顔で。「じゃあ、ぼくは先に休ませてもらうよ」

# 24

## リジー

フィリップにほんとうのことを言う勇気がなかった。夫の退職を機にこの街に来て、ほぼ十年間ずっと、引退を強いられた無念を忘れようとつとめ、もう乗り越えたつもりでいた。最近では一日の九十五パーセントは考えずに過ごせるようになり、残りの五パーセントの時間も、あまり腹を立てずにいるよう自分をコントロールできていた。ヨガのおかげだ。絵画教室も気晴らしになった。それなのに夫はまた、捜査にかかわろうとしている。警察の要職にあるかのように振る舞っている。リジーはもう、砂に頭を埋め、過去から目をそむけるような真似はできなくなった。フィリップが発作を起こす前、いったい何があったのかがわかれば、健康面で危険な兆候を突き止めることができる。

そのためには、根拠となるデータが必要だ。

リジーはロフト中にぶちまけた、いくつもの箱に視線をめぐらせた。ファイルはこの中にあるはずだ。フィリップは、幅広のブリーフケースに似たブルーの金属製のボックスファイルに書類を保管していたのだが、心当たりの箱をすべて開いても見つからなかった。彼はきっと別の場所に移したのだ。その場所を突き止めなければ。

愛用のフィールドキットとそれをしまっていた箱を手元に残すと、リジーはほかの箱を、はじめにあった奥の壁のあたりにきちんと並べ直した。来る前と同じように、一段に箱をふたつずつ積んでから、シルバーのキャリーケースのそばまで戻った。まず、キャリーケースをしまっておいた段ボール箱を潰すと、その上に身を乗り出し、箱の上に体重をかけて平らにした。そしてフィールドキットに目を向ける。金属製のキャリーケースはそれほど大きくないが、かなり重い。キャリーケースを持つと、リジーはロフトの梯子のそばまで持っていった。これを下ろすのがひと苦労だ。

梯子に足を載せ、ゆっくりと段を下りる。そしてキャリーケースに手を伸ばすと、ロフトの板張りの床を引きずって降り口ギリギリまで持ってくる。大きく息を吸ってから、リジーはキャリーケースの持ち手を握り、出入り口のへりから下ろした。

キャリーケースの重さで、リジーはあやうく梯子の上でバランスを崩しそうになり、歯を食いしばる。大きく息を呑んでから、片足ずつ一段、また一段と下りることに意識を集中させる。

肌触りのいいカーペットを敷いた床の上に降り立つと、リジーはほっと息をついた。ここでようやく、それまでずっと息を止めていたことに気づく。当然だ。もともと彼女は高いところと暗いところが苦手で、両方が一緒だと最悪な気分になる。フィールドキットを片づけたのを最後にロフトに上がらなかったのはそのためで、ロフトと名のつく場所には前の家でも入ったことがなかった。そのロフトでリジーを見つけ、フィリップは動揺したようだった。

ロフトで自分を見つけたとき、フィリップがショックとも心配ともつかぬ様子を見せたのを思い出すと、リジーは表情をくもらせた。まさかフィールドキットに関してついた嘘を真に受けたのではないだろうか。たぶんそうだと思うが、実のところはわからない。

リジーはロフトの梯子を折りたたんでハッチに戻し、ハッチのドアをしっかりと閉じた。フィールドキットを持って一階に下り、メインの居住空間に戻ると、キャリーケースをアイランドキッチンに置いた。

時計に目をやる。もうすぐ午前三時だ。少しでも眠ったほうがいいのだが、まったく眠気を感じなかった。無理に寝る必要もないと、彼女は電気ケトルのスイッチを入れ、マグにティーバッグを入れた。ケトルで湯を沸かす間、リジーは寝間着のポケットから古い新聞記事の切り抜きを取り出す。『戦争と平和』旧版のページにこっそりはさんでいたのをポケットに入れておいたのだ。リジーはやれやれと首を振った。夫が決して開きそうにない本のページに秘密を隠す――長い結婚生活で得た知恵が、こんなこととは。フィリップは古い小説を読みたがらない。彼が読むのは、犯罪小説か犯罪実録もののノンフィクションだ。その手の話には飽き飽きしているだろうに、だからこそ、引き寄せられるのかもしれない――書物に書かれた他人の人生を自分と重ね合わせているのだろう。ため息をつき、リジーは黄ばんだ古い新聞記事をカウンタートップに置く。しわを伸ばし、ひと呼吸置いてから読みはじめる。

『さらば、愛しき主任警部殿』

火曜日、テムズバレー署は長年奉職した刑事（階級は警部）に別れを告げた。フィリップ・スイートマン主任警部は新卒から永年テムズバレー署に勤務。かねてから健康上の問題を抱えていた同警部は、ついに退職を決意し、待望の穏やかな日々を享受することにした。

数多くの手柄により、地元ではおなじみの存在であるスイートマン警部。彼が率いる捜査チームは、ヒルサイドの絞殺魔事件の容疑者特定に寄与したほか、バーミンガムシャー郊外の農場で違法薬物取り引きを展開した密売団、通称〝ハーベスター〟の一斉検挙を指揮し、三十八名を逮捕した。

近年では後進の育成にあたり――三年連続で所轄の〝理想の上司〟賞を受賞している――また、警察のアウトリーチ活動やコミュニティへの関与にも熱心に携わってきた。テムズバレー署の凶悪犯罪発生率を八年にわたって毎年、大幅に削減した貢献者である。

フィリップ・スイートマン警部が退職したのちはロバート・キーン警部が後任をつとめ、その重責を担うこととなる。今後の犯罪統計の数値の成り行きに注目したい。

リジーは首を振った。彼女たちが暮らした地元の新聞は下手くそなおべっかを書く媒体ではないのだが、この記事はふだんより当たり障りのないものとなっている。想像以上に持ち上げた記事でもあるのは言うまでもない。ただ、フィリップの実績については正確に記してあり、チームのメンバーがフィリップに多大な信頼を寄せていたのも事実だ。ただし、過去形で。とはいえ、この記事にあるフィリップの退職理由には、新聞記者が適当に粉飾した内容も一部交じっているというのが、ひいき目に見た感想だ。

真相はまったく違っていた。メディアにかぎつけられずに済んだものの、例の一件が起こってから最初の一年間、つまり退職祝いのパーティーがあり、フィリップが警察官をやめたばかりのころ、リジーはメディアに書き立てられないかとヒヤヒヤしながら暮らしていた。だが、何かおぞましいものの首を切るかのように夫を解雇したくせに、警察は保身に走った。内部の腐敗を公にしようと、しつこく追いすがるメディアの動きを食い止めた。その意味では警察に感謝すべきなのだろうが、どうしたわけか、リジーにはできずにいた。というのも、真相はひた隠しにされ、フィリップは虚構の中で、退職したヒーローとして余生を送ることになったからだ。

ほんとうは悪党なのに。

実際はどうなのか、彼に訊いたこともある。夫がどれほどの悪党なのか見極めたかったからだ。フィリップがやったこと、彼が退職に追いやられた理由——捜査責任者としての信用が失墜したからなのか。今回の殺人事件で、夫が捜査にやる気を見せたせいで、リジーは過去にどれほどの不祥事が起こったのかを調べる羽目になってしまった。

フィリップは当時、リジーに詳しいことを知られるのをいやがった。最初は、自分の部下やメディアに話した内容をそのまま伝えて話をはぐらかしていたが、そういうとき、夫は何かを隠しているのだと、リジーには手に取るようにわかっていた。心臓発作で休職しても復帰する警官など山ほどいるのに、なぜ夫には退職以外の選択肢が与えられなかったのだろう？

だから、リジーは夫に何度も尋ねた。フィリップがようやく話してくれたのは、重大事件の簡単なあらまし――原因と結果――だったが、それだけで十分リジーは気が重くなった。夫を許し、事件のことを忘れようと思った。夫はあのころ世間の注目を浴びる大事件にかかわったせいで、かなりのプレッシャーに悩まされていた。判断ミスなど誰の身にも起こることだと自分に言い聞かせた。夫は十代のときに出会った初恋の人。彼のいない人生など想像もできなかった。自分に正直になっても、やはりそうだ。許し、忘れるしかないと、ずっとそう思ってきた。

自分の思いを打ち消すように首を振って、リジーはフィリップが退職する直前と直後の数か月を振り返った。重度の心臓発作を起こして緊急手術を終え、一命を取り留めたばかりで、当然ながら体調は思わしくなかったが、体調悪化の原因はほかにもあった。体力は落ち、疲れもたまり、その上家から出ずに引きこもっていた。体力が回復しても、気力がついていかなかったのだ。リジーがあの事件のことを話し合おうとすると、そのたびにフィリップはあからさまにいやな顔を見せた。あるときなど、ふだん話していることが思い出せないのでぼくに訊いてくれないかと頼んだり、事件当時の記憶がすべてあいまいだとこぼしたりもした。「思い出せないんだ」あの日の彼の言葉を思い出し、リジーはまた首を振った。フィリップの態度はまるで黙秘権を行使するアメリカのギャングのようだと彼は言っていた。だからこそリジーは夫を追及し続けたのだ。

湯が沸いたので、リジーはティーバッグの入ったマグに注いだ。スプーンでティーバッグをつつく。先ほどの新聞記事の切り抜きを読み直す。半端な真実、わざとらしく陽気に書かれた文章に腹が立ってくる。嚙みしめた歯に力がこもる。あごの筋肉が脈打つのを感じる。

わたしはフィリップを誰よりも理解している。知りあってそろそろ六十年、結婚してからは四十年近くなるというのに、夫にはまだ、自分の知らない面がある。心臓の手術を終え、退院した夫の回復を促すため、彼にひとりでベッドを使わせようと、リジーは予備の部屋に移った。それきり、ふたりはベッドをともにしていない。ベッドルームをひとりで使いたいというのは夫の希望だったが、彼女自身もベッドをふたりで使いたいとは思わなかった。彼がやったことを決して許していないからだとよくわかっていた——なぜなら夫は、ヒーローのコスチュームを着た悪党なのだから。

リジーはティーバッグをマグから取り出し、ゴミ箱に捨てる。ティーバッグを長くひたしすぎて渋くなったが気にしなかった。少し多めにミルクを入れ、ひと口飲んだ。紅茶はおいしく飲めたが、リジーには悩ましいことが別にあった。フィリップが〈マナティー・パーク〉の殺人事件の捜査に乗り出したとたん、ずっと覆い隠してきた夫への疑惑が蒸し返され、頭から離れなくなってしまったのだ。事情を説明するとフィリップは約束してくれたが、その口ぶりや、ぼくの失意を妻はわからないだろうと顔をそむけたときの表情から、彼はあえて話さずにいることがあるのではないかと、リジーはずっと思ってきた。フィリップは真相を洗いざらい彼女に話したのかどうか確かめたい。そのためにはファイルが必要だ——黄土色のフォルダーに綴《と》じてある、フィリップが退職を余儀なくされた事情をすべて記したものが読みたい。十年近く前のことであっても、リジーははっきりさせておきたかった。

リジーは首を横に振って自分の考えを振り切ろうとして、ため息をついた。ばかげている。わたしは成熟した六十四歳の女性で、自分のことは自分が一番よく知っている。これまでにもさまざまな逆境を乗り越えてきた。気丈で粘り強い。夫の過去にどんなことがあっても動揺せずにいられる。

リジーは大きく息をついた。ほんとにそうだといいわよね。

リジーがファイルを手に入れさえすれば、すべて解決する。ロフトになければ別の場所——ガレージ、フィリップのベッドルーム、そして、彼の書斎。彼女はひとつずつ見て回り、入念に探し回ることになる。

リジーは考えこんだ。フィリップが眠っているベッドルームに今入るわけにはいかないし、ガレージのドアは開けるのが大変で、強く押さないといけない——フィリップがまだ起きていて、ドアのきしむ音を聞いたら不審に思うのではないか。

そうなると、今すぐ行ける捜索場所はただひとつ。

リジーは紅茶の入ったマグを持つと、パタパタと足音を立てながら廊下を進み、夫の書斎へと向かった。

# 25

## モイラ

朝早く目覚めたモイラは、カーテンの隙間から差しこむ光に目をしばたたかせた。足首はうずき、疲れはまだ取れていない。寝返りを打ち、薄目を開けてベッドの脇にあるキャビネットの上に置いたアラーム時計を見る。もう朝の七時半だ。

信じられない。アラーム時計をまじまじと見て、モイラは現実を受け止めた。リックに車で送ってもらったあと、庭で犬たちを少し遊ばせ、餌をやった。ベッドに入ったのが昨夜の十一時ごろ。そのあとのことはぜんぜん覚えていない。いつもの不眠はどこへやら——ゆうに八時間半近く寝ていたことになる。こんなに長時間眠ったのはいつ以来だろう、マッコードとの一件が起こる前だったのは間違いない。

布団から抜け出すと、モイラはベッドを下り、足を引きずりながらシャワーに向かう。くるぶしは寝る前よりも腫れていて、紫色のあざは足の外側からふくらはぎにかけて広がっている。シャワーの湯が体に沿って滝のように流れる中、かがんで、くるぶしを指で押してみる。顔がゆがむ。痛い。焦りを覚える。今日はやることがたくさんあるのに。けがのせいでぐずぐずしたくはない。

シャワーを終え、タオルで体を拭き、てきぱきと着替えた——ジーンズに黒のTシャツ、そして、いつもの履き古した紫のスニーカー。犬たちに餌をやり、少しだけかまってあげる——ピップとウルフィーはお腹をなでてやり、マリーゴールドとは何回か庭へボールを投げ、取ってこさせる遊びをした。わんぱくな子犬はこれだけで大喜びだ。通りを隔てる生け垣まで歩いていき、外の車道や歩道に目を走らせたが、シルバーのフォルクスワーゲン・ビートルもなければ、昨日見かけた細身のブロンド男もいない。しばらくして犬たちを家の中に呼び戻し、裏口の鍵を閉め、さらにスライド錠をかけた。キッチンの引き出しからサポーターを探し出し、モイラはこれで足首を固定して、コーヒーと一緒にアスピリンを二錠飲んだ。

薬を飲んでから、スマートフォンでニュースアプリをチェックする。国内ニュースの地元版をフリックして、モイラはふと眉をひそめる。おかしい。地元版のトップ記事五つの中に〈ザ・ホームステッド〉について書かれたものがない。地元のプロ野球選手と新居の話題、オーランドで起こったカージャック事件、タンパ付近で捨てられていた赤ん坊の話に、リフォームや伝統工芸に関する記事がふたつ――例の殺人事件に関する記事がないのだ。スクロールして、さらに地元のニュース記事に目を通した。最後までたどり着いても、〈ザ・ホームステッド〉や〈オーシャン・ミスト〉について書いた記事はひとつも見つからなかった。

どう考えてもおかしい。かぎ針編みの最新スゴ技より、若い女性が殺された事件のほうがはるかにニュース性が高いでしょう？　あとであの三人に会ったら感想を聞かなければと彼女は思った。

コーヒーを飲み終えたモイラは腕時計に目をやる。午前八時を過ぎている、そろそろ出発だ。手をこまねいていても意味がない。お散歩は帰ってきてからねと犬たちに約束して、モイラはそっと家から出ると、厳重に戸締まりをしてから〈オーシャン・ミスト〉のハイウェイの検問所に向かった。

からりと晴れて湿度は低く、芝生に降りた朝露が照りつける太陽の熱で蒸発し、もやとなって立ちこめている。木立で鳥たちがさえずる。早朝の空気は昨日とまったく変わらないのに、あの事件のあと、状況は一変した。何も書いていない石板《タブラ・ラサ》のような、まっさらな一日のはじまりはもう期待できない。平和だけど代わり映えのしない日々も来ない。モイラの心の内にある石板は、昨日から血にまみれ、その上には濡れたドル紙幣が散らばっている。犯人を捕まえる日が来るまで、石板はきれいに拭き取られることなく、モイラの心の中にとどまる。

うっかり口を滑らせ、自分が警察関係者だったと三人に話さなければならなかったゆうべのことを思い出してしまい、モイラは首を振った。愚かな上に危険を顧みない行為だった。自分の過去についてはもっと慎重に話すべきだったし、上司風を吹かせるフィリップの尊大な態度には、毅然とした態度で臨めばよかったと後悔した。それほど深刻にはとらえていないようだが、リックはゆうべ、彼女には隠しごとがほかにもあるのを見抜いていた。リジーもどこかおかしいと思っているようだ——モイラが捜査に積極的ではないことに、かなり機嫌を損ねていた。そもそもモイラがこの役目を買ってでたのも、リジーの信頼を取り戻すためだ。まったく、わたしったら。モイラはそう口に出して言い、昨夜のことを頭の中から追い出そうとした。今はそんなことをくよくよ考えている暇なんかない。さっさとハイウェイの検問所に行かなきゃ。

〈ザ・ホームステッド〉の居住区にはそれぞれ、主要な幹線道路の出入り口があり、制服を着た守衛が年中無休で常駐する検問所が併設されている。出入り口は出口一か所、入り口二か所の三車線構成が標準で、各車線の間に背の高いヤシの木が立ち並ぶ。ハイウェイの検問所の入り口には、こんな看板が掲げられている。**ザ・ホームステッ**

ド・オーシャン・ミスト居住区へようこそ――楽しい思い出を作り、分かち合う場所

モイラは看板を見て表情を険しくする。ダサいにもほどがあるキャッチフレーズね。

検問所そのものはアイボリーの漆喰仕上げの平屋建てで、居住区への訪問者用入り口車線の脇に立っている。〈オーシャン・ミスト〉の住民は居住者専用道である真ん中の車線を通ると、ダッシュボードに備えつけた住民用の電子パスを感知して自動式開閉装置が作動するため、列に並ばずに済む。外部からの訪問者は右側車線を使い、検問所の脇で停車して身分証明書を提示し、訪問先を告げるよう義務づけられている。検問所では守衛が開閉装置を操作して訪問者を通している。

訪問者の名前を訊かず、身元確認もせずにすぐ通してしまうこと、検問のない出口車線から進入するドライバーがたまにいることなどが、モイラがここに越してきてからというもの、住民の間で深刻な悩みの種としてたびたび話題に上っている。けれど、彼女がその現場に遭遇したことは一度もない。引っ越す前の内見会でここを訪ねたとき、モイラは身分証明書の提示を求められ、ハイウェイの検問所所属の制服守衛が、もったいぶった様子でこと細かに身分証明書をチェックしていた。どうやら、どの守衛が検問所に詰めているかで対応の仕方が変わるようだ。

この時間帯の検問所は静まり返っている。部屋の半分はまだ照明がついておらず、

検問所に入ろうとする車も見当たらない。モイラが見たかぎり、それほどたくさんの台数をさばいているとは思えなかった。

道を横切り、モイラは検問所の建物に近づいていった。部屋の照明はついているのに、彼女が脇のドアについている窓から中をのぞいても、守衛の姿はなかった。本来彼らは検問所に近づいてくる車を監視しているはずなのだが、いったいどこに行ったのだろうか。拳でそっと窓ガラスをたたいてみる。少し待ったが、誰も出てくる様子がない。

モイラがここにいることが伝わるよう、もう一回、今度は少し大きな音でノックした。車両の入構記録がどうしても見たくて来たというのに。守衛はほんとうに中にいるのだろうか？　誰も返事をする気がないのなら、強硬手段に出るしかないだろう。ドアのハンドルを下げてから押す。ドアは開かない。おいそれとは開かない構造だ。モイラはもう一度押したが、ドアはびくともしない――鍵がかかっているに違いない。

おかしくない？　ハイウェイの検問所は年中無休で有人監視のはずだ。誰かが押し入ろうとすればスタッフが急いで駆けつけるはずなのに、守衛が出てくる気配もない。モイラは拳で強くドアをたたいた。

今度も返事はなかった。

モイラはドアをたたくのをやめ、作戦を練り直すことにした。検問所がもぬけのからなのは、守衛が規則を破って持ち場を離れているからか、彼らは中にいるのに、何らかの理由でドアまで出てこられないから――夜勤明けで眠りこけているか、誰かに狙われているのかも？　理由がどうあれ、モイラは真相を突き止めずにはいられなかった。

モイラはいったんドアから離れ、建物の脇に回ると、建物がハイウェイ進入路と境を接するところまで来た。大きな見晴らし窓のそばで立ち止まり、中をのぞいた。ハイウェイの検問所の中は整理整頓が行き届いていた。デスクが三台あり、一台が窓のすぐそばに、もう二台が部屋の奥にある。三台すべてにコンピューターが載っている。窓際のデスクには飲みかけのコーヒーが入ったマグと、リー・チャイルドの小説が開いたまま置いてあった。デスクを離れたようで、椅子は引いたままだ。守衛はここにいるとモイラは確信した。

目を細め、両手で顔を包みこむようにしてフォーカスを定めると、窓から部屋の中をじっくりと見ていく。

男の姿が見えてくるまで少し時間がかかった。モイラに見つからないよう、彼は窓から離れたデスクの裏に身をひそめていたのだ。

モイラはあきれて首を振った。〈ザ・ホームステッド〉はセキュリティの高さが自慢だったんじゃないの？　ここの物件を検討中だと言ったら、不動産会社が彼女に強くアピールした一押しの理由のひとつがセキュリティだったのに。守衛が居住者の目の前で隠れるなんてあり得ない。

ガラスをたたきながらモイラは叫んだ。「そこにいるのはわかってるのよ！」

守衛はデスク越しにこちらを盗み見ている。ふさふさとしたブラウンの前髪をツンツン立たせている。まるでテレビ番組の『マペット・ショー』に出てくるビーカーのようだ。

「そう、そこのきみ」モイラはドアを手ぶりで示しながら言った。「開けなさい」

守衛はほおを真っ赤にして立ち上がった。二十歳になったかならないかぐらいの青年で、無精ひげがところどころに生えていて、長身でひょろりとしており、少し猫背だ。だから余計にビーカーに見えてくる。

「ほら、早く」と、モイラはまたドアを手で示した。

ビーカーそっくりのひよっこ守衛がそそくさと部屋を横切ってドアのほうに向かうと、モイラは建物をぐるりと回って入り口に戻った。ドアの鍵がカチリと開けられる音に続いて、いくつかのスライド錠が外された。守衛の姿がギリギリ見える程度にドアが開く。

「わたしがノックしたのに気づかなかったの？」モイラは尋ねた。隠れていたのだから気づいていたに決まっているが、彼に釈明のチャンスを与えようと思ったのだ。

守衛はうなずいた。「あなたが人殺しかと思ったので」

例の殺人事件はニュースアプリでは報道されなかったが、ここで働く人は何があったか知っているようだ。モイラは左右の眉を上げた。「わたしが人殺しに見える？」

守衛は肩をすくめる。「さあ、どうだろ。おれ、会ったことないし」

たしかにそうだ。

「わたしはここの住民。入ってもいい？」

守衛は重心を左右に移しながら、不安げな様子で葛藤している。「ええと、おれは――」

「検問所を訪ねたら、あなたが持ち場にいなかったってボスに報告してほしい？　どうして隠れたの？」モイラはハイウェイに目をやった。「車が検問所を通過するかもしれないのに、あなたは身元の確認すらしなかった。ボスはどう思うでしょうね？」

守衛はゴクリと唾を飲んだ。「困ります」

「じゃあ、わたしをここに入れなさい」お願いではない、命令口調だった。

守衛は戸口から一歩退くと、ドアを大きく開いた。「どうぞ」

住民を正当な理由なくハイウェイの検問所の中へ入れるのが規約違反なのはモイラも知っていたが、その辺には触れずにおいた。彼女はあえて検問所の中に入った。

守衛は無言だった。そわそわと落ち着きを失っている。

「さて、何を隠してるのかな？」モイラが訊いた。

彼はうつむき、ほおはさらに赤みを増している。「何も隠してません」

「きみはデスクの裏に隠れてて、ドアにはスライド錠がかかっていた。これで、何も隠してませんとは言わせないわよ」

守衛は消え入りそうな声で言った。「怖かったから」

「殺人犯が？」

彼はモイラの目を見て言った。「若い女がどこかのプールでぶった切られたって聞いたんです。あちこち血まみれだったって。おれ、そんな目に遭いたくなくて――」

「そりゃ不安にもなるわね、わかるわ」とモイラ。「だけどあなたは守衛でしょ。このコミュニティを守るのがあなたの仕事じゃない」

「だけどもし犯人がおれを襲ってきたら？」

「どうして？」

「おれ、あいつらを見たかもしれないし」

「そうなの？」

守衛は肩をすくめた。「たぶん。わかんないけど。ドライバーはたくさん見てるしね」

モイラは自分のいら立ちが彼に伝わらないよう気をつけた――とりあえずこの子を味方につけなければ。「助けてあげようか」

ひょろりとした守衛は眉をひそめた。「どうやって？」

「事件当日のパトロール当番から聞いたんだけど、事件前夜とその前の夜、〈マナティー・パーク〉のそばで同じステーションワゴンが目撃されてるの」

守衛は当惑した表情を見せた。「は？」

「だから、検問所の通行記録をちょっと見せてもらいたいなと思ったわけ。この車両の足どりをつかみたくて――」

「それはだめです」守衛は首を振って拒んだ。「規約違反ですから」

モイラは厳しい目で彼をにらんだ。「訪問者に応対せず隠れること、ハイウェイ出入り口の監視怠慢も規約違反じゃないかな」

守衛はモイラの視線から逃げるようにうつむいた。「そうですね」

「だったらきみのボスに許可をもらって……」

「ちょっとトイレに行ってきていいですか。記録は一年ごとにフォルダーに分けて、コンピューターに保管しています。パスワードは〝password〟です」

「ありがとね」

守衛は何も言わなかった。そして、あたふたと部屋を横切って奥のドアまで行った。あそこがトイレなのだろうとモイラは思った。

守衛がいなくなったところでモイラは作業をはじめた。コンピューターの前に座り、マウスを軽く揺らして目障りな〈ザ・ホームステッド〉のロゴ入りスクリーンセーバーを消すと、パスワード入力画面が表示された。〝password〟と打ちこみ、コンピューターのロックを解除する。それほど時間をかけずに今年の記録に行き着いた。ダブルクリックしてファイルを開くと、検索用の窓があったので、〝ベージュのステーションワゴン〟と打ちこんだ。一瞬で結果が表示される。該当なし。

どうして。

モイラはしばらく考え、あることを思い出した。昨夜、リジーとフィリップの家を出る前、ゲリラ豪雨に降られてひと晩で消えたら最初からやり直しなので、サンルームのドアに書いた間に合わせの捜査会議用ホワイトボードの写真を念のため撮っておいたのだ。用心しすぎかもしれないとは思ったが、今朝は昨日の自分をほめてやりたい気分だった。スマートフォンを取り出して画像を見つけだし、車両登録番号が書かれたところを拡大した。番号を読み取って、コンピューターにそのまま入力する。

結果が表示された——該当一件。ないよりはましだ。リンクをクリックして、記録の該当ページへと飛んだ。データは一か月以上前に登録されていた。このステーションワゴンはこの日、〈ザ・ホームステッド〉の〈オーシャン・ミスト〉居住区の入り口を午後九時三十二分に通過している。ドライバーの氏名と訪問を予定している〈オーシャン・ミスト〉居住者情報は空欄だった。

モイラは腹立ちまぎれに大きなため息をついた。この記録ではぜんぜん役に立たない。データから読み取れるのは、ベージュのステーションワゴンが最低でも一度、この〈オーシャン・ミスト〉の入り口を通過したことだけ、しかもモイラたちが当初考えていたより二週間ほど早い。

背後でトイレのドアの鍵がカチリと開く音がした。モイラが回転椅子をくるりと回して後ろを向くと、かのひょろりとした守衛が、手を洗ったあとの濡れた手を制服で拭きながら姿を見せた。

モイラはディスプレイの画面を指差した。「どうしてこの欄にデータが入っていないの？」

守衛はトイレからコンピューターの前まで歩いてくると、モイラの肩越しに画面をのぞきこんだ。「これ、おれらが入力したんじゃなくて、ナンバープレート自動読み取り機が取得したデータじゃないかな」

モイラは小首をかしげた。「どうしてそう思うの？」

「守衛がトイレに行ってる間、訪問者を待たせずに済むよう、システムを自動運転に切り替えられるんです。そうするとどうなるかっていうと、守衛が席を外している間に外部のドライバーが検問所に来ると、ゲートの上に設置された電子式ナンバープレート読み取り機が車両情報を登録し、ゲートを開くわけです。守衛がトイレに行って戻ってくるまで待たせずに済みます」

「だけど大事な情報が抜けてるじゃない」

「おれたちは午後九時から午前九時までひとりで担当するんですよ。その間にトイレぐらい行くでしょう」

〈ザ・ホームステッド〉がどれほど治安がいいか、営業チームが仰々しく説明してくれたときのことをモイラは思い出していた――居住区に出入りする車両は一台一台、人はひとりひとり、逐一把握するシステムが稼働していると言っていた。ぜんぜん違うじゃないと彼女は首を振った。「つまり、午後九時から午前九時まで、業務規定は無視されちゃうってこと？」

彼は両手を上げた。「おれはここで働いてるだけですから。ルールを決めたのもおれじゃないし」

「ぜんぜん答えになってない」モイラににらまれ、守衛はほおを赤らめて目をそらした。それでいい。恥を知りなさい。不動産業者の営業チームにも問題はあるが、警備体制がこれほどずさんなら、コミュニティへの人の出入りを正確に把握するシステムがきちんと稼働していないことになる。

守衛は髪をかき上げながら言った。「ええと、すみません、わかりました。おれは――」

「ステーションワゴンが外から〈オーシャン・ミスト〉に入った記録は一度きり」と、モイラ。「だけど、この車が〈オーシャン・ミスト〉をさらに二度訪問しているのは、こちらですでに確認しているの。どうして検問所には、その記録がないの？」

「出口を通過するとき、車のナンバープレートは記録されませんからね」

「それってつまり、検問所で確認されずに二度、外から〈オーシャン・ミスト〉に入れたってこと？」

守衛はちょっと気まずそうな顔を見せた。「ああ、そうなりますね、午後九時過ぎに外から検問所に来て、そのとき守衛がトイレにいたら」

　モイラは拳を握りしめた。怒りが爆発しそうなのを必死でこらえる——この子をとっちめている時間的余裕はないし、ここで口を閉ざされても困る。だけど、ほんと、この検問所の守衛の無能ぶりったら。

「じゃあ、あの車のドライバーは夜に何度もここに来て、誰にも見つからずに出入りできてたってこと？」

「そうじゃないですかね」

　モイラは小声で毒づいた。犯人が誰の目にも触れず、記録もされず、システムをまんまとうまく利用して出入りできたなんて。ハイウェイの検問所の記録から得られた成果はほとんどなく、あったとしても、ベージュのステーションワゴンのドライバーが少なくとも事件の一か月前から〈オーシャン・ミスト〉に出入りしていたことぐらいだろうか。ふと思い立ち、モイラはスマートフォンを取り出すと、ステーションワゴンが〈オーシャン・ミスト〉を最初に訪れた日付をメモした——彼女の記憶が正しければ、窃盗事件がはじまったころのようだ。両者の関連性についてはあとでチェックすることにしよう。

「ほかにお手伝いできそうなことはありますか?」守衛はそわそわと落ち着かない様子だ。彼はドアの窓から進入車線の様子をしきりにうかがっている。

きっとわたしがコンピューターの前に座っているのを誰かに見られないかと不安なのね。モイラはそろそろ彼を大目に見てやることにした。この青年から得られる情報はもうなさそうだ。

守衛はコンピューターの画面を手で示した。「おれたちの記録が不十分なのを警察にたれこむつもりですか?」

モイラは首を振った。「まさか」

守衛がにっこり笑った。心からほっとした様子だった。

モイラは椅子から立ち、ドアへと歩いていった。「それで不安が解消するなら、わたしが出ていったらドアの鍵を閉めて。だけどお願いだから、誰か来ても隠れないでね。守衛さんたちには常に出入り口に目を光らせていてほしいから、いい?」

「了解しました」

「よろしい」モイラはドアを開け、ひんやりとした朝の空気の中に一歩足を踏み出した。背後でドアが閉まり、スライド錠がかかる音が聞こえた。彼女は首を振った。次に誰かがドアをノックしても、さっきみたいに、彼がまた隠れるのではないかなんて疑っちゃだめ。

この街の警備状況は触れこみどおりの最高レベルではなかった。あちこち穴だらけだ。犯罪発生率ゼロだなんて見当違いもいいところ。ここの住民はずっと危険にさらされていたってことね。ひどい話。モイラもついさっきまでそのひとりだった。だが、安全神話は嘘っぱちだった。

モイラは顔をくもらせる。あの殺人事件が今朝になってもニュースアプリで報道されなかったのを思い出したのだ。スマートフォンを取り出し、地元ニュースのページを昨日からスクロールして、記事が出ていないか改めて確認する。〈マナティー・パーク〉の話題もなければ、若い女性が殺されたという記事もなかった。アプリのニュースを見るかぎり、ここでは不祥事が一切起こっていない。フェイクニュースとは正反対――ニュースが意図的に消されている。

ずさんなセキュリティ、歯の浮くような不動産ポエムにモイラは思いをはせた。犯罪発生率ゼロという虚構の世界を守るため、〈ザ・ホームステッド〉はどれだけの嘘を塗り固めていくのだろう。

# 26

## リック

二百回の腕立て伏せ、五分間のプランク、そして三十分間のウエイトトレーニングでリックの一日ははじまる。引っ越しから一週間も経たない間に、ガレージを自宅用ジムに改造した。息を切らし、汗だくの利用者が集う地元のジムに通う時間もなければ、通う気もない。ワークアウトは宗教のようなものだ。体を動かして得られる心の安らぎは集団と共有するものではない。〈オーシャン・ミスト〉に越してきたばかりのころ、アリシャを失った記憶はまだ生々しく、心にぱっくりと開いた傷があるかのようで、リックは苦痛を和らげる手段としてワークアウトを選んだ。あのころの苦痛も今は落ち着きつつあるが、それでも彼にはひとりになれる空間が必要だった。

シャワーを浴び、ブラックコーヒーに、両面を焼いた半熟の目玉焼きが載った全粒粉パンのトースト二枚の朝食をとる。そろそろ食べ終わるというころ、スマートフォンが振動し、警察にいる情報提供者の名が画面に表示された。

スマートフォンをつかんでリックは電話に出た。「よう、相棒。どうした?」

ホークの仕事の速さをリックはありがたく感じた。ホークは新人時代、一緒に研修を受けた仲間で、彼がマイアミに異動するまで同じチームに属する同僚でもあった。リックが退職してここに来てからも連絡を取り合い、おおむね定期的に会ってはビールを飲むつきあいが続いている。ホークはよくできた男だ——口が堅く、合衆国内の警察署と密接なコネを持っている。何においても事情通でありたいタイプなので、情報提供を頼みやすい相手でもある。

「ゆうべ殺人課の刑事と飲んだ。お前さんが興味を持ちそうなネタをいくつか聞いたぞ」

「教えてくれ」リックはコーヒーをゴクリと飲んだ。

「あいつの口をなめらかにするまでたらふく酒を飲ませたが、酔いが回ってからは、とめどなくしゃべってくれた。例の犯行現場はかなりの衝撃だったようだぞ。被害者とドル紙幣がプールに浮いていたんで、いったいどうしたもんだと途方に暮れてるみたいだった」

「どうしてそう言える?」

「さてな」ホークが答えた。「何となく、だ。だがあいつ、現場の話をしながら繰り返してたぞ、『あり得ない』って」

「変だな」リックは残りのコーヒーを飲み干した。殺人課の刑事なら惨状をいくつも見てきたはずだ。〈マナティー・パーク〉の現場はそれほど悲惨とは言えないのだが。

「捜査状況についてはどうだって？」

「死亡推定時刻や死因については検視結果待ちで、もう少しかかりそうだが、犯行現場に首をかしげる点がいくつかあるとも言ってたな。たとえば現場に残されていた金——だいたい五千ドルだそうだが、半端な額なんだ」

ホークがガムを嚙みながら話している音が聞こえる。あいつは昔からそうだ。ガムを決して手放さない。「いくらだ？」

「四千二百六十七ドル。キリが悪いだろ？」

「たしかに」と、リック。それぐらい半端な金額なら、犯人がプールサイドに身を乗り出し、水面に浮いたドル紙幣を取れるだけ取って逃げたという四人の推理も筋が通る——だがこのことはホークには伝えていないのに、キリのいい額ではないことに彼も疑問を抱いている。「ほかには？」

「あとはな、リュックサックが——ハイキングで使うような実用本位のものじゃなく、革製のおしゃれなやつだ――プールの底に沈んでいた」

モイラがプールの底にあったと言っていた遺留品のことか。だが彼女は、はっきりとは見えなかったと言ってたな。「何が入っていたか訊いたか？」

「当然だろう」ホークはここでひと息つき、ガムを嚙む。

「で？」

「品物同士に関連性がまったくなかったそうだ――金の置き時計。高価なジュエリー。アンティークの銀食器のミルク入れやクリーム入れ。それと、レアもののベースボール・カード。上質で値の張る物ばかりだろ？　ただ、手当たり次第にかき集めたとしか思えない品ぞろえなんだ」

リックの予想どおりだ。脈絡がない理由もわかる。リュックサックにあった品はすべて、最近起こった窃盗事件で盗まれた品だからだ。「警察は遺留品からどんな推理をしている？」

「そこまで進んではいないな」

リックは歯嚙みした。殺人課の連中はどこまで後手に回ってるんだ？　リュックサックの中身から、先月〈オーシャン・ミスト〉で盗難届が出された品じゃないのかと、察しがつくだろうに――警察のデータベースを検索すれば関連性がつかめるはずだ。誰がどう考えても、警察官なら最初に済ませておくべき基本的な捜査じゃないか。リックは信じられないといった様子で首を振った。これじゃあまるで、殺人課がわざと捜査を遅らせているようにしか見えない。「いや、いいことを教えてくれて恩に着るぜ」

「どうってことないさ。ところで例のナンバープレートのことで話がある。おんぼろステーションワゴンのな」

リックは身構えた。クチャクチャとガムを噛む音を聞きながら、ホークの話の続きを待つ。

「フロリダ州外の若造の名前が挙がったんだが、お前さんの耳に入れておきたい情報を見つけたんだ。こいつ、ある事件で前科がある」

「ほう?」リックが声を上げた。面白いじゃないか。

「たいした犯罪じゃない。飲酒運転で二度ほど捕まってて、あとは数年前に窃盗で捕まってる——金目の物といったらハイスクールのフットボール大会のトロフィーぐらいしかない、ショボいこそ泥さ」

「暴行傷害がらみで前科はあるのか?」

「逮捕歴はないな」

「なるほど。さっき、フロリダ州外の若造って言ってたが、具体的にはどこだ？」

「陸運局《DMV》のデータベースにはメリーランド州の住所が載っていた」

あの車にはメリーランド州のナンバープレートがついていたというドナルドの証言と一致するが、メリーランド州はフロリダ州からずいぶん離れている。「その若造の名前を教えてくれ」

「ああ、もちろんんだ、リック、お前さんの頼みとあらば」ホークが手帳のページをめくる、カサカサという音がする。「名前はマイケル・グラフテンだ」

「グラフテン？」リックが聞き直した。〈オーシャン・ミスト〉にグラフテン姓の住民がひとりいる――長老のひとり、ミズ・ベティだ。「間違いないな？」

「おうよ。そいつの免許証の画像をメッセージで送ってやる」

「すまんな」

「礼はメジャーリーグの観戦チケットでいいぞ」

「お前の分はとっくに用意してあるさ。次のホームゲームはダグアウトのすぐ後ろのペア席、シートにはおれたちの名前入りだ」

「また情報が入ったら連絡する。司法解剖の結果は、今夜か明日まで待たないと出ないだろう」

「何かあったら電話をくれ」

「了解だ」

リックは通話を切るとスマートフォンをパンツのポケットに入れた。コーヒーマグをシンクに持っていくと、マグをきれいに洗って水切りかごに載せた。ホークによると、メリーランド州のナンバープレートがついたベージュのステーションワゴンは、ベティと同じ名字の男の名で登録されている。ベティの家は〈オーシャン・ミスト〉居住区の反対側に面したアルバトロス・ハイツ大通りを越えたところにある。ドナルドとクリントが例の車を目撃した場所だ。面白くなってきたぞ。調べる価値のある情報だ。

裏口のドアにかけておいた車のキーを手に取り、リックはドアを開いて、急ぎ足でジープに向かった。刑事たちは捜査に身が入らず、のろのろとコトを進めているようだが、リックは常に〝すぐやる〟タイプだ。

彼には知りたいことがあった。ベティなら知っているだろう。時間を無駄にはできない。

# 27

## モイラ

モイラはすぐさま彼だと気づいた。路肩に車を駐め、スマートフォンの画面をタップしている。スマートフォンに気を取られ、こちらに気づいていない。そのまま歩道を進み、ジープのすぐそばで立ち止まり、咳払いをしてから声をかけた。「どうも」

リックは驚いてスマートフォンから顔を上げた。モイラだとわかると笑顔になる。額に手をやり、上官に敬礼するようなポーズを取った。「おはよう」

挨拶を返そうとモイラが口を開いたとたん、リックのスマートフォンが鳴った。画面を見るなり彼は猛然と返事を打ちだした。

彼が送信ボタンを押すまで待ってから尋ねる。「進展はあった？」

「ステーションワゴンの持ち主に関する有力な手がかりを得た。たった今、フィリップに伝えたところだ。あいつと待ち合わせしてるんで、行ってくるよ」リックはスマートフォンをポケットにしまった。ジープのウインドウは全開で、無造作に後ろになでつけた彼の白髪が風にそよいでいる。リックは運転席に座ったままモイラのほうを向き、ウインドウの枠に腕を預けた。「昨日きみを尾けていた男はどうした？」

モイラは首を振った。「まだわからない。わたしがウインドウをたたいて車を追いかけたから、きっとおびえてるんでしょう」

「そうだな」リックはうなずきながら言った。「ところで足首の捻挫の具合は？」

「まあまあかな。ほんと、歩きにくくて。朝から検問所に行ってきたけど成果はなし、われらが居住区のハイウェイ出入り口の警備が実にお寒い状況にあるのがわかったぐらいね。これから防犯カメラのデータ管理者に映像を見せてってお願いしに行くところ」

リックは助手席のほうへと首を傾けた。「送っていこうか？」

モイラはとっさにノーと態度で示したが、黙ったまま、しばらくそこにいた。彼の厚意に甘えようか。ハイウェイの検問所まですでに徒歩で往復しているし、犬たちを朝の散歩にも連れていった。防犯カメラの管理事務所はここから歩いてゆうに三十分はかかるところにあり、正直なところ、足首の具合はまあまあなんてものではなく、ズキズキ痛むし、腫れはひどくなるばかりだ。歩くより休んでいたいのがモイラの本音だった。「ありがとう、恩に着るわ」

「乗れよ。最新の情報について車で話そう」

　モイラは反対側に回りこみ、ジープの助手席に乗った。動いたせいで脈拍が上がり、足首がズキズキと痛む間隔が短くなる。モイラは歯を食いしばる。これまで誰かの車に乗せてもらうなんて片手で数えられるほどしかなかったのに、昨日だけでも、フィリップとリックのふたりに送ってもらっている。何だか自立心を失ったような気分だ。

　モイラがシートベルトを締めると、リックはジープのギアをドライブに入れ、縁石から離れた。彼女はリックに向き直った。「ステーションワゴンの手がかりについて教えて」

「車のオーナーはミズ・ベティの親族らしい。彼女は〈オーシャン・ミスト〉の古参で、居住区の向こう側、アルバトロス・ハイツ大通り沿いに住んでいる」

「検問所の登録記録によると、あのステーションワゴンが〈オーシャン・ミスト〉に入ったのは一か月前の夜で、当日のパトロール当番のふたりが二度目撃した日時とは一致しない」

「なるほど、そいつがミズ・ベティの家に身を寄せているのなら、つじつまが合うな」リックはハンドルを切り、右折してウェーヴ通りに出た。「ハイウェイの検問所の記録で、ドライバーが住民の誰を訪ねたかわかったのか？」

「ドライバーの名前すら登録されてなかったわ」

リックは返事代わりにヒュウと口笛を吹いた。「きみが言ったとおり、ずいぶんと怠慢だな。どうしてそんなことに？」

「夜勤になると守衛の気が緩むみたい。夜の九時から朝の九時までに通行する車はほとんど何も訊かれずに通過できるようね。その時間帯、守衛はナンバープレートの記録装置を自動運転に切り替える。自分たちがトイレに行けるようにね。自動運転にしてから仮眠でも取るんでしょう」

「ステーションワゴンが〈オーシャン・ミスト〉に入った晩もそうだったのか？」

「そう。ナンバープレートの自動読み取り機能が登録情報をシステムに記録したけど、ドライバーの氏名と訪問先情報は空欄のままだった」

そのとき一匹のトラネコが道を横切り、リックはブレーキを強く踏んだ。ネコが無事に芝生を横切り、玄関ポーチにたどり着くのを見届けてから、彼は車を発進させた。アクセルを踏みながらモイラに目をやる。「一か月前、システムにナンバープレートが登録されたと言ってたが、具体的な日付は？」

モイラは彼に伝えた。

「そうか」リックは髪をかき上げた。「押さえておきたいところが結構あるな。そいつがこの居住区にはじめて来たのは、最初の窃盗事件が起きた二日前だ」

モイラは着ていたパーカーの前を合わせる。外はもう暑いのに、ジープの中は凍えるように寒い。リックはウインドウを開けているのに、エアコンの温度は一番低いところに設定してあって、モイラには寒く感じる。「偶然かしら?」

リックは肩をすくめた。「どうだろうな」

「わたしは偶然を信じない、犯罪がらみならなおのことね」

「おれだってそうさ。ミズ・ベティの件だって、最近彼女を訪ねてきた親族がいるか確認するのが今朝の第一目標だからな」

ふたりは無言のまま、車はウェーヴ通りを走る。モイラが住むカントリー・クラシック様式と同じモデルの家並みが続いたあと、左折してスイートウォーター通りに入ると、建物の様子が一変した。存在感のある、クラシックな作り。印象的な玄関ポーチに羽目板張りの外壁と、通りに面した家屋はボストン・コロニアル様式と呼んだほうがふさわしい。グレーとベージュ、ペールピンク、ブルーとグリーンなど、それぞれ色使いを少しずつ変えている。

「このあたりは高級住宅地なんだ」モイラの心を読んだかのようなタイミングでリッ

クが言った。「最高価格帯のね」

そういえば今の家を選ぶ前、〈ザ・ホームステッド〉のウェブサイトを見に行ったら、こんな感じの豪華な家の画像が並んでいたっけ。価格は彼女が払った額の倍はした。「わたしの手には届かないわ」

「ここに決めなくてよかったんじゃないか。家はデカいが庭はかなり狭い。愛犬家には向いてないぞ」

サンドキャッスル通りに出ようと運転に集中しているリックをちらりと盗み見る。惚れ惚れするほどホットな人――しっかりしたあごのライン、セクシーな顔立ち。どうしよう。モイラはときめきを頭から追い出そうとした。こんな気持ちになるのははじめてだ。昨日、自分はひとりで十分楽しくやっているとリジーに言った。残りの人生を男性と送る気もないし、最初からそのつもりでいる。恋愛の秘訣《ひけつ》は相手を信頼することなのに、今のモイラは猜疑心《さいぎしん》の塊だった。誰かを心から信じることは二度とないだろう。もしあったとして、過去を知っても、相手はわたしを信じてくれるだろうか。モイラは打ち消すように首を振った。あり得ない。どうせ実るわけがない。悲しい結果に終わるに決まっている。

「大丈夫か？」

モイラはリックのほうに向き直った。「どうして大丈夫かって訊くの?」

「ずいぶんと真剣に思い悩んでいるようだったから」

すぐには答えられなかった。というより、彼女は自分の心の内をリックに話せなかった。捜査に意識を向けなければ。「今回の殺人事件が報道されていないのは知ってた?」

リックは片眉を上げた。「それは初耳だ、ここ数日ニュースに目を通してなかったからな」

「地元のニュース番組やニュースアプリでは扱ってなかった。ネットワーク局も、ローカルのテレビ局でも」

「まあ、メディアはいつもマイアミやオーランドの事件を中心に扱う――バケーション中、世間の関心が集まる人気の場所だからな」

「そうかもしれないけど、シニア層が住む住宅地で殺人事件が起こったのよ。注目を浴びて当然だと思うわ。何しろ安全が売りの場所で事件が起こったのだから」

「ああ、そう思うのも無理はない」リックは目的地を見定め、がっしりした赤レンガの塀に囲まれた平屋建ての建物の脇に車を寄せた。ジープを駐め、車から降りてから、彼は何やら考えこんでいる。

「どうしたの?」モイラが訊いた。

「いや、そういえば、例の窃盗事件も、一度も報道されなかったな」

「地元の新聞にも載らなかったの?」

「ああ、覚えがない。コミュニティのフェイスブックで見かけたが、あれは住民の投稿だったのかもしれない」

「おかしいとは思わなかったの?」

「あの時点ではまったく。考えてもみろよ、こんな広いコミュニティで起こったこそ泥騒ぎだぜ」リックはそう言いながら手のひらであごをなでた。「だが、殺人事件が報道されないとなると、こそ泥の件と合わせて考えたら妙な話だとは思うよな」リックは肩をすくめた。「さっきも言ったが、メディアの連中が紙面やニュースのコーナーをマイアミやオーランドの話題に割きたいのも、おれにはわかる」

モイラは納得がいかなかった。理屈に合わないと感じるのだ。こそ泥騒ぎと殺人事件が両方とも報道されないのは、〈ザ・ホームステッド〉で起こった犯罪が隠蔽されているからで、決してほめられた状況ではない。そのあたりの事情をモイラは知りたいと思った。

メディアの不可思議な対応も、モイラの〝捜査で調べることリスト〟に加えた。

# 28

## フィリップ

約束の時間を八分過ぎてもリックが来ない。ホンダ車のハンドルを指でトトトンとたたきながら、フィリップは通りをはさんだ向かいにある、ベティ・グラフテンの家を見張っている。ペールグレーに塗った羽目板仕上げの家で、つやのある黒い玄関ドア、ポーチと階段の片側に並べた植木鉢と、瀟洒《しょうしゃ》な家だ。ケチのつけようがない。家とはかくあるべしと、〈ザ・ホームステッド〉が住民に期待する手本のようだ。

フィリップはまたしても腕時計を確かめた。リックは十分も遅刻している。信じがたい。シャツのポケットからスマートフォンを出すとフィリップはメッセージを打った。**遅刻か?**

送信ボタンを押そうとしたとたん、ジープが彼の車の後ろに駐まり、間もなくリックが飛び出してきた。フィリップは首を横に振り、メッセージを削除した。

「十分も待ったぞ。先にここで待ってると言ったのはきみじゃないか」

「すまん」リックは両手を広げ、申し訳ないという気持ちを身ぶりで示しながら歩いてくる。「途中でモイラと会ってね。脚を引きずってずいぶんつらそうだったので、遠回りして防犯カメラの管理事務所まで彼女を送ってから来たんだ。だからこんな時間になった」

「そうか、それならしかたがない」とは言いながらも、不本意であることが声から伝わってくる。「モイラは何か手がかりを見つけたのか?」

「そのようだ。モイラは、あのステーションワゴンが〈オーシャン・ミスト〉に最初に入った日時を特定した。ハイウェイの検問所の記録が当てになるなら、窃盗事件が最初に起こった日の二日前だ」

フィリップは手のひらがゾクゾクするのを感じた。ジグソーパズルのピースが思ったとおりの場所におさまったときに決まって感じる、あれだ。「興味深いな。こそ泥騒ぎの犯人が〈ザ・ホームステッド〉の住民ではないという推理と一致する」

「それか、最近になって新しい犯人が現れたか」リックはそう言いながら、ベティ・グラフテンの家を手で示した。

「なるほど」とフィリップ。「お宅にお邪魔してベティから話を聞いてみよう」

「聞き込みはきみが主導権を握ってくれ」とリック。

この捜査チームのリーダーだとリックから認められているのに気をよくしながら、フィリップはグラフテン家に向かった。モイラはどうだろう。彼女は自分こそリーダーにふさわしいと思っているようで、昨日はことさらそう感じた。フィリップは眉間にしわを寄せた。モイラはなぜ、自分が元警察関係者なのを昨夜まで黙っていたのか、彼はまだその真意が理解できずにいた。特にリジーは、かなりの爆弾宣言と受け止めている。モイラはなかなか気立てのいい女性だが、自分をさらけ出そうとしないところが気にかかる。あの女性には、これからも目を光らせておかなければ。

ふたりは玄関ポーチに立ち、リックがドアベルを鳴らした。ベティ・グラフテンが出てきたときに近づきすぎないよう、彼らはドアから一歩分退いて待った。被疑者との関連性が疑われる人物に事情聴取をするときも、フィリップは敬意を持って接するよう心がけている。

ドアは頑丈な木材で黒く塗装されており、家の中の様子はわからない。果てしない時が流れたかと思うほどフィリップは待ち続けたが、誰も応じる気配がなかった。リックに目をやると彼は肩をすくめ、もう一度ノックをしようとしたそのとき、鍵の掛け金が外れる音がして、ドアが開いた。

「何かご用？」

フィリップの予想を大きく裏切る人物が戸口に立っていた。第一、若すぎる、予想より五十歳は若い。「ベティ・グラフテンさんのお宅ですよね？」

「そうですよ」その若い女性はほほえんだ。「わたしはマーサ、ミズ・ベティの助手です。先週来たばかりの新人なんで、この界隈のみなさんをまだ知らなくて。ミズ・ベティのお友だちですか？」

「おれはリック、ミズ・ベティとは昔ながらのつきあいだ」リックはほほえみながらサングラスを外すと、頭の上に載せた。そしてフィリップを手ぶりで示した。「そして、こちらが友人のフィリップ。ミズ・ベティと最後に会ってからずいぶんになる、一か月かそこらか。彼女には今朝、来客はいるだろうか？」

マーサはうなずいた。「お通ししても問題はないはずです。どうぞ居間にお入りになって、椅子に座ってお待ちください。ミズ・ベティを探してきます」マーサはリックに耳打ちした。「彼女は裏庭でバラの手入れをしているんです。一本だって枯れたりしおれたりしたまま放っておけない方なので、こんなに暑い日は、もう……」マーサは首を振った。「わたしには一切手出しさせてくれなくて。あなたは彼女がどういう方かよくおわかりでしょうね」

リックは大声で笑った。「よく知ってるよ」

フィリップはリックのあとに続き、ふたりはマーサの先導で居間へと進んだ。彼女の服装をちゃんと見た時点で、マーサは住みこみではなく、通いで働きに来ているのだとわかるはずだったと思った――ゆったりしたピンクのチュニックとズボンは看護師のユニフォームのようだし、下を向いたら時間がわかるよう、チュニックに時計を上下逆さまに着けている。

「こちらです」マーサがドアを開くと、そこは広々とした明るいラウンジになっていた。「ここでおかけになってお待ちください。ミズ・ベティを呼んできます」

フィリップはマーサに礼を言ってから中に入った。とても広い居間で、この部屋だけでリジーと暮らす家の半分が入ってしまいそうだ。「億万長者か」フィリップはつぶやいた。

「のようだな」リックは華奢《きやしや》な作りの長椅子に身を預けた。「ミズ・ベティはクッキーで財を成した一族の相続人で、父親の死後、社長の座についた。女性が企業のトップに就任するなど聞いたことがないと言われていたころの話だ。彼女は経営の多角化を進め、ブランドを拡大し、利益を増やして、今ではクッキーの代名詞とまで言われる一大ブランドに成長させた。その後、たしか五年前のはずだが、ミズ・ベティは会長職から退き、後継者を任命した。そうしてここに引っ越してきたってわけさ。まさに女傑だね」

フィリップは感服した。当時の女性が会社の経営に携わるのはたやすいことではなく、この居間のすっきりとした佇まい、瀟洒な家具を見れば、女主人の趣味のよさがうかがえるというものだ。ベティ・グラフテンに会うのが楽しみになってきた。

「リック、きみ、彼女のことをどうしてそんなによく……」

と言いかけたところで居間のドアが開いたので、フィリップは話すのをやめ、入ってきた女性に見入った。彼女は予想よりも背が高く――百八十センチはありそうだ――年齢のわりに背筋がしゃんと伸びている。気品のある身のこなし、顔ににこやかな笑みを浮かべてベティが歩み寄ってきた。高いほお骨、短くカットした白髪にボリュームを持たせ、顔を包みこむようにまとめたヘアスタイル。ベティはフィリップお気に入りの女優ふたり――ジュディ・デンチとヘレン・ミレン――を彷彿《ほうふつ》とさせる女性だった。

「リック、ようこそ、あなたが来てくださってうれしいわ」だが、コーヒーテーブルに目をやると、ベティの笑みが少し翳った。「マーサはスイートティーをお出ししたかしら？　やっぱりまだね、すぐにおもてなしするようしつけておりましたのに。あの子には教えなきゃいけないことがまだまだたくさんあるわ」

「すぐにお持ちします、ミズ・ベティ」

「ありがとう、マーサ、そうね、すぐにお願い。おいしいクッキーもお出しして。この間話したとおり、お皿に載せて持ってくるんですよ」

「かしこまりました」

ベティはフィリップのほうを向いた。「あなたはリックのお友だちね？」

フィリップはよろめきながら立ち上がると、握手をしようと手を差し出した。

「フィリップです、リックとふたりで、コミュニティ内のパトロール活動の運営をしています」

「あらすてき」ベティは長椅子のほうへと手を差し伸べた。「お座りください」

彼女はカウチに腰を落ち着けた。「さて、こんな朝方に、前もって連絡もせずにいらしたのは、ただのご機嫌うかがいじゃなさそうね」

リックはうなずいた。「いつもながら鋭いお方だ」

「鋭くなかったら生きている意味などないでしょ。話してごらんなさい、公園で起こった殺人事件のことですよね？」

「ご存じだったんですか？」声に驚きをあらわにして、フィリップが尋ねた。〈オーシャン・ミスト〉居住区の外れに位置するこの場所には、丘の下に住む下々の者たちのゴシップなど、聞こえてこなさそうなのだが。

「年は取りましたが、わたくし、もうろくはしていませんよ」ベティはきっぱりと言った。「ご近所であれこれ取り沙汰されているのはもう存じています。されて当然ですから」

フィリップは顔を赤らめた。口を開こうとしたそのときドアが開き、冷やしたスイートティーとおぼしき飲み物が入った三つのトールグラスと、皿に盛ったクッキーを載せたトレイを手に、マーサがそそくさと部屋に入ってきた。彼がいるところまでクッキーのにおいが漂ってくる。チョコレート・チップだな。朝食をとってから二時間も経っていないのに、フィリップの腹が鳴った。

「おっしゃるとおり、殺人事件がらみでおうかがいしました」と言って、リックはスイートティーが入ったグラスを受け取りながら、マーサに礼を言う代わりにうなずいた。「謎の究明であなたの力をお借りできそうな情報が手に入ったものですから」

ベティは胸に手を当てた。「わたくしが殺人事件のお役に立てると？　興味深いお話になってきたわね。どんなことかしら、ぜひ聞かせてちょうだいな」

「ベージュのステーションワゴンに乗った人物をご存じですね？」リックが尋ねた。

「ええ、もちろんですとも。孫のマイキーです。今、わたくしのところにおりまして、もう二週間になるかしら」

リックが真面目な顔で訊く。「彼は今、ここにいますか?」

「ええ、いるはずです。毎日昼近くまで寝ていますけど」ベティは顔をしかめた。

「あの子がここにいる間に改めさせたいのですけど」

「家の前にはステーションワゴンがありませんでしたな」とフィリップ。

「ええ、それはもちろん。あんなみすぼらしい車を家のそばに駐めておきたくありませんから、あんな車……」ミズ・ベティは肩をすくめた。「孫に申しましたの、ここにもうしばらくいるつもりなら、あの車はよそに駐めてちょうだいと」

「お孫さんがどこに駐めているかご存じですか?」リックが訊いた。

ベティはリックを制するように片手を上げた。「存じませんし、関係ありません。ただ、あの車のせいでこの土地の雰囲気を悪くしたくないだけです」

リックはニヤリとした。「ずいぶんな言い方ですね」

「罪深いほどに見苦しいんですもの」ベティは笑いながら言った。

リックは真顔で言った。「おととい の晩、お孫さんがどこにいたかご存じですか、ミズ・ベティ?」

ベティの顔から笑みが消え、彼女は目を細めた。かすかにいら立った様子で冷たく言い放った。「それは殺人事件が起こった日のことかしら？」

「そうです」

ベティはため息をつくと、動揺を隠すかのように、手首につけたゴールドの重いバングルに指を添えた。言うべきかどうか迷っているようにも見える。長い沈黙の後、彼女は口を開いた。「おふたりがわたくしに訊きたいのは、うちの孫が人を殺したかどうか、かしら？」そして視線をリックからフィリップに向けた。大きく息をついてから、ベティはフィリップに言った。「その件についてお尋ねになるつもりなら、おふたりにわかっておいていただきたいことがあります」

# 29

## モイラ

防犯カメラの管理事務所もハイウェイの検問所と同じ、アイボリーの漆喰仕上げの平屋建てで、こちらには訪問者の出入りをチェックする大きなガラス窓がなかった。道路から少し奥まったところにあり、同じ通りに面した小ぎれいなスペイン風の住宅と比べると不釣り合いに見える。建物に近づいてみると窓という窓にブラインドが降りていて、モイラは最初、始業時間を間違えたのかと思った。この事務所は二十四時間無休のはず――分譲地を売り出したときのパンフレットにもそう書いてあった。とはいえ、モイラは、売らんがために誇張されたパンフレットの文面と〈ザ・ホームステッド〉の現実が必ずしも一致しないことを急速に学びつつあった。

モイラはあたりをざっと見回すと、シルバーのフォルクスワーゲン・ビートルが駐まっていないのも、筋肉質のブロンド男が見張っていないのも確かめた。あの男や、あの車がいた気配もない。それ以前に、周囲に誰もいない。モイラは首を振った。おかしい。あの男は昨日の朝まで自分を間違いなく見張っていて、モイラがフィリップ宅の外に彼を見つけ、声をかけ、あとを追ってからは一度も見かけてはいない。モイラはその理由を知りたかった。

気を取り直して、モイラは建物の脇にある出入り口まで歩いていった。このあたりは日が当たらない。建物から一メートルほど離れたところに高い塀があり、直射日光が通路に入らないようになっている。モイラはありがたいと思った。太陽がてっぺんまで昇る正午近くになると、気温がぐんと上がるからだ。アイスボックスに入れられたかと思うほど冷房が効いたリックのジープから降りたばかりだというのに、肌はもう汗ばんでいる。

事務所のドアがかすかに開いている。モイラは不審に思った。ドアのすぐそばには暗証番号を入力するキーパッドと、ボタンを押して中にいる人と話せるインターホンがある。ここに来るのははじめてだが、キーパッドの脇にある注意書きによると、このドアは常時鍵が閉まっているようだ。今日にかぎってどうして開いているのだろう。ここで働いているハンクという男性も〈オーシャン・ミスト〉の住民だとリックが言っていた。ハンクは事件当日のパトロール当番でもあり、細かいところに目が行き届く、几帳面な人だという。そんな彼がドアを開けっぱなしにしておくわけがない。ただ、夜勤のスタッフが退所時にドアの施錠を忘れたとも考えられる。そのことにハンクが気づいていないのかも。

入り口のすぐそばまで来たモイラがつま先でツンと押すと、ドアは大きく開いた。

「誰かいますか?」

返事がない。中は薄暗い。照明は消えており、窓のない廊下には自然光が差しこんでこない。モイラは事務所の中に足を踏み入れた。数歩進んだところに**立ち入り禁止**の文字が印刷された黄色と黒のテープが床に貼られている。その脇の小さな台には、**ここから先の立ち入りは、セキュリティチームスタッフの同伴が求められます**と書いた標識があった。

モイラはもう一度廊下に目をやったが、やはり誰もいない。右手の壁にある掲示板には、保健衛生や安全に関するポスターが数枚貼ってある。廊下をさらに進んだところのドアには**備品置き場**、そこから数歩先のドアには**会議室**、突き当たりのドアには**監視モニター室**というプレートがついていた。モイラは監視モニター室を目指した。

足音を立てないよう気をつけながら、モイラは金属製のファイリングキャビネットを避けて進む。キャビネットは廊下左側の壁一面に並び、てっぺんには埃をかぶったフォルダーが積み重なっている。人っ子ひとりいないようだが、まさかそんなはずはない。監視モニター室に近づくにつれ、金属臭が入り混じったかび臭いにおいがしてきた。モイラにとって、どうにも好きになれないにおいだ。

ドアの前まで来た。これからどうするべきか逡巡《しゅんじゅん》する——ドアを蹴破る？　それともまずノックする？　入り口のドアが開いていたのは偶然なのか、それとも理由があるのか？　モイラは意を決し、拳でドアをたたいた。「ハンク、ここにいるの？」

返事はなかった。モイラは息をひそめ、耳を澄ます。

物音ひとつ聞こえてこない。胸の鼓動が激しくなっていく。ハンクはここにいるはず。

どう考えても、返事をするはずなのに。おかしい。

# 30

## フィリップ

フィリップは自分を奮い立たせるようにうなずいた。ぼくたちが孫のことを訊いているのだから、ミズ・ベティはもったいぶってだんまりを決めこんだりせず、洗いざらい話してくれないと困る。これは殺人事件の捜査であって、お茶会ではない。芝居めいた駆け引きはもうたくさんだ。

リックはベティに向かって身を乗り出した。「聞かせてください」

ベティはふたりをしばらく見つめたあと、大声で笑いだした。「そんな真面目な顔はもうしないでくださる？　おふたりをちょっとからかっただけなんですから。マイキーはとても優しい子ですのよ」と言って、彼女はフィリップとリックを手招きすると、声をひそめた。「ここだけの話、うちの孫はほんとうにいくじなしで。性根を鍛え直さなければと思っております。ですから、人を殺すような度胸など持っているはずがありません」

フィリップは両手で拳を握った。この人は事件を真剣にとらえていない。あなたのお孫さんは殺人事件の容疑者なんだぞ。冗談を言っている場合じゃない。彼はあからさまに不満げな声で言った。「あなたは質問に答えていない」

ベティはフィリップのほうを向くと、小首をかしげた。「ええ、答えておりません。だって、実にばかばかしいお話ですもの」

「おれに免じて、頼みますよ」リックが割って入ると、フィリップに目配せした——ここはおれに任せてくれ。

首から顔まで怒りで真っ赤にしながらも、フィリップはリックの言うとおりにした。いけ好かない女だ。たしかに映画女優のような見た目だが、スター気取りはやめてほしいものだ。

ベティはフィリップからリックへと視線を移した。「ええ、いいでしょう。二日前の夜、孫がどこにいたかは知りません。いつもどおり外出していたと思います。孫の行動を逐一監視はしておりませんから」

フィリップは不審に思った。ベティ・グラフテンは身のまわりにいる人物の行動に目を光らせるタイプのように見受けられた。それに、祖母が自宅周辺に駐車することすら許さないほど忌み嫌っているステーションワゴンを孫が乗り回しているというのも、首をかしげたくなる話だ。金に困っているわけでもあるまいし。どうしてまともな車に買い換えないんだ？

彼の心を読んだかのように、ベティはフィリップの前に身を乗り出して言った。「疑ってらっしゃるのね、フィリップ？　まあいいでしょう。でも、いい？　わたくしは孫に自立してもらいたいの。あの子がたまにここへ遊びに来るのはちっともかまいませんが、金銭的に支援するつもりはありません。苦労もさせずに何でも与えるのはよくないことです。お金のありがたみを知らないといけませんし、大事なことですし。というわけで、うちの孫たちの信託財産は二十五歳の誕生日まで凍結しています。マイキーはここに来てから毎晩のように出かけています。夜の仕事でも見つけたんじゃないかしら」

ある意味つじつまは合っているなとフィリップは思った。「とても堅実なお孫さんで」

「わたくしもそう思います」ベティはリックに向き直った。「あなたたちは孫に質問したいんじゃないかしら？」

「そうさせていただけるとありがたい、ミズ・ベティ」

るの?」

「もちろんですとも」ベティは手にした杖《つえ》で床を三度打った。「マーサ? どこにい

マーサがあたふたと部屋に入ってきた。「ミズ・ベティ?」

「マイキーを連れてきて。あなたにお客様がいらしていると」

「承知しました」

フィリップは自分の前にあるスイートティーをひと口飲んだ。実にうまい。

リックが咳払いをした。「お孫さんがいらっしゃるまで、もう少しおつきあいいただきたい。ハイウェイの検問所には一か月前にマイキーが入り口を通過した記録が残っていますが、その後は入り口にも出口にも記録がない。だが、彼は何度か出入りしているはずです、だから——」

「わたくし名義の自動通行カードをあの子に預けています」ベティは言った。「自分の車を手放しましたので、自動通行カードはもう必要ありませんし。ワゴンに取りつけておきなさいと言ってあります」〝ワゴン〟と言うとき、ベティはいやそうに肩をすくめてみせた。

リックはうなずいた。「ケチのつけようがないな」

「ケチだなんて」ケチをつけてくるのはこの人でしょうと言わんばかりに、ベティは

フィリップを見やった。

そのフィリップは黙ったまま別のことを考えていた。検問所はほんとうに住民の車の出入りを管理できているのだろうか。居住区から外への出入りを記録することに同意する契約書にサインはしたが、どんな契約だったかちっとも覚えていない。だが、記録が残っていないなら、契約書そのものが無意味じゃないか。ここの住民になるには、とにかくたくさんの書類にサインしなければならない。フィリップが今日の聞き込みについて頭の中でまとめていると、背後のドアが開く音がした。振り返ると、むさ苦しい見た目の若者が急ぎ足で居間に入ってきた。

「ばあちゃん、おれのこと呼んだ？」

マイキー・グラフテンはフィリップの期待を大きく裏切る青年だった。とにかくうさんくさい風貌だ。長身でやせ型なのは祖母ゆずりだが、彼女の気概は受け継いでいない。立ち姿が少し猫背なのは小柄に見せたいからかとフィリップは思ったが、むしろ、そのひょろりとした軟弱な物腰が悪目立ちして、雨に濡れそぼち、心もとなげな柳の若木のようにしか見えなかった。

「マイキー、こちらの殿方から、あなたにお話があるそうです」と、ベティはリックとフィリップのほうへ手を差し出した。

「何の話？」マイキーは腕組みしたまま祖母に言うと、視線をフィリップとリックへ向けた。

「〈マナティー・パーク〉で殺された若い女性の件でね」リックはポケットからスマートフォンを取り出し、女性の遺体の画像をマイキーに見せた。「きみ、この女性に心当たりがあると思うんだが」

「おれ……ヤバ、無理、やめて……」マイキーは吐きそうな顔で、露骨にいやがってみせた。そして頭に手をやり、毛髪をてっぺんでひとつにまとめるようなしぐさをした。

口には出さなかったが、ますます情けなく見えるぞとフィリップは思った。うちの娘たちが〝寝起きじゃあるまいし〟と言いそうな格好だ。ぼくならこいつを頭から水に突っこんで、濡れた髪の毛をくしできれいに整えてやるところだが。「数日前の晩、この女性がきみの車に乗っているのを見た人がいる」

マイキーはうつむいて首を振った。「そんなはずがない。あり得ない。だって、おれ……」

「何があったか言うんだ」とリック。

「あんたら警察かよ。おれを逮捕しに来たのか――」

「この方々は善良な市民よ」手にしたスイートティーのグラスをテーブルに置くと、ベティは情け容赦のない目でマイキーを見据えた。「この居住区の安全を守るために力を尽くしておられるの。知っていることをすべて話しなさい、真実を洗いざらいね。そうでなければあなたに信託財産をあげるのをやめるわよ。あのみっともない車に一生乗って過ごすがいいわ」

「わかったよ、ばあちゃん」

「よろしい。じゃあ、話しなさい。このおふたりにね」

マイキーは自分の両肩を抱きしめるようなポーズを取り、リックが掲げたスマートフォンの画像から、目をそらした。「彼女を知ってる——知ってた。知ってたといっても、はじめて会ってからまだ二週間ぐらいで、おれ……」マイキーは首を振った。涙が目からこぼれそうだ。「この子とつきあってた、みたいな」

「みたいな？」

「話をして、まあ、もう一歩関係が先に進んで、そしたらふたりのバイブスが合ったというか」

「バイブス？」愚にもつかぬ言葉遣いにあきれ果て、フィリップは首を振った。

「いったいどういうことだ？」

マイキーは判然としない顔をしている。「どういうことって、何が?」

「この人は被害者の女性との関係をきみに訊いてるんだ」リックはマイキーに言うと、次いでフィリップに鋭い視線を投げ「落ち着け」と諭した。

フィリップは腹立ちをスイートティーと一緒に飲み下した。尋問は自分がするはずだったのに。これはぼくの捜査だ。リックに落ち着けと言われる筋合いはない。フィリップはまたスイートティーをゴクリと飲んだ。氷がすっかり溶け、せっかくのおいしいスイートティーがずいぶん薄くなっていた。もう飲めた代物《しろもの》ではない。フィリップはグラスをサイドテーブルに置いた。勢い余って、グラスが思ったより大きな音を立ててコースターとぶつかった。音に驚いてマイキーは縮み上がる。ベティが不機嫌そうに片眉を上げる。

「彼女の名前はクリステン・アルトマンといって、〈コナルド・プレインズ〉にある〈フライング・ムスタング・カジノ〉でディーラーのアシスタントをしてた」

いいことを聞いたぞとフィリップは思った。〈コナルド・プレインズ〉は〈ザ・ホームステッド〉とは別の分譲住宅地で、〈オーシャン・ミスト〉の南側に位置する。住民の数は〈ザ・ホームステッド〉より多く、その一角に、カジノや劇場、瀟洒なレストランがいくつも並び、〈ザ・ホームステッド〉の住民たちが〈リトル・ベガス〉

と呼ぶ、広くて賑やかな歓楽地がある。「そもそも、きみたちはどうやって知りあったんだ？」

「〈リトル・ベガス〉にある〈ショウタイム・グリル〉って店で。この辺の店より賑やかなところで飲みたくてさ、そしたらシフト明けの彼女があの店で飲んでた。ふたりでバーボンのボトルを頼んで、一緒に飲んだ。話が弾んで、それで……」彼は肩をすくめた。「バイブスが合ったんだ」

リックがこっちを見ているのはフィリップも気づいていた。あわてるな、じっくり攻めていこうぜと言いたげな顔で。リックは地元でトップクラスの捜査官として勤め上げた男だ。相手の核心を突く、絶妙な尋問をやってのけるだろう。「彼女が殺された晩、クリステンと会ったか？」

マイキーはうつむき、足元に目をやった。「会うつもりだったんだけど、すっぽかされた。日付が変わったぐらいの時間に〈ワイルド・リッジ・パビリオン〉で待ち合わせてた。クリステンはその日十一時半まで働いてたから、時間どおりに来なかったのは、どうせまたシフトが延長になったせいだろうって思ったんだ。午前一時まで待ったけど、電話にも出ないし、メッセージにも折り返さないしで、家に帰ることにしたんだ」マイキーは首を振った。「シカトすんのかよってぶち切れてさ。今になって後悔してるよ」

「きみのその晩のアリバイを立証できる人はいるかね？」とは訊いたものの、フィリップには訊く前から答えはわかっていた。

マイキーはまた首を振った。「夕方過ぎから家にいたから、十一時過ぎまでなら、ばあちゃんとマーサが証言してくれるけど、そのあとはひとりだったから」彼はふたたび髪をひとまとめにして引っ張った。「ぶざまだろ？　ぶざまなのはわかってる。でもおれは彼女を殺してない。そんなこと断じてやってないし、やるわけないし……できるわけがない……信じてくれよ」

青年が涙に暮れるのをフィリップはただ見守っていた。優しい言葉のひとつもかけてやりたかったが、黙ったままいた。関係者たるもの、中立であらねば——感情を表に出さず、私心を持たずに。こんなときは個人的感情を入れないのが一番だ。

「ちょっと休もうか」リックがフィリップに言った。先ほどより穏やかで、刑事っぽさが抜けた口調だった。

マイキーは手の甲で涙をぬぐった。彼はうなずきながら大きく息を吸った。「タバコが吸いたい」

「それなら庭へお行きなさい」ベティが毅然とした態度で言った。堅く引き結んだ唇が一直線に見える。

マイキーが部屋を出ていくのを見るともなく見ていたフィリップは、ベティがマイキーについて言ったことは正しいと感じた。あの青年には人を殺せるほどの度胸がない。彼は振り返ってベティを見やった。彼女は失望したと言わんばかりの表情でいた。

# 31

## モイラ

あっという間の出来事だった。

ドアが大きく開き、目出し帽を着け、パーカーのフードをかぶった黒ずくめの男がモイラの目の前に現れた。彼女が動くより速く、男がモイラの胸を突き飛ばした。

後ろによろめきバランスを失って、モイラは壁でもいいから何かにつかまって体勢を保とうとしたが、指は空をつかんだ。男にもう一度突き飛ばされて倒れた。途中で金属製のキャビネットで腰をしたたかに打った。捻挫した側の足首もひねった。痛みが波動のように全身へと広がっていく。

モイラがひるんだ隙を見計らって、目出し帽の男は彼女を押しのけ、出口へと急いだ。飛びかかって阻もうとしたモイラを男は振り切った。彼が肩にかけているグレーのメッセンジャーバッグには、はちきれんばかりに物がたくさん入っている。逃げていく男の体の脇でバッグが弾んだ。

すぐさま立ち上がったモイラは男を追おうとした。「待ちなさい、逃がしは……」

振り返った男は目を大きく見開いていた。手近なキャビネットからファイルをいくつかつかみ取り、モイラの行く手を阻むかのように投げつけた。モイラはファイルの障害物を飛び越えていく。バランスを失い、床に散った書類に足を取られて転びそうになるが、何とか体勢を整える。モイラは男から目を離さず、手の届くところまで近づいた。肩幅が広く、鍛え上げた体。ビートルに乗っていた男よりがっしりとした体つきで、むしろ昨夜トレイルで見失った男に似ている。腰やくじいた足の痛みを振り切るようにして、モイラは男を追う。

逃がすわけにはいかない。

だが運命はモイラに味方してくれなかった。男が事務所から出ていくと、ドアは音を立てて閉まった。戸口までたどり着き、モイラは力をこめてドアを開くと、急いで外に出た。男がいる。塀のそばにいて、逃げようとしている。

「待ちなさい！」モイラは大声で呼び、男を追った。だが一歩踏み出すたび、彼女の体から力が抜けていく。

男は塀の一部を覆う植物の蔓《つる》をつかむ。蔓をロープ代わりにして、まるでネコのようにすばしっこくレンガ造りの塀を上っていく。モイラが追いついたときには、男はすでに塀のてっぺんにおり、片脚はもう塀の向こう側にあった。

モイラはこちら側に残った男の脚をつかんでひねり、塀から引きずり下ろそうとした。男が蹴りこんでくる。モイラは男にしがみつき、全体重を男の片足にかけて、勢いで引っ張った。

その後、予期せぬことがモイラの身に起こった。

モイラの額に硬い何かがぶつかった。痛みが頭蓋骨全体に広がる。痛さのあまり、つかんでいた男の足から手が離れる。

顔を上げると、メッセンジャーバッグのふたが開いている。男は血がついた古びたハードディスクのようなものを手にしており、腕を振りかざし、ディスクでモイラに殴りかかってきた。男の足から手を離し、両腕で自分の頭を守ろうとしたが、遅すぎた。痛みがまた襲ってきた。今度はもっと、強く。

そして闇が彼女を包みこんだ。

# 32

## リック

しばらくしてリックは、スイートティーのグラスをサイドテーブルに置くと、フィリップとベティに、マイキーに確かめたいことがあると告げた。そして庭に向かった。リックが知るかぎり、この家の庭は〈オーシャン・ミスト〉のどの家よりも広い。ソラマメのような形をしたプールの片側に並ぶ、白いビーチチェア。アウトドア用のキッチンとグリルを備えた大きめのパティオ。広大な庭を覆い尽くす芝生は、裏手に立つ背の高いオークの木立まで続いている。

だから庭にいるマイキーをリックが見つけるまで少し時間がかかった。マイキーは庭の先、プールの反対側に立つ、母屋《おもや》と同じ羽目板張りの瀟洒なあずまやの中にいた。彼はうずくまり、両手で頭を抱えていた。肩が震えているのは、少し離れたここからでもわかる。

あの画像を見せるんじゃなかったとリックは後悔した。捜査ではおなじみの脅しのテクニックだ。亡くなった女性の写真を見せて強く出れば、マイキーはうろたえて言うことを聞くと考えた。だが、リックの作戦は見立て違いだった。マイキーはしたたかな青年ではない。すっかりおじけづいてしまったようだ。

リックはプールの脇を通ってあずまやに近づくと、建物の入り口付近で足を止めた。

「調子はどうだ？」

マイキーはリックの声を聞いてビクッと身を震わせた。顔を上げる気配もない。

「大丈夫です。家に戻っててください」

「ほんとうに大丈夫なのか？」リックはさらに前に進み、あと数歩というところで止まった。マイキーは顔を上げようとはしないが、呼吸の様子や動きから、涙を必死にこらえているのがわかった——感情のタガが外れないよう、こらえている。

「おれ……」マイキーは背筋を伸ばした。両手で目をこする。泣きはらして顔がところどころ赤くなり、目が真っ赤だ。「おれ、あの子を殺しちゃいない」

リックは青年のまなざしをしっかと受け止めた。マイキーは心から悲しんでいる。クリステン・アルトマンを悼むというより自責の念に駆られた哀しみだろうが、リックは常に相手の心の内を汲み取り、善かれと思う形で寄り添ってきた。「知ってるよ」

「じゃあ、どうしてあんたらはここに来たんだ？」

「彼女を殺したやつの手がかりになりそうなことを知らないか訊きに来たんだ。たいしたことじゃないと思うようなことでも話してほしい。クリステンのこと、きみの仕事のこと、彼女が好きなこと、ほんとうに何でもいいんだ」

マイキーは眉根を寄せて考えた。「でも、あんたたち警察じゃないんだろ、ばあちゃんが言ってた。じゃあ何者？　私立探偵とか、もっと別のやつ？」

「もっと別のやつだ」マイキーが乗り気ではないのをリックは察した。この年頃はみんな、こんなもんだ。多少の辛抱は覚悟しないといけない。リックは母屋のほうへと視線を移した。辛抱といえば、フィリップも根気強さに難があると思う。リックは打ち消すように首を振った。マイキーとふたりきりになれてよかった。ふがいない孫だという苛立ちを隠さないベティに、思いこみが激しく、自分の意見を押しつけるフィリップの板ばさみでは、マイキーも本音を話す気にはなれまい。

リックはマイキーから少し離れてベンチシートに座ったり、マイキーのタバコを身ぶりで示した。「もう一本、持ってるか？」

マイキーは最初、驚いたような顔を見せたが、マールボロ・レッドのソフトパッケージをポケットから出すと、リックに差し出した。

リックは一本抜いた。「火を貸してくれないか?」マイキーからシルバーのジッポーをわたされると、リックはタバコに火をつけた。ジッポーをマイキーに返し、タバコを吸う。タバコの煙が口に広がって喉の奥に達すると、熱を感じて思わず咳きこむ。くそったれが、リックはタバコが大の苦手だが、情報がほしい相手と体験を分かち合うことで得るものが増えるのは経験則で知っていたし、事実、情報提供者の信頼を得るには、彼らの行動に寄り添うのが一番だとよく言われる。リックは煙を吐き出すと、建物の壁に身を預けた。「クリステンのことを話してくれる気になったかな?」

「がんばってはみる」マイキーは涙をこらえながら言った。大きく息をついてから、彼は話しだした。「ここで知りあいを作る気はなかった。これからどうするかを考えて、ばあちゃんのところに一週間ぐらいいたら帰るつもりだったんだ。ばあちゃんは偉い人だよ、でもさ……偉すぎるんだよ、な?」

リックはうなずいた。たしかに瀟洒な家だが、堅苦しく、融通が利かないという印象を覚えた。まるで博物館のようだ。そして、ベティが孫に接する態度も気になっていた。あれでは彼女とずっと一緒には暮らせないだろう。「そうだな」

「だけどさ、クリステンは、あの子は飛び抜けてた。いつもはつらつとしててさ。エネルギーの塊みたいな子で、ばか騒ぎに首を突っこんだりして。精一杯生きてたのに……」マイキーは庭に視線を投げ、小声で悪態をついた。そしてリックに向き直って言った。「だからおれ、信じられないんだ……」

リックは世間話のトーンを保とうとつとめた。この子をおじけづかせてはいけない。

「首を突っこむって？」

「金儲《もう》けとか。もっとデカいことやんなよって、クリステンからよくハッパをかけられてた。その、デカいことってのはさ、音楽なんだけど」

リックは黙って聞いていた。音楽のことは彼にはよくわからないが、この子にはもっとクリステンの話をさせたい。道楽のほうへと話をそらしてほしくない。

「ふたりでナッシュヴィルでひと旗揚げるのが目標だった、言い出しっぺはクリステンだけど。それが悲劇のはじまりだった」マイキーの視線はリックから離れ、遠くを見ていた。つらい記憶から解放されたかのようにほほえむと、今度は片手で涙をぬぐった。「向こうで生活のベースをゼロから作るには、それなりに金が必要だって、クリステンはきっぱりと言った。運に恵まれれば、おれの音楽が発掘され、おれたちはジョニー・キャッシュと奥さんのジューンみたいなデュオになれるって」

「具体的にはどれぐらい必要だと彼女は言った？」

「別に何も。ただ、話の内容からして結構な金額だったと思う。五千ドルとか、一万ドルとか」マイキーは目をこすった。「クリステンと揉めたんだ。おれは今すぐ行こう、何なら軌道に乗るまで車の中で寝泊まりすればいいと言ったんだが、彼女はそんなのいやだって拒んだ。きちんと準備をしようよ、って。あの子にはあの子なりのスタイルがあった」

「今週はじめ、夜中にシーホース・ドライヴでけんかをしたのは、そのことでか？」

マイキーは肩をすくめた。「きっとそうだ。さっきも言ったけど、おれたちはよく言い争ってた」

「おとといの晩、クリステンにすっぽかされたと思ったのはそのせいか？　またけんかをするんじゃないかって？」

「いや、あの日は言い争ってはいない。夜に会おうって誘ってきたのはクリステンだ。話したいことがあるって言うから、どんなことだろうと気にしながら出かけた。電話でいいから聞かせてくれよって頼んでも、クリステンはいやだと言った。おれから電話もしたし、メッセージも山ほど送ったのに、その日一日、返事はひとつも来なかった。彼女から聞いたのは、金の問題は翌日になれば解決するし、週末にはナッシュヴィルに行けそうだということだけだ」

クリステンの死体と、彼女を取り巻くように浮いていたドル紙幣の画像がリックの頭に浮かんだ。きみは何をやろうとした？　彼は心の中でクリステンに問いかける。何をやらかして殺されたんだ？

マイキーは小首をかしげたままリックを見ていた。「何があったか知ってるの？」

リックは例の連続窃盗事件のあらましを頭の中で整理してみる。事件はマイキーがここに来たころからはじまった。そう、人は愛と欲と金のために悪事を働くもので、今回の事件は少なくとも、欲と金にまつわるものだというのはわかるのだが、マイキーは盗みにかかわってはいなさそうだ。盗品は学校でもらったトロフィーのようにたわいのないもので、住居に侵入し、金目のものを取ったわけではない。ベティが言ったとおり、マイキーは自分探しをしている最中のただのガキで、犯罪者ではない。リックですら手玉に取るほどの名役者でもないかぎり、マイキーがそんなことをできるとは思えないのだ。

しかしクリステンは危険な企《たくら》みがあることを知っていて、関与していた可能性がある——手っ取り早く金が稼げる計画、フロリダを抜け出し、ふたりの夢がかなう場所に移り住みたいという気持ちはどちらも心そそる動機になる。ただ、どうもしっくりこない。パズルを埋めるピースはほかにもあり、それがまだ見つかっていない。リックはマイキーの目を見て言った。「知っているとはまだ言えないが、おれはきっと見つけてみせる。きみの話はとても参考になったよ」

「おれはただ、クリステンを殺《や》ったやつを見つけて、思い知らせてやりたいだけなんだ」

「おれもだ」リックは言った。「運がおれたちに味方すれば、きっとうまくいくさ」

「運じゃねえよ」

「えっ？」

「クリステンがいつも言ってたんだ、運とか巡り合わせとか、そういうのはみんなクソだって。運を切り拓《ひら》けるかどうかはその人の気持ち次第だって」マイキーは寂しそうな顔で笑った。「おっさんは今回の捜査で自分の運を切り拓くといいよ」

「ああ、おれはきっと――」

そのとき、怒鳴るようにして命じる声がリックの言葉をかき消した。「警察だ、動くな」

干からびた地面を踏みならすようにして足音が近づいてくる。リックが振り返ると、数名の警官が武器を構え、庭のあちこちからこちらへ向かってくるのが見えた。

「そこから一歩も動くな！」間近に来た警官が叫ぶ。「勝手に動くんじゃない！」

裏口から武装した警官が次々と入ってきて、パティオや芝生の前を走ってくる。全員があずまやを目指している。リックとマイキーのいるところを。

リックはマイキーに目をやる。すっかりおびえ、ボルトで固定されたようにそこから動けずにいた。「ばかな真似はするなよ、勝手に動くんじゃない」リックは声をかけた。「警察の言うことをよく聞いて、言われたとおりにするんだ」

「両手を上げろ！　両手を上げるんだ！」間近にいる警官が叫びながら、手にした拳銃をリックからマイキーのほうへと動かす。「動く、んじゃ、ないぞ」

ふたりは警察の指示に従った。動くんじゃないと言いながら両手を上げろっていうのはおかしくないかと指摘のひとつもしてやろうかと思ったが、リックは思いとどまった。あちら側に顔見知りはいないし、やたらと好戦的でキレやすいやつの機嫌を損ねては一大事だ。ここは安全第一、気の利いたコメントはあとに取っておこう。

マイキーはガタガタ震えている。泣き言も言い出した。「どうしてだよ、なんでだよ、おれが何をした？　何をやったっていうんだよ？」

「落ち着け、あとは弁護士に任せろ」警官たちに聞かれないよう、リックは声をひそめてマイキーをなだめた。「弁護士が来るまで質問には一切答えるな」

と、そのとき、警官の第一陣がふたりを取り押さえた。警官はあずまやから無理矢理彼らを連れ出すと、芝生に突き飛ばし、顔を地面に押しつけた。抵抗しなかったにもかかわらず、リックは手荒に背中を強く押された。うつ伏せに転ばされた衝撃が全身に広がる。誰かが自分の背にひざをつき、押さえつけられている。両腕を後ろに引っ張られ、肩の筋肉が引き裂かれそうなほど痛い。すると、両手首にひんやりする金属のようなものが触れた。今、ここで警官たちに事情を説明しても無駄だ。あのガキと、もうすぐ七十歳になろうというシニアに手錠をかけ、地面に押しつけて制圧しているという、ぶざまな現状に気づくまで、何もせず待っていたほうがいいのはわかっている。

それにしても腹立たしい。フロリダの警官は捜査をまともに進める手腕もなければ冷静な判断力もなく、過剰な武力行使で被疑者を確保するという愚行を犯している。声の出し方や物言いから考えるに、彼らは自分たちの行動に自信を持ち、一ミリの疑問も抱いていないのだろう。

失態を演じたという意識すらない。

# 33

## モイラ

自分の頭がふたつにかち割られたかと思った。目を開き、まぶしくて一瞬、顔をしかめる。塀にぶつかったあと、モイラはコンクリートの上に倒れ、気を失っていた。くじいた足がうずく。全身くまなく痛みを感じる。

モイラは額に手をやった。指がねばつく液体状の何かに触れる。もう一度顔をしかめてから、しばらく目を閉じる。気持ち悪くて吐きそうだ。二度ほど深呼吸すると吐き気はおさまった。目を開けて指へと視線を落とすと、彼女の手は血にまみれていた。

不覚。あの覆面男にやられるなんて。

おまけに取り逃すなんて。

あたりを見回した。目撃者がいて、警察に通報していないだろうか。だが、今の様子を見るかぎり、それはあり得なさそうだ。この界隈は静かな住宅街だ。車もあまり通らず、人通りもまばらで、前庭の芝生を刈りこんでいる人もいない。助けを求めるなら電話を使うか、最寄りの民家の呼び鈴を鳴らすほかなかった。

そういえばハンクはどうしただろう、というより、ここにいるはずのハンクがいない。監視モニター室でも見かけていないが、あの部屋に入って間もなくモイラは侵入者に襲われている。彼女は身震いした。自分に襲いかかったあの男は、ハンクに何をしたのだろうか。そのあたりを確認しておくべきだ。

塀につかまってバランスを取りながら立ち上がると、よろよろと防犯カメラの管理事務所に戻る。頭はクラクラするし、足腰はトランポリンに乗った子ネコのようにおぼつかない。強く照りつける日差しもそうだが、無理して歩こうとしたせいで頭痛がますますひどくなる。

管理事務所に入ると、侵入者が逃げ際にモイラに投げつけたあと、床に散乱しているファイルや書類を避けるようにして、監視モニター室へ向かった。

「ハンク？　いる？」静まり返った廊下にモイラの声が響きわたる。

返事がない。

モイラは管理モニター室のドアまで来た。窓はすべてブラインドが下りていて中は薄暗かったが、室内がひどく荒らされているのはよくわかった。ファイルは棚から引き出され、デスクのあちこちでコンピューターが横倒しになり、プラスチック製のボディから延びた色とりどりの配線は、体内から吐き出された腸《はらわた》のようにも見える。

モイラは管理モニター室の奥へと進んだ。まばたきして目の焦点を調整し、ハンクがいないか探す。七歩進んだところで彼女は足を止めた。

心拍数が上がる。吐き気がこみ上げてくる。

部屋の一番奥の壁際に沿って並ぶディスプレイの下、テイクアウトの食品容器や飲み残しのコーヒーが入ったマグで散らかった大型デスクの脇の床に、ハンクが倒れている。

メガネが割れている。ハンクはピクリとも動かず、あたりにはかなりの量の血が流れている。

モイラは彼のそばに駆け寄った。ハンクのかたわらにひざまずき、脈を取る。「ハンク、聞こえる？」反応がない。

自分の胸とこめかみが激しく脈打つ中、モイラはもう一度、ハンクの脈拍を確かめようとする。息を吸おうとしても肺まで十分に空気が入ってこない。呼吸がうまくできない。

どうか、パニック発作が起こりませんように。

モイラは目を閉じた。医師から教わったことをやってみよう。今はパニックを起こしている場合ではない。意識をハンクに集中して。ハンクの無事を確認することに専念して。彼女は浅い呼吸で息を吸い続けた。息ができないと焦ってはだめ。目は閉じたままで。

心拍数が落ち着きを取り戻し、モイラはいつもどおりに息が吸えるようになってきた。不安がおさまってくる。大きく息を吐き、また吸う。落ち着いてきた。そして目を開け、ハンクの脈をもう一度探した。

あった。弱いながらも今回は脈動を確認し、モイラは緊張が解けて温かな血が全身をめぐるのを感じた。

さらに身を低くして、ハンクの呼吸を確かめる。大丈夫。ゆっくりで浅いけれども息をしている。生存は確認できたが予断は許さない。ハンクを今動かすのは危険だとモイラは思った。出血の場所から見て、ハンクは頭を後ろから殴られたようだ。侵入者は背後から忍び寄り、不意を狙って襲ったに違いない。ハンクはノイズキャンセリング機能付きのヘッドホンを身に着けている。音楽かポッドキャストを聴いていて、背後から人が来た物音が聞こえなかったのだろう。それでは反撃のしようもない。

モイラはポケットからスマートフォンを取り出し、番号を押した。通話がつながるまでの間、デスク上のコンピューターにもう一度目をやる。どれも粉々に破壊され、ハードディスクがあるべき場所にぽっかりと穴が開いている。倒れたハンクのまわりに壊れたＵＳＢドライブがいくつかあった――防犯カメラ映像のバックアップを取ったものだろう。モイラは後手に回ってしまった。カメラがとらえた証拠はすべて持ち去られた。

通話がつながり、発信音が鳴りだした。その音が脳を震わせるようにモイラには感じられた。新たな吐き気の波が押し寄せ、モイラは必死にこらえた。目の前の景色がゆがんで見える。手にしたスマートフォンが重く感じる。指がブルブル震えだす。

吐き気をこらえながら、モイラはまた意識を失わないようにと祈った。

# 34

## リック

パンツの後ろポケットの中でスマートフォンが振動しているが、両手を拘束されたリックは出ることができない。頭上では怒鳴り合いの大騒ぎが続いている。リックは芝生から首をもたげ、靴を数えた。ブーツが五足、革のスリッポンが一足――警官五名と友人ひとり、合計六名か。そのうちふたりの声が残りのメンバーよりもひときわ大きく、かなり怒っているようだ。フィリップとゴールディング刑事。リックがよく知るふたりだ。

リックは自分から少し離れたところで両手両脚を広げた体勢で地面に押し倒され、拘束されているマイキーの姿を見やった。地面に押しつけられた顔の右半分に土の塊がこびりつき、目を大きく見開いておびえきっている。全身がガタガタと震えている。リックは彼の目を見据え、声には出さず、口を動かして伝えた。「大丈夫だ。だが忘れるな――弁護士が来るまで、何も言うな」

　リックがマイキーに話しかけているのに警官のひとりが気づいた。警官はブーツでリックの脇腹を蹴った。「こら、黙れ」

　リックは警官の指示には耳を貸さず、マイキーがうなずくまで彼の目から視線をそらさなかった。

「この人を蹴るな。シニアへの暴行行為だぞ」フィリップが声を荒らげた。リックの目には、革のスリッポンがブーツに歩み寄るのが見えるだけだ。「お前は今すぐ彼から離れろ。あと、きみ、彼の拘束を外しなさい。彼はベティ・グラフテンの来客だ、この地所の持ち主のな。きみたちは自分が何をやっているかわかってるのか？　この人は――」

「命令があるまで拘束は外せません」ゴールディング刑事もけんか腰で応じた。「スイートマンさん、ここに来ないでください。お仲間と一緒に居住区の中にいてくださいよ」

「この人の拘束を解くまで帰らないぞ。彼を拘束する理由はないはずだ」

「それを決めるのはおれだ」

「じゃあ、この人にこだわる根拠をお聞かせ願えないだろうか。彼は被疑者かい？

この人を逮捕する気なのか？　ぼくが証人だ。彼は何もやっていない。この屋敷で一部始終を見た者があとふたりいるし、ぼくらは警察のひどい虐待も目撃しており――」

「しかたがあるまい……」ゴールディング刑事は大きく息をつくと、部下たちに命じた。「外してやれ！」

少し間を置いて、リックは手首から手錠が外されるのがわかった。

「立て」男の声がした――数分前まで地面に伏せろと怒鳴っていた男の声が。

拘束具が外れたのはありがたいが、両手の自由を失っていた十分間、リックは肩にひどい痛みを覚えていた。地面に左右の手のひらをつき、反動をつけて立ち上がった。背筋を伸ばすと痛みを感じ、リックは思わず声を漏らした。

「大丈夫か？」フィリップが声をかけてくる。

リックは手錠で締めつけられていた手首をさすりながら「ああ」と言った。

ゴールディングは、まずフィリップを、続いてリックをにらみつけた。「お望みどおりになったんだから、とっとと出ていけ」

リックはゴールディングを見据えた。この刑事とまともに顔を合わせるのははじめてだが、虫が好かない男なのはうんざりするほどわかった。こんな警官には前にも会ったことがある――男らしさを前面に押し出す以外に能がなく、真実よりも自分のメンツを保つことに血道を上げる、クズ野郎どもだ。「この子は犯人じゃない」

「この青年が犯人だと示唆する証拠を入手した」ゴールディングはフィリップの抗議をはねつけるように手を振ってみせた。「ここにいるあんたのお仲間がくれたんだよ」

「警察が手に入れた情報はナンバープレートだけじゃないか」リックは眉をひそめた。

「それだけでは不十分だ」

「警察には権限がある。おれはここの主任刑事であり、あんたら……〝シニア〟とは違うんでね」ゴールディングはまるで愚にもつかぬ存在のように〝シニア〟と言い捨てた。「とっととピックルボールのコートに戻るか、昼寝でもするか、シニアらしく余暇を過ごしてくださいよ」と言って、ゴールディングはリックとフィリップにもう一歩近づいた。「ただね、何をするにせよ、おれの事件には金輪際手を出さないように。あんたらふたりにこれ以上口出しされたくないんでね、いいですね？」

リックは返事をしなかった。フィリップに視線を投げたが、彼も無言のままだ。フィリップはあごをこわばらせ、首から顔にかけて赤い部分が広がっている。フィリップが自分の考えを刑事に伝えたいという気持ちを必死にこらえているのがリックにはよくわかった。そのほうがいい。売られたけんかを買ってもいい機会はいくらでもあるが、今、ゴールディング刑事とやり合っても、ろくな結果にはならない。ここは賢く立ち回り、証拠をもっと集めてからこいつをとっちめ、事件を解決に導けばいいのだ。

ゴールディングは首を振った。被疑者を拘束する警官らのほうを向き、手ぶりでマイキーを示した。「こいつを連れていけ」

ゴールディングが足早に警察車両へ戻ると、マイキーのすぐそばにいた制服警官二名が彼の両肩をつかんで立たせた。警官に引きずられて裏口へと進む途中、マイキーは顔だけ振り返ってこちらを向いた。訴えるような目でリックを見ている。「おっさんは信じてくれるよな。おれはあの子を殺しちゃいない」

「あんな年寄りを当てにしたって無駄だ」背の高いほうの警官が怒鳴りつけると、マイキーを乱暴に突き飛ばした。彼はつんのめって転びそうになる。

リックは警官の暴言には耳を貸さなかった。彼はマイキーを見つめたまま声をかけた。「おれが言ったことを忘れるなよ」

マイキーはうなずいた。逆光に目を細めながら、リックは連行されるマイキーを見守っていた。ああいう子は留置場では大変だろう。早く釈放されるよう、ベティ・グラフテンがあれこれと手を回すに違いない。

「クソいまいましいゴールディングめ」フィリップが悪態をついた。彼の顔はまだビーツのように赤い。「あんな口の利き方をして済まされると思うなよ。何たる傲慢な態度、ぼくたちをゴミ溜《た》めのように扱い、無能呼ばわりして──」

「ああ」そこでリックは、拘束されていた間、スマートフォンに着信があったのを思い出した。ポケットからスマートフォンを出し、画面を見る。一件の着信履歴──モイラだ。顔を上げると、フィリップがいら立たしげな面持ちでこちらをじっと見ている。リックはスマートフォンを掲げた。「一本電話をかけなきゃいけない」

ゴールディングに警官たち、そしてマイキーが去ったあとの庭をフィリップはどたばたと歩き、リックは着信履歴に残ったモイラの名前を押して、折り返し電話をかけた。発信音が鳴り、つながるのを待つ。

切ろうかと思ったそのとき、電話がつながった。

「リック?」息を切らしたモイラの声が聞こえた。「メッセージを聞いてくれた?」

「いや、おれは……」スマートフォンの画面を見たが、モイラと通話中で確認できない。彼女はメッセージをくれたのか? いや、受け取った覚えはない。「きみからの着信履歴があったのでかけ直したんだが──」

「たぶんわたし、送信ボタンを押さなかったのかも、だけどたしかに……」

「それより大丈夫なのか？」リックは訊いた。モイラの声がふだんとは違って、どこかはかなげで、弱々しさとは縁遠い彼女らしくないなと引っかかっていたのだ。

「防犯カメラの映像は手に入ったのか？」

「ハンクが狙われて、わたし……彼を助けられなかった」

「きみもけがしたのか？」

「わたしは大丈夫」

「大丈夫そうには聞こえないぞ」リックは屋敷に向かって歩きだした。「まだ防犯カメラの管理事務所にいるのか？」

「911に電話したのでパトカーと救急車がもうすぐ来るわ。ただ、ハンクが――」

リックは走るスピードを上げた。「きみは無事なのか？」

「ええ、大丈夫、だと思う」モイラの声がどんどんかよわくなっていく。

「オーケー、そこで待ってろ、おれがこれから行く」リックは電話を切ると庭を突っ切って家に入った。フィリップもベティもいる気配がない。そのまま玄関まで行き、ドアを開いた。彼らは家の前、ポーチの石段を下りたところの歩道にいた。

マーサとベティは制服警官のひとりと話していた。ベティは首を激しく振って取り乱している。「いいえ、警察は一歩たりともわが家には入れません。うちの孫を犯罪者のように連行した以上は」

「さっきも申し上げましたが、捜査令状があるんです」警官は言った。「ですから警察にしかるべき敬意を払い、捜査を継続させてください」警官が同僚たちに合図を送ると、彼らは一斉にベティの脇を通ってポーチの石段を登った。

リックは脇に退いて警官たちを通した。彼らはリックのすぐ脇を抜け、玄関のドアを乱暴に開けると、家の中へと消えた。

ベティは胸に両手を当て、ひざから崩れ落ちそうなほど動揺しているようだ。マーサは電光石火のごとくベティを抱きかかえると、倒れそうな体を支えた。若い女性ひとりの手に負えないほど憔悴《しょうすい》していたが、すぐにわれに返って背筋をしゃっきりと伸ばした。

ベティは射るようなまなざしで警官を見据えた。「巡査、あなたの行動は目に余ります。孫を連行したばかりか、わたくしの地所に無断で立ち入るとは。本件を署長に報告します。彼はわが家と家族ぐるみのつきあいですので、きっと厳格な処分を下すでしょう――」

「無礼を働いた覚えはありませんし、われわれは任務を遂行しただけです。早急に捜索を終えたあとは、ご迷惑をかけることなくすみやかに撤収します」警官は手を額に当て、おざなりな敬礼をすると、同僚たちのあとを追って家の中へと消えた。

ベティは不満げな顔でリックとフィリップに向き直った。「どうして彼らを止めなかったの？」

「無理ですよ」リックが答えた。「彼らは捜査令状を持っているのですから。法律上、あなたは彼らに地所への立ち入りを認める義務があります」そしてフィリップに言った。「モイラと話した。防犯カメラの管理事務所で大変なことが起こったようだ。ハンクが襲われ、モイラがけがをしたらしい。パトカーと救急車が向かっている。おれもすぐ向かう」

「ぼくも行こう」フィリップが言った。

リックは振り返ってベティを見やった。「お孫さんに弁護士をつけてあげてください、ミズ・ベティ。刑事事件を専門とする弁護士をね。彼には弁護士のサポートが必要です」

「うちの孫が例の娘さんを殺したと思ってるの？」ベティが訊いた。

「そんなはずはない。だが、お孫さんがそれを警察に立証するのは大変でしょう」

リックは視線をベティからマーサに移した。「進展があったらおれに連絡するように。こちらもそうする。助けが必要なら携帯電話に連絡をくれ」

「あなたはここから出ていこうっていうの？　見ず知らずの警官がわが家の私物を捜索中なのに」ベティは両手を握りしめ、怒りをこらえながら言った。「せっかくの紳士が形無しよ？　ここに残ってわたくしを助けてちょうだい。あなた、薄情もいいところだわ」

「これからもあなたの味方ですよ、ミズ・ベティ」リックは落ち着いた口調を変えずに言った。「あなたのことも、お孫さんのことも助けます。おれはこれから、このいまいましい事件の全容を究明し、マイキーの無実を証明しに行ってきます」

# 35

## モイラ

開けたいのに、目が開かない。気を失わないようがんばっているのに、まぶたに重しが載せられ、目に見えない力で押し下げられているようだった。モイラは体を引きずるようにしてハンクに近づいた。彼はまだ意識がなく、肌は色を失ってろう人形のようになり、あまりいい兆候ではない。もう一度確認し、脈に触れたときはほっとしたが、脈拍を取っているうちに不安になってくる。数分前より弱く、遅くなってきたからだ。監視モニター室の入り口ドアに目をやりながら、早く助けが来てほしいとモイラは思った。

血の気を失ったハンクの顔を見つめる。彼の腕に触れ、彼を勇気づけ、励ませる声が出るよう気力を総動員した。「もうちょっとがんばってね、ハンク。すぐに助けが来るから」

ハンクのまぶたが動いた。

「わたしの声が聞こえる、ハンク？　モイラよ。この街に越してきたばかりの。あなたを見つけたの。けがをしてるわ。助けが今来るところだから」

ハンクはいったん目を開き、左右に視線を投げたが、また目の焦点が定まらなくなった。唇が動きだした。何か言おうとしている。モイラは顔を近づけた。懸命に聞き取ろうとした。それなのに、理解できない。「何て言ったの？」

ハンクは話すのをやめた。

ハンクの顔を観察した。目を閉じ、口はうっすらと開いている。彼はまた意識を失ってしまった。

モイラは小声で悪態をつく。そのとき廊下から声が聞こえた。聞こえたと思うのだが、また頭がぼんやりしてきて、何が何だかわからなくなってきた。それでも吐き気をこらえ、頭をもたげる。

「監視モニター室にいるわ」モイラは声に向かって呼びかけた。いつもの自分らしくない、弱々しい声で。

あわただしい足音が、次第に大きくなっていく。モイラの耳にはエアードリルで脳に穴を開けられているように聞こえる。もうこれ以上聞いていられないと思ったと同時に、リックがモニター室に入ってきた。間を置かず、フィリップもやってきた。

床に横たわったモイラから見ると、すぐ脇で彼女を見下ろすリックは、がっしりした体つきの巨人のようだった。彼女を案じているのがひと目見てわかった。「大丈夫か？　何があったんだ？」

「わたしは平気」モイラはハンクのほうに手を差し伸べた。「ハンクがひどくやられてて、すぐに救急車で運ばなきゃいけないわ」

「９１１に電話はしたかね？」破壊されたＵＳＢドライブをかがんで拾いながら、フィリップが尋ねた。

「もちろんよ、わたし、それほどばかじゃありませんから」モイラは怒りをこらえないことにした。今はそんなエネルギーも忍耐力もない。フィリップは、あきれるほどありきたりな質問をしないよう気をつけたほうがいいのだから。「襲ってきた男は目出し帽を着けていたけど、昨夜トレイルで見かけた男と同一人物だと思う――体型や歩き方がそっくりだったから。その男がハードディスクを盗んでいったの」

「残りのデータも破壊した、というわけだな」割られたＵＳＢドライブを手に持って検証しながら、神妙な面持ちでフィリップが言う。「その男はきっと――」

「しいっ」モイラは片手を上げ、黙るようフィリップに示した。三人は耳を澄ました。

サイレンの音が少しずつ近づいてくる。モイラはリックを見た。「外に出て、ハンクがいる場所まで誘導してくれる？」

「了解」

モイラは目を閉じ、リックは急ぎ足で廊下に出ると、救急隊員を呼びに行った。脳内のエアードリルが倍速で動き、そのせいで吐き気がひどくなってきた。モイラがふたたび目を開けると、フィリップがデスク上のコンピューターをつつきながら、何やらつぶやいている。何を言っているのかよく聞こえない。

フィリップの好きにさせておくことにした。そして、ゆうべあったことを反芻《はんすう》する――フィリップとリジー宅のサンルームでリックと話していて、外から誰かの視線を感じたときのこと。生け垣の向こう側に人影が見えたときに思ったこと。あのとき生け垣を見に行ったけど、誰もおらず、考えすぎだと自分に言い聞かせたけれども、ひょっとしたらいたのかもしれない――例のブロンド男ではなく、トレイルで見かけた男が。

モイラは昨日の晩の記憶をたぐる。四人は捜査を次の段階に進め、防犯カメラの話をしていた。そのときモイラは、朝になったら防犯カメラの管理事務所に出向いてハンクに会うつもりだと言った。犯人がモイラの話を聞きつけ、先回りして証拠の隠滅を図ろうとしたのだったら？　こうなったのもわたしのせい？　モイラはうつむいてハンクを見やり――彼の意識はまだ戻らない――そして身震いした。もう二度と苦しみや死の矢面に立ちたくはなかったのに、モイラのタブラ・ラサは、今度はハンクの血で染まってしまった。

「救急車が来たぞ」廊下にいたリックがこちらに歩いてきた。

ややあって、三人の救急医療隊員とアシスタントが制服警官数名が部屋に飛びこんできた。救急医療隊員二名がハンクのそばに来て応急処置をはじめた。三人目はモイラの前でひざをついた。

モイラを担当した救急医療隊員は長身でアスリートのような体つきの女性で、長く伸ばしたブロンドの髪を後ろできっちりとポニーテールにまとめている。「失礼します、少々確認させてください。動けますか――」

「ええ、わたしは大丈夫」モイラは自力で立ち上がった。視界が揺れ、部屋が傾いて見えるのがおさまるまで待った。

「わかりました」女性の救急医療隊員はモイラの主張に納得できないようだ。「ご希望なら、わたしたちと一緒に救急車に乗って、病院で検査を受けられますが？」

モイラはハンクを見やった。顔に酸素マスクが着けられ、残りの救急医療隊員がバイタルサインを確認している。モイラが付き添う必要はなさそうだ。「いいえ、結構です」

　救急車が出発するまでの間、モイラは気力を振り絞り、痛くないほうの足に重心をかけて立っていた。救急医療隊員のアシスタント――黒髪を短く刈りこみ、生え際が後退しつつある、小柄で筋肉質の男性――が手を貸そうとしたが、モイラが断ったので、彼は所在なげに彼女のすぐ後ろにいた。自分が倒れでもしたら抱きかかえるつもりなのだろうとモイラは思った。ストレッチャーが音を立てながら廊下を進み、監視モニター室に向かっているのが何となくわかった。胸が締めつけられるような不安を感じる。「ハンクは大丈夫なの？」

「同僚が治療しています」ブロンドの女性救急医療隊員が言った。「彼に任せておけば安心ですよ」

　モイラたちは薄暗い廊下を抜け、太陽の下に出た。彼女は救急医療隊員の手を借りて、襲撃犯が逃げた塀のあたりを過ぎ、駐車場に着いた。モイラが来たときには一台も駐まっていなかったところに、救急車が二台、警察車両が数台待機している。モイラは立ち止まる。これから救急車に乗せられるのだろうが、彼女としては拒みたかった。

「介助しましょう」ブロンドの女性救急医療隊員が言う。「段差がきついので」

モイラは首を振って断った。だがすぐ、耐えがたいほどの吐き気に襲われ、断るのではなかったと後悔した。「ううん、大丈夫、助けはいらな――」

「お言葉を返すようですが、大丈夫そうには見えません。額の傷の手当てをしたいですし、ここで立ってできるものじゃありませんから」

昨日とはうって変わって、モイラには言い返す元気がなかった。救急医療隊員の手を借り、彼女は救急車に乗りこんだ。この程度動いただけで視界が定まらなくなり、彼女はストレッチャー型ベッドでおとなしく横になった。

「手を貸してほしい」救急車の外からフィリップの声がする。振り返ると、救急車のドアのところに彼がいた。顔は真っ赤、息も絶え絶えといった様子で。ブロンドの女性救急医療隊員と、筋肉質の男性アシスタントを見つめ、防犯カメラの管理事務所に向かって手を差し伸べている。「ハンクは……お仲間が言うには、心肺が停止したそうだ」

女性救急医療隊員は脇のロッカーからキットをつかむと、金属製ボックスを手ぶりで示し、持ってくるようにと後輩に無言で促した。ボックスには大文字で**除細動器**《DEFIBRILLATOR》と書いてある。

「ここにいて、中にあるものには一切手を触れないで」救急医療隊員がモイラにそう言うと、彼女のアシスタントが勢いよく救急車から飛び降りた。彼女もあとに続き、振り返ってフィリップを指差した。「あなたもね」

モイラは両手で拳を握って沸き立つ感情を抑えた。ここでぼんやりとしていたくない。現場に出向いて助けたい。腕の力を使って立ち上がろうとするが、視界はぼやけ、見るものすべてが傾いている。ストレッチャーに腰を下ろし、息を整える。ここは本職の救急医療隊員に任せ、邪魔をしないのが一番なのはよくわかっている。だが、無能とみなされたようで、それも口惜しい。

「やあ、調子はどうだ？」息が整ったようで、フィリップの声が聞こえる。

デリカシーのない人ね。モイラは口には出さずにそう思った。「リックはどこ？」

「ハンクと一緒にまだ中にいる」フィリップは振り返って管理事務所を見やりながら言う。「状況は厳しいらしい。かわいそうに」

自分がもっと早くここに来ていればよかったのに、モイラは思った。ゆうべのうちに段取りを決めて、犯人に出くわしたときのことを想定できていればよかった。〝たられば〟ばかりでふがいないけど。

フィリップが禿げ頭に手をやりながら言った。「あのさ——」

「ちょっと待って」モイラは言った。「今、話せる体調じゃないから」

　意気消沈したフィリップを見て、彼のメンツを潰してしまったのには気づいていたが、モイラは自分の言うことはすべて正しいという主張を貫くフィリップに我慢がならなかった。目を閉じてじっとしていると、しばらくして、フィリップが救急車の前から去る足音が聞こえた。モイラは大きく息を吸い、ゆっくりと時間をかけて吐き出した。こうすると少し落ち着くのだ。

　ただ、それも長くは続かなかった。アスファルトにタイヤがこすれる音が聞こえたかと思うと、一台の車が駐車場に入ってきて、ブレーキ音も高らかに、救急車のすぐ脇に駐まった。車のドアが開き、乱暴な音を立てて閉まった。

　聞き覚えのあるアメリカ人の怒声がした。「そこで何をしている、スイートマン？」

　モイラはとっさに目を見開いた。ゴールディング刑事が来たようだ。

　ふだんとは違い、もっと気取った尊大な口調でフィリップが刑事と接している。

「ぼくは犯行の現場にいるのだが――」

「何を言うか、理由はわかっている。あんたが何にでも首を突っこみたがる、ただの出しゃばりだからだ」ゴールディング刑事の声は次第に大きくなる。「警察の捜査に首を突っこむなと言ったはずだぞ。二度とおれの手をわずらわせるなとも警告している——」

「警告だと？」フィリップが腹立ちまぎれの声で答えた。「ぼくを脅迫する気か？よくもそんなことを——」

「何とでも自分の都合よく解釈すればいい」ゴールディングの声はもはや絶叫に近く、言葉の端々に怒りがはっきりと表れている。「とにかく帰れ！」と言って、彼は救急車のボディを激しい勢いでたたいた。

その音にモイラは縮み上がる。大きな音がすると、頭がふたつに割れそうに痛むのだ。吐き気の新たな波を飲み下す。ふたりの会話を聞くことに集中した。

「好きなことをやらせてもらうぞ」フィリップはますます尊大な口調で言い放った。「ぼくは経験豊富な警察関係者であり、ここの住民でもあるのだから。ぼくにはそうする資格がある」

「あんたにそんな資格はない」ゴールディングの口ぶりに鋼のような固さが加わった。音量は下がったが、威嚇の度合いは最大限までボリュームアップしている。「あんたのことは調べさせてもらった、スイートマン主任警部——失礼、元主任警部のスイートマンさんだったたな。下準備として、イギリスにいる伝手と接触し、探りを入れた。こちらもちょっと思うところがあってね。あの出しゃばりじじいが、どんな殺人事件を担当したのだろうと。そういうわけで、あんたのご活躍ぶりは逐一確認させてもらったよ。現役時代に何があったか、イギリスの警察があんたを早期退職させた理由もね」ゴールディング刑事の口ぶりが非難めいたものへと変わっていく。「出しゃばって首を突っこんだって、あんたの名誉は挽回できないよ。そんなことをしても無駄だ。あの女の子が亡くなったのはこっちも知っている。だからアメリカに来て救世主ぶるのはよせ、あんたはただの嘘つきのペテン師なのだから。今度おれの邪魔をしてみろ、このご老人向けコミュニティのお知りあい全員に話してやる。おっと、このあたりをブラついてる記者たちにも流してやろうか——話題がなくて困っている日の、いい埋め草記事になってくれそうだ」

フィリップは反論しなかった。間もなくゴールディング刑事が救急車の前を通って防犯カメラの管理事務所に向かうのをモイラはただ見ていた。もう一度、フィリップの顔を見る気になれない。話しかけようとしたが思いとどまった。何より、救急車から降りたあとも立っていられるだけの力が脚に残っているかもわからなかった。

モイラは救急車の中で座って待っていた。あれこれと思いがよぎる。ゴールディングの発言の意図を理解しようとすると、心の中を暴風が吹きすさぶような気分になった——フィリップは定年を迎えて退職したのではなく、辞職に追いこまれたこと。彼のせいで幼い少女の命が失われたこと。どんな関係があるのだろう。話の脈絡を追うのがとてもおっくうで、のろのろ運転の車に乗ったような感じだ。自分がふがいなく思える。

モイラは目を閉じた。

ここは明るすぎる。照明が脳に穴を開けるんじゃないかと思えるほどに。

それに、とても疲れていた。

そのとき、不意に目が覚めた。頭がぼうっとして、自分がどこにいるのかわからない。ストレッチャーが立てるガラガラという音に驚いて目が覚めたのだ。目を開くと、救急医療隊員が別の救急車の後部ドアを開き、ストラップでハンクを固定したストレッチャーを乗せているところだった。意識を消失するまでハンクの応急処置にあたっていた救急医療隊員二名が同じ救急車に乗りこんだ。ブロンドの女性救急医療隊員とアシスタントはモイラが乗っている救急車へと戻ってきた。

「ハンクは大丈夫?」モイラは訊いた。もう一台の救急車は警告灯をともし、サイレンを鳴らしながら出ていった。

「今はまだ思わしくありませんが、ご本人はがんばってらっしゃいます」ブロンドの女性救急医療隊員はそう言うと、向かい側にいたモイラのそばに来て前かがみになり、彼女の額にできた傷をのぞきこんだ。

「何針か縫ったほうがいいですね」

「ここでやってもらえますか？」

「いいえ、わたしたちと一緒に病院まで来てもらわないと」

モイラはアドレナリンが高まるのを感じた。何もせず病院でじっとしているのではなく、事件にかかわっていたかった。たくさんのことが起こりすぎた――フィリップのこと、ゴールディングが暴いた彼の過去のこと、救急搬送されたハンクのこと。

「病院には行けないわ。絆創膏《ばんそうこう》か何か貼ってくれない？」

救急医療隊員は眉をひそめた。「いいですけど、決して最善の策ではありませんからね。一緒に来てくだされば――」

「ありがとう、でも結構よ」とびきりチャーミングな笑顔を見せるのが一番だと思ったのに、かなりあわてていたので、今は苦虫を嚙みつぶしたような顔しか見せられない。「絆創膏で応急処置して。お願い」

救急医療隊員はしばらく黙っていたが、やがてうなずいた。「わかりました。でも、あくまでもあなたが希望したからだとカルテに書いておきますからね」

「それでかまわないわ」

救急医療隊員は応急処置の準備をすると、消毒液をコットンに含ませ、モイラの額にできた傷に当てた。

ヒリヒリするような痛みを覚え、モイラは情けない顔になる。「ハンクに比べたらたいしたことない」

「そうだといいですけど」傷を観察しながら救急医療隊員が言う。「この傷、結構深いですよ。病院に行きたくないと言ったのはあなたですからね」

「わかってます」

「ならいいです」救急医療隊員はソラマメのような形をしたトレイにコットンを捨てると、絆創膏を手に取った。場数を踏んでいるのか手慣れた様子で、彼女はテープで傷口をふさいだ。「はい、できた。これでおしまいです」

「ありがとう」モイラはストレッチャーから降りた。頭はズキズキするし、起きていると、幽体離脱し、離れたところから自分を見ているような、妙な気分になる。それでも彼女は救急医療隊員が差し出した書類にサインすると、二歩ほど歩いて救急車のドアに向かった。

「顔の内出血、これからもっとひどくなりますよ。まずは消炎鎮痛剤を用意してくださいね」

「そうするわ」モイラは手すりを握りしめながら、救急車のステップを降りた。駐車場をざっと見わたす。フィリップの姿はなかったが、駐車場の奥でジープにもたれて立つリックの姿があった。

リックが小走りでモイラのそばに来た。彼女のひじを取り、助手席までエスコートすると、なかば抱きかかえるようにして彼女をジープに乗せた。モイラはされるがままになっていた。リックに助けてほしかったから。

モイラの額を見つめ、リックは心配そうな顔をしている。「病院に行かなくていいのか？」

モイラは大丈夫と首を振り、吐き気をこらえようとしたが、視界がまたぼやけてきた。「ちょっと大きめの擦り傷だから、大丈夫よ」

リックは腑に落ちない様子のまま、ジープのエンジンをかけた。モイラはリックがあまり詮索してこないのをありがたく感じた。目を閉じると、フィリップとゴールディング刑事との会話が頭の中で再生される。ゴールディングは言っていた。フィリップは嘘つきだ、子どもを死に追いやった、そのせいで警察にいられなくなった、と。リジーから聞いた話とかけ離れている。

どちらの言い分が真実なのか、モイラは確かめたくなった。

# 36

## リジー

様子がおかしい。フィリップに何か思うところがあるのをリジーは察していた。モイラが襲撃された件ではないと思う。彼に何かあった。しかも、今朝出かけたあとに。

リジーはリックのほうを向いた。「ここにモイラがいないとおかしな気分ね。自宅まで送っていったそうだけど、彼女はどんな具合だったの？」

「無理して気丈に振る舞ってたな。体調が悪そうなのは誰の目にも明らかだったが、本人は頑として、それを認めなかった。犬の面倒を見てやろうかと声をかけたんだが、大丈夫だと言われた以上、下手に世話を焼くのはかえって迷惑だろう」

「あとで様子を見てくるわ。ほしいものがあるか訊いておきたいし」

そう言いながらリジーはフィリップを盗み見た。彼はコーヒーが入ったマグを両手で持ち、中をじっと見ている。リックの話を聞いてもいないようだ。悩みごとはモイラが理由じゃないみたいね。でも、一時間ほど前に戻ってきてから、ずっとあんな風にふさぎこんでいる。あの人は今、別の問題を抱えている。例の事件のことかしら。

「何かわかったの、おふたりさん？」

リックはすぐには答えなかった。フィリップに目をやり、彼から話を切り出すのを待っているようだ。フィリップは相変わらず黙ったままだ。コーヒーが入ったマグを見つめているのも同じだ。リックは肩をすくめると、リジーに向き直った。「かなり有力な手がかりが見つかったんだが、どこから話したらいいのやら」

「どうして？」

「まず、ベティ・グラフテンの孫のマイキーは、ドナルドが見たという、被害者と口論していた男だった。このふたりは二週間ほど前からデートを重ねていた。被害者の名はマイキーから聞いた——クリステン・アルトマン——コーラル・ビュー大通りにある〈フライング・ムスタング・カジノ〉で、ディーラーのアシスタントをしていた。マイキーは——」

「ちょっと待って、この捜査会議ボードに書いて情報を整理しましょう」リジーは立ち上がると、テーブルにあったホワイトボード用マーカーを手に取ると、サンルームのドアのところまで行った。マーカーのキャップを取ってから、リックのほうへ向き直る。「話を続けて。わたしがメモを取るから」

「マイキー・グラフテンによると、クリステンが殺された日の晩にふたりは会う約束をしていた。その日の早くに彼女からメッセージが届いて、夜になれば金の問題にケリがつくと言ったそうだ。マイキーは待ち合わせ場所で待ったが、彼女は結局姿を見せなかったようだ」

リジーが眉をひそめた。「その子の言い分を信じるつもり？」

リックは大きく息をついた。「あいつはかなり動揺していた。おれにはほんとうのことを話していたと思う。マイキーがクリステンを殺したとは思えないが、ゴールディングは殺したと見ている。ゴールディングはおれたちが話している途中にやってきて、マイキーを逮捕した」

「警察はわたしたちが知らない証拠を握っているのかしら？」

「それはまずないな」リックはフィリップに目をやったが、彼が顔を上げようとしないので、リックはもう一度リジーを見た。「マイキーを連行するのは、あいつのナンバープレートの番号が、あやしい車のものと一致したからだとゴールディングは言ってたな。その程度じゃ勾留《こうりゅう》期間もたかが知れている」

「防犯カメラの映像はどうだったの？」

「おれが見たかぎり、すべて持ち去られたようだ。ハードディスクはコンピューターから抜き取られ、USBドライブはことごとく破壊されていた」

「そして、モイラとハンクが巻き添えを食ってけがをしたのね」

三人はしばらく黙って座っていた。

「そっちはどうだったんだ？　有力な手がかりは見つかったか？」

リジーは視線をサンルームのドアからキッチンへと移した。カウンターには検査キットが広げてある。シンクの脇にある水切りかごの中には水質検査キットがある。リジーは首を振った。「何の役にも立てそうにないわ。採取したプールの水は証拠にならなかった——水質浄化剤の量が多すぎて」

「やっただけの価値はあったよ」

「そうね」リジーは言った。「携帯電話のほうはまだ調べている途中。電源が入るところまで直せてはいないけど、もう少し手をかけたら動くかもしれないわ」リジーはまたフィリップを見やった。彼はずっと黙ったままだ。リジーがそのまま夫を見つめていると、彼はようやく妻と目を合わせた。それなのに、火であぶられたかと思うほど素早く目をそらした。

フィリップの様子がおかしいことに気づいたリックは椅子から立ち上がった。「さあ、そろそろ帰ろうかな」と言って、彼はフィリップを見やった。「明日になったら、朝のうちにパトロール当番だった連中の家を回って、残りの日誌を回収してくるよ」

フィリップは心ここにあらずといった様子で「そうか、うん」と言った。

リックは眉をひそめたが、何も言わなかった。「コーヒーありがとう、リジー。モイラに用事があるときは連絡をくれ。何でも手伝うよ」

リックの言葉に顔をほころばせながら、彼はなんて優しく、気を遣わずにいられる人なのだろうとリジーは思った。わが夫とは雲泥の差だ。そう思っただけで良心がチクリと痛んだ。「そりゃそうよ」

家の角を曲がって姿が見えなくなるまでリックを見送り、リックが裏口の門をガチャリと音を立てて開き、閉じる音を聞いた。フィリップは飲みかけのコーヒーをまだぼんやりと見ている。あの人は冷めたコーヒーが嫌いなのに、もうすっかり冷めちゃったじゃない。自分とリックが使ったマグを持って、リジーはキッチンに向かった。シンクでマグを洗っていると、フィリップが隣に来た。

リジーはシンクの水を止めると、振り返って夫と向き合った。「今日、何かあった？」会話がぎこちなくならないようつとめても、不安が声に出て震えてしまう。

フィリップはアイコンタクトを避けようとするが、リジーはむきになって夫と目を合わせようとする。

「何もないよ」フィリップはそう言って自分が使ったマグを食洗機に入れると、くるりと背を向けて廊下に向かって歩いていった。リジーは先回りして夫の行く手を阻んだ。「何があったの？」

フィリップは首を振った。「だから——」

「何ともないなんて言わないで。そうじゃないのはよくわかるから。悩みごとを抱えると、あなたは決まって無口になるし、さっきはリックにも、わたしにも、ひとことだって話そうとしなかったわよね」リジーは夫が目を合わせるまで視線をそらさなかった。「何があったか話して」

長い間を置いてから、フィリップがささやくような声で言った。「ゴールディングが知っていた」

リジーは表情をくもらせた。「まさか——」

「あいつはぼくが警察をやめた事情を知っているんだ」あまりに小さな声で、リジーには夫の言っていることがほとんど聞こえなかった。「あの女の子のこともね。ぼくが退職に追いこまれた事件の」

リジーはまるで、目の前でバスのドアがガシャンと閉まったような気分になった。

少女の遺体が見つかったあの日、夫は帰宅するなり、取り返しのつかない過ちを犯したと彼女に言ったのだ。リジーがしきりに説明を求めたところ、最初は拒んでいたフィリップが重い口を開いた。少女の発見が遅れたのは、彼が大事な手がかりを逃したせいだ——と。彼は妻の腕にすがって泣いた。何時間も泣き続けた。やがてフィリップは心臓発作で倒れ、刑事の職から退く勧告に応じた。以前リジーが仕事をやめてほしいと頼んでも、聞く耳すら持たなかったのに。自分は判断を誤ったんだとフィリップは語った。本来なら、一般市民から寄せられた目撃情報の真偽を確かめるべきだったのに、ランチのため席を外していたせいで、フィリップは誘拐された少女の居場所を特定できないまま、事件は最悪の結果に終わってしまった。意気消沈し、妻と目を合わせようとしない夫の姿を見ていると、あのとき感じた疑惑がリジーの胸によみがえった。フィリップは事件のいきさつをすべて話してくれたのかしら。この期におよんでまだ、都合の悪いことを隠しているの？「ゴールディングに何を知られたの？」

フィリップは首を振った。「正確なところはわからんが、確かめなくてもいい。イギリスに知人がいて、その相手から洗いざらい聞いたので、事件から手を引かないとコミュニティの連中に話す、場合によってはメディアにも流すと言ったんだ」

リジーの呼吸が浅く、速くなる。そんなことが起きたら、ここでの幸せな暮らしが終わってしまう。「だったら、この事件から手を引きましょう」

「手を引くものか」フィリップはそう言うと、怒りのこもった強いまなざしでリジーを見据えた。「あのろくでなしの好きにはさせん――」

「何があったのか、ご近所のみなさんに知られてもいいの？　あのことがわかったら、お友だちもいなくなるし、ここで培ってきたすべてを失うのよ……」

「ぼくがやったのはそんなにひどいことなのか？」フィリップの声が一段高くなった。顔が紅潮している。

「自分で言ったのよ。違う？」

ふたりはしばらくにらみ合っていた。腹立たしいのはどちらも同じだ。

先に目をそらしたのはフィリップのほうだった。彼は首を横に振りながら言った。

「思い出せないんだ」

「ずいぶんと都合のいい話ね」リジーが吐き捨てるように返した。彼女は怒り心頭に発していた。夫は明らかに嘘をついている。

「なあ、ぼく……ぼくは間違っていた。やってはいけないことをした、そのせいで悲劇を招いたが、ぼくは……」

リジーは自分を抱きしめるようなポーズを取った。そうしないと怒りでわれを忘れて激高してしまいそうだったからだ。「最初は覚えていないと言ったわよね。今度は間違っていた、ですか。たった一度の判断ミスで、どうして解雇されたの？　あなたがひどいプレッシャーを受けていたのは警察も知っていたし、懸賞金がかけられてから、通報の件数は増えるばかりだったわよね。事務職や別の署に異動させてもよかったのにそうせず、体のいい厄介払いということで早期退職を命じた。なぜ？」

フィリップは黙っていたが、リジーは夫の表情から、自分の言ったことが正しかったのを確信した——フィリップにはわたしにも言えないことがある。だんまりを決めこまれるとなおのこと腹が立つ。まるでほんとうのことを言えるほどリジーを大事な存在だと思っておらず、敬意も払っていないように感じられた。声には出さなかったが、彼女は嘆いた。そんなひどいことってあるだろうか？

少女が亡くなったのはフィリップのせいであり、そのため早期退職を命じられたのだと、リジーもようやく知った。このうわさが流れたら、ここにはもういられない——ご近所の友人たちとのつきあいは絶たれ、不名誉たることこの上ない。リジーの感情がジェットコースターのように乱高下する——そんなことをしたフィリップに怒り、長年にわたってすべてを話してくれなかったことに傷つき、自分に正直になると、夫に寄り添って暮らしてきた自分自身へのいら立ちもわいてきた。リジーはフィリップをにらみつけた。「あなたにはすべてをわたしに話す義務があるわ。十年近く黙ってきたことを償ってほしい」

「ぼくは……」フィリップはうろたえながら首を振った。何か言おうと口を開いては閉じ、を繰り返した。「本でも読んでくる」夫はリジーを避けるようにして歩き去った。

リジーはそんな彼を引き止めようともしなかった。彼に話をさせるため、無駄な議論などしたくない。だいたい話したところで意味がない。フィリップの表情を見ればわかる。

〝死がふたりを分かつまで愛し、慈しみます〟結婚式でふたりは誓い合った。リジーはその誓いをずっと守り続けてきた。それなのに彼女は今、その誓いを終わりにしてもいいのでは、フィリップとの生活にピリオドを打ってもいいのではと考えている。フィリップの行いは、結婚式のあの日に誓った変わらぬ愛を貫くでもなく、リジーがかつて愛した、公務にいそしむ理想的な男性像とはほど遠かった。フィリップは十年近くも妻に大事なことを隠し続けてきたのだろうか？　もしそうなら、妻であるリジーにも、夫のすべてを知る権利があるのではないだろうか。

フィリップがこれから先もリジーに隠しごとを続けるのなら、リジーもフィリップとの結婚生活をこれ以上続ける自信がなくなってきた。

リジー自身、結婚生活を続けたいのかもわからなくなっていた。

フィリップが自分を避けるようにしてキッチンを出たとき、リジーの頭にあったのは、あのブルーの金属製のボックスファイルのことだった。あのケースの中には、彼が警察官時代の書類をすべて綴じてあるファイルがある。ここに引っ越してきたとき、ボックスファイルはロフトにしまったはずなのに、昨夜リジーが探したときにはなかった。その後もガレージや書斎を探し回ったが、あの金属製ボックスファイルは見当たらなかった。リジーはもう一か所、フィリップのベッドルームも調べるべきだったが、夫が帰ってきたため、できずにいた。これからは夫が出かけるタイミングを見計らって探せばいい。何があったか、真相を彼女に伝えるかどうかもそうだが、リジーは夫がたった一度の判断ミスで、要職から退かざるを得なくなった理由を突き止めるつもりでいた。そうすれば、あのかわいそうな女の子が亡くなったいきさつも、明らかになる。

# 37

## モイラ

妙な気配がして、モイラは目を覚ました。ベッドの中で何かがモゾモゾと動いている。緊急事態に備えてとっさに身構えた。暗くて何も見えないが、何かがモイラの両脚をベッドに押さえつけている。恐ろしさで息が詰まりそうになる。心拍が頭の中でガンガン響くほど激しくなる。ベッドサイドテーブルに置いたグラスを手探りで見つけると、侵入者に立ち向かう準備を整える。

その正体がわかって大笑いする。律儀な性格のダックスフント、ピップが振り返って心配そうに飼い主を見ている。モイラの脚にぴったりくっついて横たわったまま。モイラは頭を振って、手にしたグラスをベッドサイドテーブルに置いた。「わたしが起こしちゃったの？」

ピップはひっくり返ってお腹を見せ、なでてとせがむ。モイラは仰せのとおりにした。手のひらで犬の毛に触れると、どこか気分が安らぎ、心拍数もだんだん落ち着いてくる。ピップが満足げに息を吐いた。物音に気づいた青年期のラブラドールレトリバー、マリーゴールドが眠っていた場所で頭をもたげる。その前にはテリアのウルフィーがいる。ウルフィーはピクリともせず、いびきがほんの少し大きくなっただけだった。

モイラははたと思い出した。昨日の日中、殴られたせいで気分が悪く、気弱になったせいか、昨夜は犬たちとベッドで一緒に寝たのだった。

「おやすみ、いい子ちゃん」ピップのお腹をもう一度なでてから、モイラはライトのスイッチを切った。

ベッドに仰向けに横たわる。頭はまだズキズキするし、体はトラックにでも轢かれたみたいにボロボロだ。自分が夢見た引退後の暮らしはこんなものではなかった。わずらわしいこととは無縁な人生の再スタートを切るため、ここへ来たのに。それどころか騒動に巻きこまれ、二日間で、ここ数年分に相当するけがを負ってしまった。ここは安全な場所――聖域《サンクチュアリ》――だったはず、いいことが起こる場所だったはず。それなのに、ロンドンを離れる原因となった事件のとき以上に危険な目に遭いそうな気がする。

〈ザ・ホームステッド〉のパンフレットを読み、派手な宣伝文句をばかみたいと笑い飛ばしたのを思い出し、モイラはゾクッと身震いした。パンフレットにどう書かれていようが、いいことしか起こらない場所なんてこの世には存在しないのだ。第一、理にかなっていない――どんなに完璧に作り上げた都市にいようが、人は必ずヘマをやらかす生き物なのだから。人間は正しい行いだけをするようにはできていないのだ。

そういえば引っ越してきてからずっと、〈ザ・ホームステッド〉に関する情報が怒《ど》濤《とう》のごとく流れてきたが、ローカルニュースやコミュニティ情報、ソーシャルメディアのページにいたるまで、全部が全部好意的な内容だった。セキュリティが万全で、入居審査があれだけ厳しければ、トラブルが入りこむ隙などないのではという自分の信念が揺らぐのをモイラは感じていた。そのあと窃盗事件が続くようになり、今度は殺人事件が起こり、よそと同様、犯罪行為はここでも起きることがはっきりしたというのに、この分譲地の宣伝文句には相変わらず美辞麗句が並んでいる。これにはきっと裏がある。

モイラは手を伸ばし、ベッドサイドテーブルからスマートフォンを手に取った。画面をタップすると、ブルーライトが点灯し、まぶしくて目をぱちぱちさせる。手はじめに、ラジオ局、テレビ局、ウェブメディアと、地元のニュースメディアのサイトにざっと目を通したが、〈ザ・ホームステッド〉についての記事はひとつもなかった。〈ホームステッド・ニュース〉の公式ページに移り、ピックルボールのチャンピオンシップ・シリーズや〈ワイルド・スプリング・フィールズ〉にオープンした新しい公園の記事をスクロールした。そろそろあきらめようと思ったところで、短いニュース記事を見つけた。『パークでいたましい事故発生』

記事を流し読みし、キーワードを拾う――〈マナティー・パーク〉、スイミングプール、若い、身元不明の女性。事実をちょっと大げさに脚色し、不慮の事故で溺死したことになってはいたが、日付を見るかぎり、例の事件に関する記事であるのは明らかだ。水面に浮いていた紙幣のこと、女性が射殺されたことには触れていない。一番大事な情報が抜け落ちている。

モイラは不安になった。報道された内容が真実とはかけ離れている。真実から読者の注意をそらし、隠蔽しているように読めるけど、誰が、何のためにそんなことをするのだろうか。

フェイスブックアプリに切り替え、モイラは〈ザ・ホームステッド〉コミュニティのページを開くと、殺人事件や、もっと大ざっぱに事故について言及している書きこみを探した。テニストーナメント、一日中キルト制作にいそしむ〈キルタソン〉、ピックルボールの選手権、地元ワイナリーへのツアー、週末にセント・ピート・ビーチで過ごす小旅行など、さまざまな目的別グループの投稿をスクロールしていった。さまざまな住民が投稿し、地元のおすすめレストラン、家の修繕の助《すけ》っ人《と》や、水槽の設置ができる人を探している。それなのに例の殺人事件について語る住民がいない。画面をながめながら、話題にひとつも上らないのは不自然以外の何ものでもないと思っていたそのとき、タイムラインの一番上に最新の投稿が表示された。

〈ザ・ホームステッド〉コミュニティ、ペギー・レガーホーン：［お願いだから今回は削除しないで］〈マナティー・パーク〉で何があったか知っている人いますか？うちの夫、アーノルドが言うには、誰かが亡くなったそうですが、ほんとうですか？誰が殺されたか知ってます？

モイラは眉をひそめた。ペギー・レガーホーンが［今回は削除しないで］と、コミュニティのスレッド管理人に頼んでいるということは、管理者側の意に沿わない投稿は一方的に削除されているに違いない――例の殺人事件の話題も削除の対象になっているようだ。

そのまま画面を見ていると、ペギーの投稿の下にコメントが次々と表示されていった。面白い。まだ朝の六時になったばかりなのに、たくさんの住民がもう起きている。

TexasPete58：若い女性が死んだそうだよ
SamanthaLovesCats：誰か亡くなったの？　誰？
MarkGrecian：ただのうわさだよ
DorothyKnits：若い女性ですって。プールで見つかったんですって
TeaAndCake44583：〈マナティー・パーク〉のプールで事故があったって聞いたわ
MarkandJack：人が殺された
BlakeGotterton：そんな、まさか

コメントを最後まで読み終える間もなく、スレッドが突然モイラの目の前で消えた。ページを上下にスクロールしたが見つからない。いったんアプリを閉じて入り直したが、やはり消えている。何があったのか尋ねる投稿をしようと思い立ったとき、画面に通知が表示された。

管理者が投稿とコメントの表示をオフにしました。

ペギーがはじめた会話のせいだとしたら、やりすぎに思えた――不適切なことは何ひとつ書いていないし、コミュニティの中で実際に起こったことを話題にしただけなのに。殺人事件がニュースになっていなかったことも思い出した。コミュニティで事件が起こったのが話題になるのをいやがっているのだろう。メッセンジャーを開き、モイラはメッセージを打ちこんだ。

モイラ・フリン：こんにちは、ペギー。さっきあなたの投稿を見かけたのに消えちゃったみたい。管理者ってふだんからこんな風に発言を消したりするの？

ペギーはすぐさま返事を送ってきた。

ペギー・レガーホーン：いつもそうなのよ！　どうしてなのかわたしも知りたいの。今回の殺人事件について三回も投稿したのに、その都度削除されちゃって。泥棒に入られたって投稿したときもそう――こっちも削除されたのよ！

モイラ・フリン：お気の毒に、泥棒に入られたのね

ペギー・レガーホーン：うちは被害に遭った最初の家なの。スティングレー・ドライヴに住んでいるわ。あの投稿をそのまま掲載してくれたら、ほかの住民も再発防止につとめて、泥棒に入られ失意のどん底に落とされる人たちの救いになったと思うんだけど

モイラ・フリン：フェイスブックのグループは誰が管理してるの？

ペギー・レガーホーン：〈ザ・ホームステッド〉の事務局よ。あの人たち、まだ寝てると思ったのに、やっぱり削除されちゃったわ！

モイラはペギーとのやり取りをよくよく確認した。事務局がコミュニティのフェイスブック・ページを運営しているとは興味深い。クリックしてトップページに戻り、管理者リストを探した。管理者は三人いて、女性がふたりに男性がひとり。プロフィール画像を見ると全員がおそらく二十代と若く、ディズニーのキャストのように満面に笑みをたたえている。そろってのおそろいの〈ザ・ホームステッド〉のターコイズ・ブルーのTシャツを着ている。ひとりだけ、名前の脇にオンラインにいることを示すグリーンの丸印がついている——ブラッド・ウインズローだ。

モイラははっと息を呑んだ。この顔に見覚えがあった。例の男だ。ターコイズ・ブルーのTシャツをえび茶色と金色のマフラーとネイビーのパーカーに替えて、写真では黒縁メガネをかけていないけれども、細面でブロンド、あの男にそっくりだ。ブラッド・ウインズローはシルバーのフォルクスワーゲン・ビートルに乗り、二日前にモイラをつけ回していた男だった。

どうしてわたしを尾けてたの、ブラッド？　それにどうしてペギーの投稿を削除したの？　手にしたスマートフォンをベッドサイドテーブルに置くと、闇の中、ベッドに横たわった。ここでは妙なことばかり起こっている。モイラが遺体を発見したあと、ブラッドは一日中彼女を尾行していたのに、モイラのほうから彼を追いかけてから、ぱたりと尾行をやめてしまった。オンラインでは、泥棒に入られたとか、例の殺人事件について書くたび、ペギーの投稿が削除されているほか、〈マナティー・パーク〉の殺人事件はテレビやラジオの番組でも取り上げられていない。これはぜったい、ただの偶然じゃないわ。偶然どころか、〈ザ・ホームステッド〉に対し、コミュニティの内部と外部に流して共有するニュースの扱いに意図的に口をはさんでいる。どうしてそんなことをするのか、モイラにはまったく理解できなかった。

手を伸ばし、絹のようにつややかなピップの頭をなでる。ピップは大きないびきをかきながら眠っている。

〈ザ・ホームステッド〉の管理者はまるで、都合の悪いニュースをシャットアウトできる権限を持っているかのようだ。住民たちが情報を共有し、コミュニティの動向を探ろうとするのはけしからんと、ソーシャルメディアへの書きこみを削除する。それではまるで、ディストピア小説『１９８４』で、市民の行動を監視し、都合の悪い情報を削除する〈ビッグ・ブラザー〉のようだ――〈ザ・ホームステッド〉に住む人たちの暮らしを、『ステップフォード・ワイフ』（完璧な妻ばかりが住む町、ステップフォードを描いた映画）や『トゥルーマン・ショー』（人生のすべてをリアリティ番組として放送される運命の男を描いた映画）のようなシチュエーションに書き換えようとしている。

モイラは身震いした。受け入れられるわけがない。薄気味が悪い。

わたしたちは現実の社会を生きている。いろんなことが――悪いことだって――実際に起こっていて、住民たちはそれを知る権利がある。ハンクは今日にでも死んでしまうかもしれない。すでに若い女性がひとり、命を失っている。

もう犯人を見つけるだけではおさまらない。〈ザ・ホームステッド〉の管理部門が住民の声を検閲する理由を知りたい。ニュースの公開に何やら手を加えているのかどうかも。

救急車の中に座っていたときまで記憶を巻き戻し、ゴールディングとフィリップの会話を思い出そうとした。ゴールディングの悪意ある口調、フィリップのおびえた様子が脳裏に浮かんでくる。

何があったのか、モイラは突き止めたいと思った。

# 38

## リック

自宅を出て車に乗り、通りをまだふたつしか過ぎていないところで、リックのスマートフォンが鳴りだした。アクセルを踏む足の力を少し弱め、ハンドルを片手で操作しながら、パンツのポケットから電話を出す。「デンヴァーです」

「ホークだ」

「よう、相棒。今日はどんなネタをくれるんだ？」

「山ほどあるぞ、クリスマスが前倒しでやってきたと思え」

リックはニヤリとした。ホークはまたメジャーリーグのプラチナチケットをせしめるつもりだろうが、彼の情報はその価値が十分にある。「ほう、聞こうじゃないか」

「まずは被害者の身元だ――おたくの身元不明の女性《ジェーン・ドゥ》はクリステン・アルトマンと確認された。年齢は二十三歳、直近の住所は〈ザ・ホームステッド〉のスタッフ向け住宅――〈ゴールデン・スプリングス〉だ。運転免許証を取得しているが、陸運局《DMV》のデータベースには車両登録記録がない。出生証明書によると、生まれはペンシルベニア州だ」

「二十三歳か」リックはヒュウと口笛を吹いた。困ったなと言いたげに首を振る。二十三歳といったら、まだほんの子どもじゃないか。

「ああ、まったくタチの悪い事件だ」ガムを嚙みながらホークが言う。「あとな、司法解剖の結果も手に入れた。彼女は二二口径の銃で撃たれていた。銃創は胸元にあるが、肩に近く、心臓を外している。だから致命傷にはならず、撃たれてすぐには亡くならなかったんだが」

「だが？」

「彼女はプールに落ちた。そのため大量に失血し、かなり衰弱したようだ。検視官によると死因は溺死だが、傷の具合と血中アルコール濃度から、撃たれたとき、彼女はたいして酔ってはいなかったと考えられる」

「ひどいな」リックは気が動転して首を振った。そして車を左折し、フィリップとリジーが住む家に面している通りに出た。

「まったくだ。しかも、もっとひどい事実がわかった。被害者を撃った銃は、彼女が所有していたものである可能性が高い。クリステンの名義で二二口径銃の登録があってな、旧式でハンドバッグに入るサイズで、パールグリップのやつだ。彼女の自宅アパートメントを捜索したところ、使いかけの銃弾の箱が見つかったが、金属製の保管ボックスに銃はなかった」

リックは眉をひそめた。「連中は犯行現場でも銃を見つけられなかったのか？」

「ああ。まだ出てきていない」

「見つかったら知らせてくれ」

「わかった。あともうひとつ、あのステーションワゴンに乗ってたガキだが、ゴールディング刑事が、かなりこっぴどく締め上げたらしいぞ。今日にでも殺人罪で起訴するようだ」

「何を証拠に？」リックはジープをフィリップたちの家の前の縁石に寄せると、ギアをパーキングに入れた。

電話の向こう側でホークはガムを嚙んでいる。「聞いたところだと状況証拠だそうだ。起訴して先に進めるよう圧力がかかっている。知ってのとおり、ゴールディングには影響力があり、思いどおりに事を進めるだろう」

リックは意気消沈した。刑事が真実より自分のキャリアを優先させるのが、リックにはどうにも許せない。「あの青年は無実だ」
「だったらそれを立証してやらないとな」ホークが言う。
そのとおりだ、リックはそう思いながら電話を切った。うまく立ち回らなければ。
しかも、速く。
残された時間はあまりない。

# 39

## モイラ

　モイラは朝の七時半に起きた。日差しはすでに暑く、芝生に下りた露は、とっくの昔に蒸発していた。愛犬たちを裏の芝生で四十分ほど遊ばせてから餌をやり、モイラも朝食代わりにスイカを食べた。体のあちこちが痛み、くじいた足首とけがした額は昨日よりも痛みが増している。どうしようもないし、今日中にやるべきことがあるから、家の中でじっとしてはいられない。手持ちの鎮痛剤の中でもとびきり強いものを二錠、濃いコーヒーでひとつずつ飲んだ。二十分も経つと、うずくような額の痛みはおさまり、じっくり考える余裕が出てきた。ある計画を思いついたので、モイラにとっては好都合だった。

　まず、〈ザ・ホームステッド〉の事務局に行く。事務局のオフィスは第一居住区、つまり、〈ザ・ホームステッド〉のコミュニティが建設された最初の区画にあたる

〈ホームステッド・ヒルズ〉にある。ここから車で十五分、オフィスが開くのは午前九時だ。モイラは朝一番に訪ねることにした。

それほど苦もなく行ける場所にあるが、オートマ車を手に入れておいてよかったと思った。足首がこんなに腫れていたらクラッチを踏みこめそうにないから、マニュアル車のギアチェンジなどとうてい無理だ。その辺はオートマ車なので何とかなるし、この時間帯なら交通量もかぎられている。ハイウェイの上に、まるで橋のようにかかった**〈ホームステッド・ヒルズ〉へようこそ——フロリダで一番幸せな高齢者向けコミュニティ**という看板の下を車で通過するとき、モイラは痛みで歯を食いしばった。腕時計に目をやると、予定より数分早く着きそうだ。

オフィスの前で車を駐める。〈ザ・ホームステッド〉のほかの管理系事務所と同様、ここも平屋建てで、外壁はアイボリーの漆喰仕上げだが、検問所と防犯カメラの管理事務所を合わせたよりも規模が大きい。屋内の照明がついており、窓からのぞくと、中でスタッフたちが歩き回っているのが見える。建物の脇、窓とドアの間に、建物のてっぺんまで届く高さの看板が掲げられている。ひとつには白髪の夫妻の写真とともに**〈ザ・ホームステッド〉——あなたは生涯、幸せでいられる人だから**と書かれた、もうひとつには白髪の女性三人がプールでほほえんでいる写真に**〈ザ・ホームステッ**

ド〉――**幸せな思い出を作り、分かち合えるところ**と、それぞれキャッチフレーズが書いてある。〈マナティー・パーク〉のプールで目撃した光景が頭をよぎり、モイラは首を振った。

午前九時を迎え、モイラは車を降りて事務所へと歩いていった。太陽が肌に照りつけ、早くも汗ばんできた。まだ足を引きずっているので、くじいた足首に体重がかからないようにする。鎮痛剤を飲んだはずなのに、痛いほうの足に重心がかかるたび、火がついたような痛みを感じる。

モイラが近づくとスライド式の自動ドアが開く。強めの空調で、建物の中に入るとすでにひんやりとしていた。緩くカーブを描いたカウンターの向こう側には、ポケットに〈ザ・ホームステッド〉のロゴが入った鮮やかなターコイズ・ブルーのポロシャツ姿の女性がふたりと、男性がひとりいる。女性ふたりはドアから近いところにおり、モイラが入っていくと、ふたり同時ににっこりと笑った。ドアから一番離れたところにいる三人目の男性は、ずっと画面を見ている。モイラはその男性のほうへと向かった。

「おはようございます」男性はモイラのほうを向き、愛想よく挨拶した。

モイラはちらりと笑顔を見せると、男性をまじまじと見つめた。彼の顔から笑みが消える。

「ぼ……ぼくは……」男性はカウンターから離れた。今にも逃げ出しそうだ。

「逃げないで」モイラは強く、威厳のある声で呼び止めた。間違いない、あの男だ。コミュニティのフェイスブック・ページにあった写真の男、〈マナティー・パーク〉や自宅のすぐ外、リジーとフィリップの家の外でも見かけた男だ。〈ザ・ホームステッド〉のロゴの下に名前入りのバッジを着けている。「どういうことか説明してもらいましょうか、ブラッド・ウインズロー」

ブラッドのディズニープリンスみたいな顔から笑みが消えた。モイラだとわかったからか、それともモイラの顔に打撲のあざができていたからか。おそらく両方だろう、ブラッドはまるで、ヘッドライトに照らされた鹿のようにおびえて動けなくなっている。声を震わせながらも、お決まりの挨拶で答えようと必死だった。「今日はどんなご用件でいらっしゃいましたか？」

「二日前、どうしてわたしを尾けてたの？」

「ぼくは別に――」

「とぼけないで、ブラッド」モイラはブラッドの同僚たちに目をやってから、カウンターの向こう側、奥の部屋に視線を投げた。「それとも、あなたの上司と話したほうがいいのかしら。あなたに尾行されたけど、あまりに下手くそだったたってね」

ブラッドは首を振った。「やめてください。別に尾けてたわけじゃなくて、ぼくは……あなたを見張るよう上から指示されたんです。あなたに見つからないよう気をつけろと言われて。上司は、あなたが無事かどうか確認するようぼくに言ったんです。それだけです」

モイラは腕組みした。「そんなたわごとをわたしが信じるとでも思ってるの？」

「ほんとうです、ほんとうなんです。あなた、あのいたましい女性の遺体を見つけたじゃないですか。事務局の上層部が心配しましてね。あなたは引っ越してきたばかりでしたし。そこでぼくに、当面の間、あなたの様子を見守り、何ごともなく過ごしておられるのを確かめるよう指示が来たんです」

モイラにとってはばかばかしいとしか思えなかったが、ブラッドは大真面目だ。

「じゃあどうして、急にわたしの尾行をやめたの？」

ブラッドはうつむいた。「三度目で、あなたがぼくを見とがめたから」

「ということは、そのあとはわたしが無事かなんてどうでもよくなったってこと？」

「いえ……そうじゃなくて……あなたに脅されたからです。あんな風に怒鳴るし、ぼくの車のウインドウをたたくしで。そのうちあなたに殴られるだろうと思いましたよ。

それぐらい怒っていらしたので」

「当然でしょ、あなたはわたしを尾行してたんだから」

「ですから、あなたが助けを借りずともショックを克服できそうでしたので、事務局に大丈夫だと報告しましたし、支えてくれるお友だちもできたようですから、見守りを中止しました。尾行しているのを知られてしまった以上、いずれにせよ、中止するつもりでしたが」

笑いたいのをこらえながら、モイラはやれやれと首を振った。「知られたも何も、最初からわかっていたわ。〈マナティー・パーク〉で遺体を見つけて外に出たら、あなたが車の脇にしゃがんで写真を撮っていたんですもの」

ブラッドはほおを真っ赤にしながら、言い訳がましいことを口にした。「ぼくはコミュニティ事務局に勤務する、ソーシャルメディア担当マネージャーです。偵察のやり方なんか知りませんよ」

モイラはブラッドの視線を受け止めた。彼の話は信じてよさそうだ——変な話だが、作り話とは考えにくい。脅迫されているようにも見えない。だから引き続き、別の話も聞いてみようと思った。「あなたならわかるだろうから訊くけど、〈オーシャン・ミスト〉の住民として教えてほしいの。コミュニティのフェイスブック・ページに投稿された住民の書きこみをどうして削除したの？」

　ブラッドの表情がさらに不安げなものになった。「ぼくは──」

「今朝早く、〈マナティー・パーク〉の殺人事件について尋ねる書きこみがあったでしょう。なぜ削除したの？」

　ブラッドはちらりと同僚たちの様子をうかがってから、小さな声で言った。「会社の方針なんです。コミュニティのＳＮＳページでは、根拠のないうわさや陰口を流さない規則になっていて。住民規約第八条に違反する書きこみはすべて削除することになっています」

「その第八条とやらは知らないけど、あの書きこみは決して根拠のないうわさじゃなく、実際にあったことについて言及してたのよ」

　ブラッドは首を振った。「いいえ、あれは誤解です。いいですか、〈マナティー・パーク〉のプールで事故があり、残念な結末を招きましたが、あれは殺人ではなく──」

「何をばかなことを言ってるの、ブラッド、あなたもわかっているでしょう」

　眉間にしわを寄せながら、ブラッドはデスクの上のコンピューターに向かうと、何度かクリックして画面をいくつか開いた。しばらく何かを読んでから、振り返ってモイラを見た。作り笑いを浮かべながら。「お言葉を返すようですが、何か思い違いをなさっているのでは。こちらは本件の事故報告書ですが、それによると、水泳中の不慮の事故により――」

「待ちなさい」モイラは両手を上げて制した。「思い違いをしているのは、あなた方の事故報告書のほうよ。あなたも知ってのとおり、わたしはこの目でプールに浮かんだ死体を見ているし、警察も呼んだ。クリステンは殺されたの。銃創から血が流れているのを確認しています」

ブラッドは水揚げした魚のようにパクパクと口を動かし、みるみるうちに赤くなっていく顔を両手であおいだ。笑顔はもうとっくの昔に消え失せていた。「ですから、ぼくは……指示を受けておらず……」

「事故報告書を書いたのは誰？」

画面を食い入るようにして文面を追ったあと、ブラッドはモイラに答えた。「ここから先は、ぼくの職責ではお答えできません。申し訳ありませんが……」

「そうは思わないけれど」カウンターの奥にいた、あとふたりのスタッフがモイラを見つめ、聞き耳を立てている。ブラッドはますます居心地が悪そうで、椅子の上で体をもじもじさせながら、同僚たちにちらりちらりと視線を送っている。どうやらブラッドから聞けそうな情報はそろそろ聞き尽くしたようだ。今のところは。「ありがとう、いろいろ教えてくれて」と言ってから、モイラはブラッドのほうへ身を乗り出し、耳打ちした。「もう二度とわたしをスパイしようなんて気は起こさないでね」

ブラッドはディズニープリンスもどきの笑みを取りつくろおうとしたが、力のない半笑いに終わった。「どういたしまして。よい一日をお過ごしください」

モイラは背中を向け、出口に向かって歩いていった。ドアまであと数歩というところで立ち止まると、振り返ってブラッドを見た。彼は目が合ったとたんに身をすくませた。「ところで、住民規約第八条って何？」

ブラッドは最初言いよどんだが、空元気を出して答えた。「『SNS投稿は必ず前向きな内容であること』です」

そういう内容だとわかってはいたが、確かめてみる値打ちはありそうだ。事務局はメッセージを検閲し、〈ザ・ホームステッド〉ではいいことしか起こらないというイメージを守っている。たとえそれがフェイクニュースであっても。

モイラは何も言わず、振り返ってまたドアへと向かった。

事務局のオフィスから、日差しが強く暑い外へと出ると、モイラは今聞いたことを頭の中で整理した。偽の事故報告書まで作って、しかも警察がからんでいるとなると一大事だ。〈ザ・ホームステッド〉が過失を認めずに逃げおおせるはずがない。解せないことばかりだ。メディアがひた隠しにすることも、捜査に協力しようとしたモイラたち四人をゴールディング刑事が目の敵にすることも。みんな関係がある、あるに決まっている。決して偶然じゃない。そのからくりを何としても暴こうとモイラは心に決めた。